KB169080

법정 스님

눈길

법정 스님

눈길

변택주 지음

큰나무

살아 있는 것은 다
안심하라
안락하라
안녕하라

머리말

스승이 "이제 시간과 공간을 버리겠다."라며 우리 곁을 떠나신 지 열
해나 되었습니다. 선선한 목소리며 그윽한 눈길이 생생한데 세월이 그
새 그리 흘렀네요.

제 이웃들은 '법정 스님' 하면 흔히 무소유를 떠올려요. 그러나 제겐
사랑이 떠오릅니다.

"깨달음에 이르는 길은 두 가지가 있습니다. 명상하기와 사랑하기에
요. 늘 깨어 있으면서 끊임없이 저를 바꾸어 깊어지는 것이 명상이요,
따뜻한 눈길과 끝없는 관심에서 어리어 오르는 것이 사랑입니다."

늘 곱씹는 말씀으로 스승이 '맑고 향기롭게'를 열며 하신 말씀과 사랑
을 무엇이라 생각하느냐고 여쭈었을 때 주신 말씀을 다듬어 묶었어요.

"가장 중요한 것은 눈에는 보이지 않아. 잘 보려면 마음으로 보아야
해." 스승이 나눠준 말씀이에요. "끊어진 사람 사이를 돌려놓으려면 '나'

'너' 사이에 '와'가 들어서야 '우리'가 될 수 있다."라고도 하셨어요. 다 '영혼의 모음'에서 나눈 말씀입니다. '모음'은 어머니 목소리란 뜻이에요. 그러니 '영혼의 모음'을 '얼에서 깊이 우러나오는 어머니 목소리'라 헤아려도 되겠지요. 어머니 목소리는 구수하고 품은 따습습니다.

스승이 가시고 나서 열 해, 저는 제 세상 어디쯤 있을까요? 서툰 걸음이나마 내디딜 수 있도록 품을 내어주신 스승께 절 올립니다. 사랑하는 이웃과 이 책이 태어나도록 정성 쏟은 분들에게도 절 올려요. 고맙습니다.

2020 새해 아침
늘보 택주 비손

들어가며

명상, 어떻게 해야 하나

명상이 무엇일까요? 절집에서 말하는 선정과는 다를까요. 같을까요? 생각하기에 따라 깊이에 따라 다르게 받아들일 수도 있습니다. 그러나 마음을 가다듬고 주의 깊게 까닭을 짚어 어떻게 살아야 하는지 바탕을 마련하려고 하는 것이라고 보면 다를 바 없습니다.

이 책은 수행지침서가 아니라 일상에서 마음을 가다듬어 제대로 살아가려는 데 뜻을 두고 있으니 가볍게 다가서겠습니다. 무엇보다 제가 선정이나 명상 전문가가 아닌 탓이 큽니다.

저는 무엇이 좋아서 즐기는 것보다 더 좋은 삶이 없다고 생각합니다. 좋아서 끌리는 대로 하는 건 무척 즐거운 일이지만 무엇이 되려고 하는 순간 고달프기 그지없어지기 때문이죠. 노래하기를 즐기고 여기저기 불려 다니다 보니 가수가 되어 있다면 더할 나위 없이 아름다운 일입니다. 그러나 BTS와 같은 반열에 오르겠다고 마음먹으면서부터 괴로움이 따릅니다. 그래서 저는 전문가가 되겠다고 단단히 마음먹고 어깨 힘이 바짝 들어가 있는 모습에 끌리지 않습니다. 잘하든 못하든 마음 내켜 하는 일에는 어깨 힘이 들어가고 애가 쓰이지 않아요.

이 책에 명상이란 이름이 붙은 꼭지가 제법 있다고 해서 명상입문서라고 오해하지 않으셨으면 좋겠습니다. 무엇이든지 주의 깊이 들여다보고 까닭을 짚는 데서 옹근 삶이 나온다고 보기 때문에 깊이 들여다보자는 얘기입니다.

명상은 힘 빼기에서 비롯합니다. 운동도 마찬가지죠. 명상을 이야기한다면서 곧바로 운동 이야기를 덧붙이다니 생뚱맞다는 느낌을 받은 분이 계실 텐데요. 명상과 운동은 닮은 구석이 적지 않기 때문이에요. 저는 운동이라는 말보다 '몸놀이'라는 말을 즐겨 쓰고 명상보다는 '마음놀이'라는 말을 더 좋아합니다. 여기서는 운동은 몸놀이로 바꿔 써도 명상을 그대로 두려고 합니다. 이 책에서는 몸놀이 얘기보다 마음놀이 그러니까 명상 이야기가 더 많이 나오는데 너무 낯설게 마음놀이라고 하면 받아들이기 어려워할 분들이 적지 않을 것 같아서요.

명상과 몸놀이는 둘 다 살리려는 데 그 뜻을 둡니다. 명상하려는 뜻은 마음 살림을 제대로 하려는 데 있고, '몸놀이'하려는 뜻은 몸 살림을 제대로 하려는 데 있지요.

.우리는 흔히 몸과 마음을 따로따로 받아들이곤 합니다. 몸과 마음은 떼어놓을 수 있을까요? 아니에요. 몸은 몸대로 마음은 마음대로 따로 놀 수 없습니다. 몹시 추울 때 바깥에 나간 적도 없고 무리한 것 같지 않은데 느닷없이 몸살 하거나, 많이 먹지도 않았는데 까닭 모를 배앓이할 때가 있습니다. 지나고 나서 살펴보니 무엇이 잘되지 않아 몹시 애가 쓰이거나 누가 나를 비난하는 소리를 들어 속이 상할 일이 있어도 멀쩡하니 잘 넘기고 있다고 여길 때 그랬더군요. 마음을 잘 다스려 추

슬렀다고 여겼으나 실제로는 그렇지 못한 것이죠. 생각이 장난을 일으켜 '난 아무렇지도 않아. 그깟 일로 내가 흔들릴 줄 알아?' 하면서 스스로 마음을 속였으나 정직한 몸이 그걸 견뎌내지 못하다 보니 그만, 탈이 나고 말았던 거예요.

마음을 고쳐먹는다고 몸이 견뎌낼 수 있는 것이 아니라는 말씀입니다. '견딜 수 있다'는 믿음은 지난날 쌓인 바탕에서 일으키는 것입니다. 지나간 어느 때, 몸이 요즘보다 더 튼튼했을 때나 생기 넘치는 젊은 시절 기억이 '견딜 수 있겠거니' 믿도록 한 것에 지나지 않는 것입니다. 그런데 지난날 그 몸은 이미 여기 없는 거죠. 지난날 쌓인 기억, 절집에서는 이것을 가리켜 '업'이라고 합니다. 이 업에 따라 몸이 견딜 수 있다고 아무리 몸부림쳐도 이 몸은 그때 그 몸이 아니라는 얘기입니다. 그전보다 몸이 튼튼해졌다면 너끈히 견딜 수 있을 것이고 그전보다 허약해졌다면 버티기 어렵습니다. 뇌, 골에 쌓인 기억이 아무리 장난을 치고 몸을 속이려고 해도 소용없다는 말씀입니다.

흥미를 느끼실지 모르는데 생각난 김에 털어놓을 일이 있습니다. 한 일곱 해 전 일입니다. 며칠 뒤에 있을 강연 줄기를 잡느라 몸이 견디기 어렵다는 신호를 보내는데 애써 누르며 무리해서 새벽 세 시 반까지 마쳤습니다. 잠깐 눈을 붙이고 여섯 시에 거실로 나왔습니다. 그날따라 일찍 일어난 딸아이가 방에서 나오더니 깜짝 놀라 소리칩니다.

"아빠! 오른쪽 눈이 시뻘게."

씻으러 들어가 거울을 보니 흰자위가 보이지 않을 만큼 시뻘겋더군요. 오늘은 장년창업자 면접심사를 봐야 하고 내일은 청년창업자 면접 심사가 있는데 볼썽사납겠다 싶었습니다. 얼굴을 씻으며 빌었습니다. '몸, 그대가 견디기 힘들어하는 걸 알면서도 내가 지나쳐서 미안하오. 오늘은 마흔 살이 넘은 장년창업자를 뽑는 자리이니 한눈에 안대를 해도 그이들은 너그럽게 받아들이지 않을까 싶소. 그러나 내일 만날 이들은 앞길이 구만리 같은 젊은이들인데 혐오감을 주며 앉아 있기가 부담스럽소. 그러니 도와주면 어떻겠소? 힘을 보태주면 다시는 그대가 괴로워하는데도 억누르며 일하지 않겠소. 제발이지 내 부탁을 들어주면 고맙겠소.'라고 빌었습니다.

21세기에 무슨 그런 생뚱맞은 짓이냐고 하실 분이 적지 않을 텐데요. 의사를 찾아가 몸을 봐달라고도 하는데 제가 몸이라고 여기는 이들에게 빌지 못하면 누구에게 빌 수 있겠나 싶었습니다. 세수하고 고개를 들어 거울을 보니 언제 그랬냐 싶게 흰자위가 말끔해졌더군요. 거실로 나오니 딸이 깜짝 놀라 외쳤어요.

"아빠, 눈자위가 말끔해졌어. 어쩐 일이야?"

법정 스님은 살아계실 때 둘레에 있는 모든 사물과 이야기를 나누셨습니다. 암자 둘레에 사는 쥐와 토끼, 다람쥐는 말할 것도 없이 당신이 심은 나무와 암자 가는 길에 피어난 용담이나 개울가에 있는 돌에 낀 이끼, 나아가 암자 벽에 걸린 그림이며 조각상에 이르기까지 이야기를 걸지 않은 이가 없을 만큼 누구하고라도 이야기 나누셨지요.

스승은 동무도 내 부름에 응답이라고 하셨어요. 그런 말씀을 자주 들다 보니 저도 모르게 제 몸하고 이야기 나누지 못할 까닭이 어디 있겠 느냐는 생각이 나지 않았을까요.

몸과 마음은 떼어놓고 생각하지 마세요. 몸놀이(운동)하려면 기운을 적잖이 쏟아야 한다는 것쯤은 누구라도 알아요. 그러나 명상하는 데 '무 어 그리 힘을 쏟을 것이 있겠어?' 하고 받아들입니다. 아니에요. 깊은 명 상은 몸놀이 못지않게 힘을 쏟아야 합니다. 명상에 들기 전에 힘을 빼 야 하는 까닭이지요. 힘이 빠지지 않으면 불기운이 머리로 올라와서 탈 이 날 수도 있답니다.

명상이든 몸놀이든 처음 할 때는 몸에 힘을 다 빼야 합니다. 그러나 몸놀이와 명상을 가릴 것 없이 깊이 들어가려면 다른 데 힘은 빼더라도 뱃심은 길러야 합니다. 뱃심을 기르려면 다릿심 기르기가 앞서야 합니 다. 다릿심이 제대로 갖춰있어야 뿌리 깊은 나무처럼 바람에 흔들리더 라도 휘둘리지 않을 수 있거든요. 이 바탕에서 배로 숨쉬기를 해야 뱃 심이 길러집니다.

명상하려는 까닭은 사람마다 다를 것입니다. '그저 마음만 편안하면 되어.'라고 여기는 이가 있는가 하면 '깊은 깨달음을 얻어야지 무슨 말 이야.' 하는 이까지 폭이 넓습니다.

어떤 뜻에서 명상하겠다고 마음먹었다 하더라도 명상은 '이제 여기에 서 오롯이 누리는 데'서 비롯합니다. 잠깐 오롯이 들어간 것 같다가도 이 내 머릿속에 잡생각이 들어오고는 하는데요. 이때 '에이, 글렀어.' 하면서 고개를 절레절레 흔들며 민망해하지 않아도 괜찮습니다. 그저 '어떤 생각이 들어오는구나.' 하고 알아차리면 되니까요. 명상은 생각을 억누르는 것이 아니에요. 생각이 일어나는 것을 막으려고 억누르면 갈등이 생깁니다. 생각이 들어오면 들어오는 대로 나가면 나가는 대로 가만히 지켜보세요. 생각을 들쑤시지만 않으면 좋습니다. 명상을 이어가면서 생각 틀과 생각을 일으키는 뿌리를 헤아려 짚을 수 있을 때, 더는 생각이 명상을 그르치지 않을 수 있습니다. 생각 틀을 헤아리는 것이 명상이지요.

음악을 틀어놔도 되느냐고요? 끌리는 대로 하세요. 음악이 좋다는 생각이 들면 틀어놓고 듣다가 어딘지 모르게 걸리는 구석이 있다고 느껴지면 그때 *끄*면 되니까요.

마음이 안정되어야 기도와 명상을 제대로 할 수 있습니다. 그러므로 기도하러 절이나 교회에 나올 때 법당이나 교회당 안에 들어서야만 기도가 시작된다고 생각하지 마십시오. 집을 나설 때부터, 차 안에서부터, 지하철 안에서부터 기도하고 명상해야 합니다. 시간에 쫓겨서 절에 빨리 가야 한다, 기도 시간에 늦지 않도록 가야 한다는 바쁜 생각을 가지면 기도도 아니고 명상도 아닙니다. 문을 나서면서부터 기도가 되어야 하고 명상이 되어야 합니다.

기도와 명상은 마련된 곳이나 마련된 시간에만 하는 것은 아닙니다. 안팎이 한결같아야 합니다. 기도와 명상이 끝나고 나서도 한결같아야 합니다. 대개 보면 방선, 참선하다가 잠깐 쉴 때 뒷방에서 잡담합니다. 기도가 끝나고 나면 기도하던 때와는 사뭇 다른 몸가짐을 하는 일이 허다합니다. 수행자는 이런 것에 속아서는 안 됩니다.

2004년 겨울 안거에 드는 날 스승이 하신 말씀입니다. 한결같음이 바로 명상이 비롯해야 하는 까닭이자 열매입니다. 명상은 생각이나 느낌이 일어나고 가라앉는 것을 오롯이 아는 것이에요. 옳다고 또는 그르다고 판단하지 않고 그저 일어나는 그 모두를 지켜보면서 생각이나 느낌이 일어나고 가라앉는 흐름 따라 더불어 흐르는 것이에요. 그 흐름을 살피다 보면 안에서 일어나는 생각과 느낌을 헤아릴 수 있어요. 말없이 무엇이 일어나든지 그것을 따라 흐르는 사이에 저도 모르게 생각을 내려놓으면서 이제 이곳에서 오롯이 누릴 수 있습니다. 명상은 삶을 두루 헤아리는 것이에요. 명상은 모든 것을 주의 깊게 바라보며 헤아려 옹글게 누리는 것입니다. 누가 누구에게 알려줄 수 있는 것이 아니라 그 모두를 까닭 없이 누리는 것이 명상이요 사랑이에요.

때를 정해놓고 명상 시간을 가지라. 우리가 아무 잡념 없이 깊은 명상에 잠겨 있을 그때 우리는 곧 부처다. 우리 안에 있는 불성이 드러난 것이다. 깊은 명상 속에 있을수록 의문이 가라앉는다. 안으로 돌이켜 생각해보면 남에게 물을 일이 하나도 없다. 의문이란 마음이 명상하지 않고 들떠 있을 때 일어나는 현상이다. 진정한 스승은 밖에 있지 않고 우리 마음 안에 있다. 밖에 있는 스승은 다만 우리 내면에 있는 스승을 만나도록 그 길을 가리켜 줄 뿐이다. 받아들이려면 늘 깨어 있어야 한다. 잠들어 있으면 놓치고 말 것이다.

스승이 남긴 말씀입니다. 명상에 깊이 잠겨 있을 때 우리는 곧 부처라고 말씀합니다. 명상에 들면 우리 안에 있던 불성, 부처님 결이 움튼다는 말씀입니다. 놓치지 말아야 할 것은 '밖에 있는 스승은 우리 안에 있는 스승을 만나도록 길을 가리켜 줄 뿐'이라는 말씀입니다.

스승은 이런 말씀도 하셨습니다.

"성인 가르침이라 할지라도, 종교 이론은 공허한 것이다. 그것은 내게 있어 진정한 앎이 될 수 없다. 남한테서, 빌린 것에 지나지 않는다. 내가 겪은 것이 아니고, 내가 알아차린 것이 아니다. 남이 겪어 말해놓은 것을 내가 아는 체할 뿐이다. 진정한 앎이란, 내가 몸소 직접 체험한 것, 이것만이 참으로 내 것이 될 수 있고, 나를 형성한다."

이처럼 명상은 누구를 따라 할 수 있는 것도 아니요 따라 한다고 깃들지도 않아요. 그래서 옛 어른은 말합니다. "일 없는 사람이 귀한 사람이다. 다만 억지로 꾸미지 말라. 있는 그대로가 좋다." 여기서 일 없는 사람이란 생각과 느낌에 빠져들지 않고 생각과 느낌을 누리면서도 거기서 벗어난 사람을 가리킵니다. 스승이 하신 말씀을 조금 더 들어볼까요?

"지켜보라. 허리를 꼿꼿이 펴고 조용히 앉아 끝없이 움직이는 생각을 지켜보라. 그 생각을 없애려고 하지도 말라. 그것은 또 다른 생각이고 망상이다. 그저 지켜보기만 하라. 지켜보는 사람은, 언덕 위에서 골짝을 내려다보듯이 그 너머 있다. 지켜보는 동안은 이러니저러니 조금도 판단하지 말라. 강물이 흘러가듯이 그렇게 지켜보라."

스스로 오롯하니 생각과 느낌을 지켜보다 보면 이내 명상하는 이도 그것을 지켜보는 이도 사라지고 나면 그대로 사랑옵습니다.

차림

명상은 마음을 가다듬고
주의깊게 까닭을 짚어
어떻게 살아야 하는지
바탕을 마련하는 것

,

첫째 마디

사
랑
하
다

동무는 내 부름에 응답

동무 사이 만남에는 메아리를 서로 주고받을 수 있어야 한다. 너무 자주 만나면 서로 그 무게를 쌓을 시간 여유가 없다. 멀리 떨어져 있으면서도 마음 그림자를 함께 드리울 수 있는 사이가 좋은 동무일 것이다. 만남에는 그리움이 따라야 한다. 그리움이 따르지 않는 만남은 이내 시들해지기 마련이다.

……진정한 만남은 서로 눈뜸이다. 영혼에 울림이 없으면 그건 만남이 아니라 한때 마주침이다. 영혼을 울리는 만남을 가지려면 저를 끝없이 가꾸고 다스려야 한다. 좋은 동무를 만나려면 먼저 내가 좋은 동무감이 되어야 한다. 왜냐하면, 동무란 내 부름에 응답이기 때문이다. 끼리끼리 어울린다는 말도 여기에 뿌리를 두고 있다.

이런 시구가 있다.

사람이 하늘처럼 맑아 보일 때가 있다.

그때 나는 그 사람에게서

하늘 냄새를 맡는다…….

사람한테서 하늘 냄새를 맡아 본 적이 있는가. 스스로 하늘 냄새를
지닌 사람만이 그런 냄새를 맡을 수 있을 것이다.

스승 말씀은 늘 그대로 시다. 이따금 입에 올려 읊조리던 말씀이라
하셨던 말씀과 살짝 다를 수 있다. 또 친구라고 하셨던 말씀을 동무라
고 바꿔 외웠다. 내겐 친구란 말보다 동무가 더 도탑고 살갑게 느껴지
기 때문이다.

내 어려서는 친구란 말은 거의 쓰지 않고 동무라고 했다. 우리 학교
교가는 "삼월 삼진 제비들도 한마음 한뜻, 구월 구일 기러기도 한마음
한뜻, 높은 산 깊은 바다 머나먼 길도 한마음 한뜻으로 다다른다네. 서
로 손잡자 공덕 동무야 함께 뭉치자 공덕 동무야"였다.

교가에도 나오듯이 동무라는 말이 자연스러웠으며 친구라고 하는 아
이는 없었다. 그런데 내가 초등학교 2학년 때 우리 학교 교가 끝에 나오
는 "공덕 동무야!"가 "공덕 어린이"로 바뀌었다. 우리 정부가 북녘 사람
들이 동무라는 말을 쓰니까 우리는 '동무'란 말을 써서는 안 된다고 막
아섰기 때문이다. 내 후배들은 이런 사실을 알지 못한 채 요사이도 "공
덕 어린이"라고 노래한다.

동무라는 말은 이제 어깨동무에서나 찾아볼 수 있는 말이 됐다. 우리
가 오래전부터 친구라고 해왔더라면 어깨친구라고 했을 것이다. 서로

팔을 어깨에 두를 수 있을 만큼 스스럼이 없는 사이가 동무이다. 길동무, 말동무, 글동무, 잠동무, 소꿉동무, 불알동무, 씨동무, 고향동무, 단짝동무, 옛동무, 새동무, 술동무라는 말이 있는 데서도 알 수 있듯이 동무가 훨씬 정겹다. 나는 씨동무라는 말을 좋아한다. 싹을 틔울 씨앗처럼 더없이 아끼는 동무라는 말이다. 전에는 사귀자는 말도 '동무하자.'고 했다.

나는 '동무'라고 하면 저절로 '사이좋다'는 말이 떠오른다. 어떤 사이라야 좋은 사이일까? 스승은 "저마다 따로따로 제 세계를 가꾸면서 어울려야 한다."고 말씀한다. 서로 제빛을 잃지 않으면서 어울릴 수 있을 때 아름다운 동무 사이를 이룰 수 있다는 말씀이다.

아울러 동무 사이는 "한 자락에 떨면서도 따로따로 떨어져 있는 거문고 줄"처럼 붙어 있으면 소리를 낼 수 없다고 했다. 옷과 옷 사이에 공기층을 이룰 때 따뜻하듯이 동무 사이도 알맞춤하니 떠야 서로 그윽하니 여울질 수 있다는 말씀이다.

스승은 텃밭에서 이슬이 내려앉은 애호박을 보고 동무한테 따서 보내주고 싶은 마음, 들길이나 산길을 거닐다가 야트막이 피어 있는 들꽃을 보고 느끼는 설렘을 나눠주고 싶은 마음이 일어나는 사이라야 멀리 떨어져 있어도 영혼 그림자처럼 어울릴 수 있는 사이라고도 말씀한다.

부처님은 동무를 어떻게 그리셨을까?

스님이 되었으나 세속을 잊지 못하는 비구 70명과 영축산에서 내려오는 길 부처님은 길가에 떨어진 헌 종이를 보고 주어오라고 했다.

"그 종이는 무엇에 쓰였던 것 같소?"

"향을 쌌던 종이인 모양입니다. 아직도 향내가 배어 있군요."

두 마디를 주고받고는 말이 없이 길을 가는데 이번에는 새끼도막이 길가에 놓여있다. 그걸 주워오라고 한 부처님은 또 물었다.

"그건 무엇에 썼던 새끼도막 같소?"

"비린내가 나는 것으로 보아 생선을 묶었던 것 같습니다."

이 이야기를 들은 부처님은 이렇게 말씀하셨다.

"어떤 사람이라도 본디 깨끗하다. 그러나 인연에 따라 잘못을 일으키기도 하고 덕을 일으키기도 한다. 어진 이를 가까이하면 뜻이 높아지고, 어리석은 이와 벗하면 재앙이 닥친다. 그것은 마치 종이가 향을 가까이했기에 향내가 나고, 새끼도막이 생선을 가까이했기에 비린내가 나는 것처럼, 사람들은 무엇엔가 점점 물들어 가면서도 그것을 깨닫지 못한다."

부처님은 이 말씀을 다시 게송으로 읊어주신다.

나쁜 사람에게 물드는 것은
냄새나는 물건을 가까이하듯
조금 조금씩 허물을 익히다가
저도 모르게 나쁜 사람이 된다.
어진 사람에게 물드는 것은
향기를 쏘이며 가까이하듯
슬기로움을 일깨우며 어질어져
저도 모르게 좋은 사람이 된다.

스승은 이 부처님 말씀에 주석을 이렇게 달았다.

벗이 끼치는 영향력은 결코 작은 것이 아니다. 벗 사이는 서로 끼치는 영향에 따라 얼마든지 달라질 수 있다. 그이가 사귄 벗을 보면 곧 그 사람을 알 수 있다는 말은, 벗이란 내 부름에 응답이기 때문이다. 앞에 나온 수행자 70인이 두고 온 가정을 잊지 못하는 것은 그만큼 오랜 세월을 두고 길을 들여왔기 때문이다. 출가란 그런 집착이라는 집에서 벗어남을 뜻한다. 불연세속을 이름하여 출가라고 한다. 어려운 일이다. 그러기 때문에 끊임없는 정진이 있어야 한다는 것. "게으르지 말고 꾸준히 정진하다." 이것이 불타가 최후에 남긴 유훈이다.

'초발심자경문' 가운데 원효 스님께서 남긴 '발심수행장'에 나오는 '불연세속'은 '세속과 인연에 매달리지 않아야 한다.'는 말씀이다.

부처님은 좋은 길동무와 어울리는 것은 수행에 절반에 이른 것과 같다는 아난다에게 수행 길에서 어진 동무를 만나는 것은 수행을 다 이루는 것이라고 말씀하고, 스승은, 동무는 내가 손짓하는 데 따른 응답이라고 했다. 내 몸짓이 옹글고 어질어야 어진 이가 마중 나올 텐데……

Happy your birthday

길상사 가까이에는 외국 공관이 많아 해마다 '부처님오신날'이면 많은 외국 사람들이 길상사를 즐겨 찾는다. 부처님오신날 길상사를 찾은 서양 여성이 스승에게 비손하며 꾸뻑 반절한다.

"Happy Buddha's birthday(부처님 생일을 축하합니다)!"

스승도 비손하며 화답한다.

"Happy your birthday(그대 생일을 축하합니다)!"

그대가 오늘 이 자리에 부처님으로 태어나라는 우레다.

2005년 부처님오신날 저녁 길상음악회에는 뜻하지 않게 김수환 추기경이 찾아와서 그 기쁨이 더했다. 이날 잔치에서는 불자 발원문 대신, 이해인 수녀가 지은 시 '부처님오신날'이 길상사 뜨락을 촉촉이 적셨다.

부처님

당신께서 오신 이날

세상은 어찌 이리

아름다운 잔칫집인지요!

……

부처님오신날은 또한 우리의 생일

평범한 일상에서 충만한 법열을 맛보는

날마다 새날 날마다 좋은 날

……

이 시에서도 부처님오신날은 '우리 생일'이라고 했다. 1986년 부처님
오신날 성철 스님께서 내놓은 법어를 살펴보자.

교도소에서 살아가는 거룩한 부처님들,

오늘은 당신네의 생신이니 축하합니다.

술집에서 웃음 파는 엄숙한 부처님들,

오늘은 당신네의 생신이니 축하합니다.

밤하늘에 반짝이는 수없는 부처님들,

오늘은 당신네의 생신이니 축하합니다.

꽃밭에서 활짝 웃는 아름다운 부처님들,

오늘은 당신네의 생신이니 축하합니다.

구름 되어 둥둥 떠 있는 변화무상한 부처님들

바위 되어 우뚝 서 있는 한가로운 부처님들

오늘은 당신네의 생신이니 축하합니다.

물속에서 헤엄치는 귀여운 부처님들,

허공을 훨훨 나는 활발한 부처님들

교회에서 찬송하는 경건한 부처님들,

법당에서 염불하는 청수한 부처님들

오늘은 당신네의 생신이니 축하합니다.

......

천지는 한 뿌리요, 만물은 한 몸이라.

일체가 부처님이요, 부처님이 일체이니

모두가 평등하며 낱낱이 장엄합니다.

부처님오신날이 그대와 나를 아우르는 우리 생일이 되도록 하려면 무엇을 어떻게 해야 할까? 스승은 부처님오신날 법석에서 오늘을 부처님오신날이 아니라 오시는 날이 되도록 해야 한다고 하시다가 2000년에는 급기야 오늘은 부처님이 오시는 날이라고 명토 박으셨다. "부처님은 어디서 오실까요? 자비심에서 오십니다." 하고.

스승은 이 바탕에서 청정심을 돌이키는 것이 바른 깨달음이라고 했다. 그런데 이번에 스승이 1972년 수필집으로는 가장 먼저 펴낸 책 『영혼의 모음』을 보니까 떡하니 '오시는 날'이란 제목이 붙은 꼭지가 있었다.

'부처님오신날'을 기리는 것은 그가 몸소 보였던 대비원력이 오늘 우리 자신의 것으로 분화될 때 비로소 그 의미가 있다. 그렇지 않고서는 설사 억만 개 등불을 대낮같이 밝힌다 할지라도, 인간세계는 암흑에서 벗어나지 못할 것이다. '오신 날'은 마땅히 새 부처님이 '오시는 날'을 위해서 있어야 할 것이다.

1970년에 남기신 글이다. 이미 이때부터 부처님오신날을 부처님이 오시는 날이라고 여기셨다는 말씀이다. 55년에 출가하셨으니 법랍이 16세가 채 되지 않으셨을 이때 우리가 부처님 분신으로 거듭나야 이 땅에 사랑이 깃들 것이라고 받아들이셨다.

스승은 부처님오신날이 부처님이 오시는 날이 되도록 해야 한다는 데서 멈추지 않았다. 사인하면서 가장 많이 써주신 말씀이 "날마다 새롭게 피어나세요."이다. 무슨 말씀인가? 날마다 부처님을 모셔내어 부처로 살라는 말씀이다.

날마다 부처님이 오시게 하려면 가장 먼저 해야 할 짓이 뭘까? 부처님은 어째서 무슨 일을 하려고 이 땅에 오셨는지, 어째서 아직도 부처님이 오셔야 하는지 깊이 살펴야 한다. 가장 좋은 건 부처님이 무엇을 깨닫고 어떻게 사셨는지를 살피는 일이다.

부처님이 이루 말로 다 말할 수 없을 만큼 뼈를 깎는 듯한 고행을 하면서 깨달은 것이 있다. 뭘까? '몸을 괴롭혀서는 괴로움에서 벗어날 수 있는 길을 얻지 못하겠구나.' 하는 알아차림이다. 그래서 어떻게 하셨을까? 그동안 들인 공력이 아깝다는 둥 쏟아부은 열정이 얼만데 하는 얘기를 하지 않고 바로 고행을 그만두고 나란다 강가에 가서 목욕을 한다. 몸을 말끔히 씻고 난 싯다르타는 수자타라는 여성이 공양한 우유죽을 드시고 선정(명상)에 든다. 이튿날 새벽 샛별을 보며 깨닫는다.

　석가모니부처님은 "세상에는 동떨어진 나라는 것이 없이 너나들이 그물에 달린 그물코처럼 이어져 있다(무아)"란 것을. 그리고 "이것이 나라고 할 만큼 머물러 있는 것이 없이, 늘 흐를 뿐(무상)"이라는 것을. "흐름 결(법)일 뿐인 줄 몰랐기에 그동안 괴로웠구나, 생각하면서 참된 소식을 제대로 알기만 하면 누구라도 헛된 괴로움에서 벗어날 수 있다."는 데까지 생각이 가닿았다. 그 뒤로 한평생, 이 소식을 알리려고 이곳저곳을 다니면서 사람들을 일깨우는 한편, 살아가면서 짊어진 짐이 버거워 힘들어하며 앓는 이를 다독이며 보듬었다.

두껍아, 너는 무슨 재미로 산중에 혼자 사느냐

얼마 전부터 해 질 녘이면 커다란 떡두꺼비 한 마리가 섬돌에 엉금엉금 기어 나와 내가 나오기를 기다린다. '오, 네가 또 왔구나.' 하고 아는 체를 한다. 낮에는 눈에 띄지 않다가 해 질 녘이면 어김없이 찾아온다. 나는 이 두꺼비한테 '너는 무슨 재미로 산중에서 혼자 사느냐.'고 두런두런 이야기한다. 두꺼비는 아무 대꾸도 없이 내 말을 끔벅끔벅 들어주기만 한다. 이렇게 지내온 사이에 우리는 한집안 식구처럼 길이 들었다.

두꺼비는 내가 바짝 다가서도 경계하지 않는다. 나는 두꺼비에게 먹이를 주고 싶은데 식성을 몰라 안타까워하기도 한다.

스승이 맑고 향기롭게 소식지에서 나눠주신 말씀이다. 두꺼비에게 가는 사랑 어린 마음이 고스란히 와 닿는 이야기이다. 먹이를 주고 싶은데 식성을 몰라 안타깝다는 말씀에서 물고기를 끔찍이 아끼던 옛날 중국 임금 이야기가 떠올랐다. 물고기가 무엇을 즐겨 먹는지 살피려 하지 않고 제 입맛에 맞는 음식을 잔뜩 먹여 죽이고 말았다는……

누구를 아끼고 사랑한다는 것은 그이가 지닌 얼결을 헤아리는 데서 비롯한다. 그런데 이 임금은 물고기를 사랑했다기보다 제 눈에 들어오는 물고기가 지닌 어떤 것이 끌렸을 뿐이다. 그래서 물고기가 놓인 처지 따위는 아랑곳없이 제가 좋아하는 것을 억지로 먹여 죽도록 만들고 말았다. 그러나 스승은 달랐다. 두꺼비는 무슨 재미로 산중에 홀로 살까?

크리슈나무르티가 말씀했다. "'홀로'라는 낱말 자체는 물들지 않고, 말가니 자유롭고 두루하여 부서지지 않는 것을 뜻한다. 당신이 홀로일 때 비로소 세상에 살면서도 늘 바깥사람으로 있으리라. 홀로 있을 때 생기차게 어울릴 수 있다. 왜냐하면 사람은 본디 온 목숨 두루 한 몸이기 때문이다."

다코타 족 인디언 오히예사도 말씀한다. "진리는 홀로 있을 때 우리와 더 가까이 있다. 홀로 있는 가운데 보이지 않는 절대자와 이야기꽃 피우는 일이 인디언들에게는 가장 중요한 예배이다. 자주 자연에 들어가 혼자 지내본 사람이라면 홀로 있는 가운데 나날이 커져가는 기쁨이 있다는 것을 알 것이다. 그것은 살아가는 밑절미와 맞닿는 즐거움이다."

고립에는 관계가 따르지 않지만, 고독에는 관계가 따른다고 하는 스승은 홀로 있다는 것은 참으로 따로 떨어져 홀로 있다는 얘기가 아니

라, 더불어 있음이라며 살아있는 것은 모두 이웃과 사이를 이루면서
거듭 자란다고 말씀한다.

그대는 어찌 혼자 사느냐는 묻는 스승에게 두꺼비는 대꾸 없이 끔
뻑끔뻑 듣기만 한다. 현대인들에게 가장 어려워하는 것 가운데 하나가
진득하니 이웃이 하는 말을 들어주기다. 문제는 말들은 그렇게 하면서
도 들어주려는 시늉은커녕 제 말만 던지곤 한다는 데 있다. 정보까지
는 아니더라도 떠도는 이야기를 하도 많이 듣다 보니 내남직없이 웬만
큼 안다고 생각한다. 그래서 서로 이웃이 하는 말을 듣기보다는 제 말
을 앞세우기 바쁘다. 그러다 보니 정치판은 말할 나위 없이 여느 사람
들이 어울리는 자리도 어수선하고 시끄럽기 그지없다.

어떤 사람이 성당에 가서 한 시간이 넘도록 눈을 감고 앉아 있었다.
신부가 다가가서 물었다.

"선생께서는 하늘에 계신 그분께 어떤 기도를 하셨습니까?"

"나는 아무 말도 하지 않았습니다. 그분 이야기를 듣고 있었습니다."

"그럼 그분께서는 어떤 말씀을 하시던가요?"

"그분 역시 가만히 듣고만 계셨습니다."

서로 듣기만 해도 울림이 인다는 말씀이다. 나만 하더라도 빌 때는 비
는 까닭이 있다. 듣기, 겉으로 드러내어 말을 하지 않아서 그렇지 혼잣
말처럼 속으로 중얼중얼 말씀드린다. 먼저 자연이 거기에 그대로 있기
를 빈다. 이어서 백두에 사는 아이도 한라에 사는 아이도 우리나라 사람

이다. 나는 우리나라 사람이다. 우리나라 사람은 한데 어울려 어깨동무하고 강강술래 하며 살아야 한다. 영세중립통일연방코리아! 으라차차영세중립코리아! 그리고 몸이든 마음이든 그때그때 아프다고 하소연하는 이들을 떠올리면서 이분들이 부디 몸이 튼튼하고 마음이 평안하기를 빈다. 아울러 조금이라도 인연이 있는 동아리들이 하는 일이 잘 이루어져 이 땅에 평화가 하루속히 이뤄지기를 빈다. 또 우러르는 어른들을 비롯해 제 이웃들이 안녕하기를 빈다. 이렇게 속내를 드러내놓고 보니 참으로 많은 말을 하는구나 싶다.

그러니 저토록 입을 닫고 귀를 열어 들을 수 있는 것은 하느님이나 그에 버금가는 경지에 이른 이들이나 하는 이야기가 아닐까 싶다.

스승과 겨울안거를 함께한 이끼 낀 돌

우리는 흔히 목숨이 붙어 있다고 여기는 것과 그렇지 않다고 여기는 것을 갈라, 차이를 둔다. 그러나 스승은 그런 경계 없이 어떤 것이든지 똑같이 품어오셨다. 사람에게 격이 있어 인격이라고 하듯이, 쥐나 토끼, 푸나무나 돌멩이에도 격이 있다고 여기셨다.

입에 닿는 느낌이 살아있다는 법정 찻잔을 빚은 도예가 지헌 김기철 선생이 곤지암에 작업장을 지었을 때 스승이 오셨다. 집을 둘러본 스승은 서까래 끝에 못을 박아 풍경을 달았는데 못 끝이 보이지 않았으면 좋겠다고 했다. 과연 못 끝을 헝겊으로 감싸니 못과 풍경이 어우러져 은근해졌단다. 이처럼 모든 사물에 격이 있어 대접을 제대로 해야 한다고 생각한 스승은 어느 것에도 숨이 있다고 여기어 말을 건네셨다.

스승은 언제나 말은 들을 대상이 있어야 한다, 입을 닫은 침묵에서 뜻이 목젖에 차오른다, 참으로 우리가 할 말은 간단명료하다, 그 밖에는 버릇에서 오는 소음 가운데 하나일 것이라고 말씀한다. 아울러 산에 사는 사람들은 사람이 아닌 나무나 새, 바위나 곤충 또는 구름이나 바람한테 혼잣말을 할 때가 더러 있는데, 이럴 때 한 줄기 바람이 나뭇가지를 스치고 지나가듯 텅 비울 수 있다고 말씀한다.

늦가을. 떨어진 잎으로 덮인 길을 짚어 불일암으로 돌아오던 스승이 개울에 드문드문 박혀 있는 징검다리를 건너다가 문득 멈춰 섰다. 개울 한 귀퉁이에 있던 이끼 낀 돌멩이를 집어 들고 둘레둘레 둘레를 둘러보면서 혼잣말을 한다.

"무 껍질이 두꺼운 것으로 보아 동장군이 제법 기승을 부릴 것 같으이. 그렇게 되면 이 이끼도 얼어 죽지 않겠는가. 그래서 내 사는 곳으로 데려가려고 하네. 이해해 주겠지. 작별 인사들을 나누도록 하게."

암자로 들어선 스승은 하얀 그릇에 물을 받아 돌을 올려놓고 소반을 받친다. 그대로 그림 한 폭이다.

"처음은 낯설어 서먹서먹할지 모르지만 이내 서로 정이 들 거야. 이건 차를 끓이는 주전자이고 저건 찻잔이네."

이따금 나들이하고 돌아온 스승은 이끼 덮인 돌에다 대고도 잘 다녀왔다며 잘 지냈느냐고 인사를 했다. 모진 바람이 몰아쳐서 나뭇가지가 부러지는 겨울을 나고 이듬해 봄 개울 물소리가 커질 무렵 스승은 이끼 낀 돌멩이를 감싸들고 개울가로 갔다. 이끼는 겨우내 따뜻한 방 안에서 지낸 덕분에 빛깔이 아주 파랬다. 스승은 이 돌멩이 자취가 남아 있는 자리에 파랗게 물이 오른 이끼 낀 돌을 가만히 내려놓았다.

"약속대로 자네들 동무를 다시 데려왔네. 반갑겠지? 암, 그렇고말고. 이제부터는 또 사이좋게 지내게나. 그리고 능엄이, 자넨 다시 스스로 힘으로 살아가야 하네. 제 삶을 남에게 평생 기대어 살면 뿌리가 썩어 버리는 법이야, 아마 가뭄이 들거나 큰물이 질 때도 있을 테니 힘은 들겠지. 그러나 그런 어려움쯤은 견뎌내야 하네. 그래야 살아간다는 보람이 생기는 걸세. 자, 그럼 잘 있게. 보고 싶으면 이따금 올게."

이끼 낀 돌멩이 이야기는 정채봉 선생 마음결과 손끝을 거쳐 동화 『꽃그늘 환한 물』로 태어났다. 따옴표 안에 있는 스승 말씀은 이 동화에서 모셔 다듬었다. 정채봉 선생에 따르면 스승은 이 돌멩이에게 '능엄'이라고 이름을 붙여줬던 것 같다. 세종임금이 훈민정음을 만들고 나서 가장 먼저 우리말로 풀어낸 책이 『능엄경』이다. 능엄경은 마음을 깊이 있게 다룬 경전으로 "마음이 일어나면 온갖 것이 따라 일어나고 마음이 없어지면 모든 것이 따라 없어진다."고 얘기한다. 어떤 마음을 일으키느냐에 따라 극락이 펼쳐지기도 하고 지옥이 펼쳐지기도 한다는 말씀이다.

부부가 우리 아내·남편이라 하는 까닭

"누구나 결혼을 생각하는 사람은 참으로 이 여인과(또는 이 남자와) 일생을 함께 대화할 수 있을까 하고 물어봐야 한다. 결혼생활에서 그 밖에 것은 다 무상하기 때문이다."

강옥구 에세이집 『들꽃을 바라보는 마음으로』에 나오는 말씀이다. 이 책을 감명 깊게 읽었다는 스승은 같은 책에 나오는 다음과 같은 말도 나눠주신다.

"그런데 오늘날 부부관계 대부분은 순수한 나와 순수한 너하고 만남에서 이루어진 대화가 아닌, 나에 대한 내 이미지와 너에 대해 내가 만들어놓은 이미지 사이에서 이루어진 대화로 꾸며지기 때문에, 현실과 이상 사이에서 생기는 차질만큼 좌절과 갈등과 실망과 불만으로 가득합니다. 그 괴로움에서 벗어나려는 수단으로 우리는 결혼생활에서 대화가 아닌 물질 보상이나 자극을 구하는 것이 아닐까요? 그렇지만 재물이나 권력이나 명예 따위는 그들이 지니는 속성, 곧 재보고 달아보고 비교하는 그런 속성으로 말미암아 그것을 추구하는 사람에게 항상 실망을 줄 수밖에 없을 것입니다."

여기서 네가 덧씌운 내 이미지와 내가 덧씌워놓은 네 이미지 사이에서 이루어진 대화는 갈등과 실망으로 얼룩진다는 말이 와 닿는다. 덧씌운 이미지는 가짜다. 그럴듯한 허울을 씌우고 그것을 참이라고 여기며 '내 남편이라면 모름지기 이래야 해.'라고 하거나 '내 아내가 이랬으면 좋겠어.' 하면서 적지 않은 부부가 서로가 서로에게 덧씌운 허울에서 벗어나면 실망스럽다고 퍼붓는다.

강옥구 선생은, 우리는 흔히 부부관계 안에서 욕망과 질투, 소유욕을 사랑과 혼동하고 있다고 짚는다. 나와 네 관계 안에서 터져 나오는 부아와 질투가 곧바로 '나'이기 때문에 그 '나'를 없애지 않고는 부아가 가라 앉고, 질투가 사라지지 않는다, '내'가 떠나 버린 빈자리에만 참으로 사랑이 깃들 수 있다고 말씀한다. 그러나 '나'를 없애기, 말처럼 쉽지 않다. 이럴 때는 말투를 곱다라니 쓸 수 있는 바탕을 마련해야 한다.

산업사회로 치달아 온 우리는, 경제 성장을 이룬다는 이름으로, 가정을 짓밟고 식구를 내팽개쳤다. 형편이 나아졌다는 요즘 들어 가정과 식구를 다시 새기고 있다. 직장에서 야근이나 회식을 줄이고 식구들과 보내는 저녁 시간을 누리자는 것을 서구에서 들어온 것으로 받아들이는 이들이 적지 않다. 그러나 가정과 식구를 으뜸으로 꼽는 것은 오래도록 이어온 유교 문화 바탕이다. 유교에서 으뜸으로 꼽는 것은 일상 안락이다. 일상 안락은 '수신'과 '제가', 곧 저를 닦고 가정을 평화롭게 아우르는 데서 온다.

스승은 2003년 최인호 작가와 만나는 자리에서 이렇게 말씀했다. 사람 사이에는 두 가지가 받쳐 줘야 한다고 생각한다, 친구 사이든 부부 사이든 사람 사이 바탕은 신의와 예절이다, 식구가 해체되는 것은 무엇보다 신의와 예절이 무너졌기 때문이다, 가까울수록 예절을 차려야 하는데 서로 무례하고 예절이 생략되어 버렸기 때문에 공동체 유대에도 균열이 간 것이 아니냐고 짚는다.

그러면서 식구는 아이가 되었건 남편이 되었건 정말 몇 생을 거치며 쌓인 인연으로 이번 생에 다시 만난 사이다, 만남 자체로 고마운 일이라고 말씀한다. 그러나 스스로 싫어질 때도 있듯이 살다가 갈등이 일어날 수도 있다, 그럴 때는 '우리가 몇 생 만에 이렇게 만나 부부를 이뤘는데, 이번에 잘해야 다음에 또 좋은 낯으로 만나지.' 하고 생각해보라고 일깨운다.

스승이 혼인하는 사람들에게 꼭 들려주는 이야기가 있다. "너희가 지금은 죽고 못 살 만큼 서로 좋아하지만 속상하면 못 할 말이 없다. 아무리 속상해도 막말은 하지 마라. 막말하게 되면 상처를 입히고 관계에 금이 간다. 제가 한 말을 언젠가는 책임을 져야 하니 어떤 일이 있더라도 막말은 하지 마라."

가정은 부부에서 비롯한다. 혼인은 여성과 남성, 음과 양 그러니까 깊어짐과 드러남이 만나 일어나는 싱그러움이다. 퇴계는 부부란 여성과 남성이 만나 새로운 세계를 빚어가는 사이라고 했다. 부부, 가시버시는 둘이 만나 하나를 이루며 더불어 살아가는 사이로 일심동체라고 한다.

'부부일심동체'라는 말은 부부가 어우렁더우렁 가정을 잘 꾸려나가라는 뜻을 담고 있다. 그런데 이 말을 잘못 받아들이면, 그대가 내게 매여 있다고 여기거나 내 것이라고 받아들이기 쉽다. 요즘 사람들은 부부뿐 아니라 연인끼리도 서로 '내 것'이라고 부른다. 내 것이라고 하면 저도 모르는 사이에 함부로 해도 괜찮다는 마음을 일으키기 쉽다.

맹자 말씀에 '부부유별'이란 말이 있다. 이 말을 흔히 "부부 사이에는 해야 할 노릇이 달라, 여성은 주부 노릇을 잘해야 한다."라고 잘못 받아들이고는, 남성을 중심에 둔 가부장제도에서 온 것이라고 몰아붙이는 사람이 적지 않다. 아니다. 맹자가 부부유별을 이야기할 때는 부부 사이에 해야 할 노릇이 너무나 뚜렷이 갈려 굳이 부부유별을 내세우지 않아도 됐다. 그러면 부부유별이란 무엇을 가리키는 말씀인가. 부부가 서로가 서로에게 매인 사이가 아니라, 도두보며 우러러야 할 독립된 인격이라는 사실을 놓치지 말라는 일깨움이다.

"부부는 사람이 지켜야 할 윤리가 움트고 만복이 자라는 뿌리이다. 비록 지극히 친하고 더없이 가까운 사이이면서, 지극히 바르고 더없이 조심해야 할 자리이다. …… 세상 사람들은 예를 지키고 도두봐야 한다는 사실을 모두 잊어버리고, 버릇없이 가깝게 굴다가 마침내 서로 업신여기고 깔보며 못 할 짓이 없는 데까지 이르는데, 서로 손님을 맞이하듯이 우러르지 않은 데서 빚어지는 일이다."

퇴계 이황 선생이 혼인하는 맏손자에게 남긴 말씀이다. 마치 요즘 부부가 사는 모습을 들여다보고 하는 말처럼 들린다.

퇴계 선생은 부인을 언제나 손님을 맞이하듯 하며 한 번도 함부로 하지 않았다. 부인은 남편을 손님처럼 우러러 물건을 줄 때도 손으로 건네지 않고 늘 소반에 담아서 공손히 건넸다는 이야기는 부부유별 본보기라 할 수 있다.

여기에 우리나라 부부들이 서로 내 아내나 내 남편이라고 부르지 않고 우리 아내, 우리 남편이라고 하는지 까닭이 담겨 있다. 알 만한 이들도 아내가 남편에게 우리 남편이라고 하고 남편이 아내에게 우리 아내라고 부르는 것이 잘못이라고 하면서 "틀렸다!"고들 한다. 아니다. 아내가 남편에게 남편이 아내에게 우리 남편, 우리 아내라고 부르는 것은 나와 남편 또는 나와 아내가 '둘이지만 서로 떨어질 수 없이 깊이 사랑하는 사이'라고 여기기 때문이다. 아내나 남편을 내 아내, 내 남편이라고 부르다 보면 '내 것'이라는 생각이 들어 함부로 하기 쉽다. 그러나 우리 아내, 우리 남편이라고 하면 자연스레 서로 도두보는 생각이 들 수밖에 없다.

미국 대통령을 지낸 지미 카터는 완벽주의자다. 특히, 시간을 지키는 데 철저해서 약속 시각 30분 전에 약속한 곳에 가닿아야 마음 놓는 사람이었다. 그런데 아내 로잘린 여사는 온화하며 신앙심은 깊지만, 이것저것 챙기느라 늘 늦는 편이었다. 카터는 오래도록 로잘린 여사 버릇을 고치려고 잔소리를 해댔다. 결과는 어땠을까? 실패했다. 이런 일로 더는 아내를 괴롭혀서는 안 되겠다고 생각한 카터는 아내 생일날 카드에 이렇게 썼다.

"내가 이제껏 당신을 너무 괴롭혀 왔소. 이제는 나와 시간 지키는 일에서 벗어나도록 해주겠소."

이 카드를 받아든 로잘린 여사는 "고마워요. 내가 그대에게서 받은 생일선물 가운데 가장 으뜸이에요."라고 했다. 오래 같이 살아서 서로 닮아가는 부부도 같은 것보다 다른 구석이 훨씬 많다. 닮은 듯 다른 부부가 잘 어울린다. 서로 모자라는 점을 메워줄 수 있기에.

스승은 부부가 서로 속뜰을 여는 진정한 대화란 서로가 마음을 활짝 열어 삶을 진지하게 살피고 생각한 바를 함께 나누는 일이다. 살아있는 꽃이 아름다운 건 순간순간 제가 지닌 빛깔과 향기를 마음껏 드러내기 때문인데 그러려면 서로를 깊이 살피는 노력이 뒤따라야 한다고 말씀했다.

내가 어쩌다 서는 혼인 주례를 마무리하면서 나누는 말씀이 "아내 얼굴에 남편 얼굴이 담겨 있다. 남편 얼굴을 봐도 아내 얼굴을 그릴 수 있다. 배우자는 내 거울이다. 세상에 가정만큼 소중한 곳은 없다. 그 어디에서보다도 가정에서 성공해야 한다. 그러려면 곁님 이야기를 가슴으로 들어야 한다. 논에 들어 벼를 빛내고 산에 들어 나무를 빛내는 물처럼 서로 네게 들어 그대를 빛내길 빈다."란 말이다. 이 말씀들은 모두 내가 생각해낸 것이 아니라 다른 분이 하셨던 말씀들을 모셔다 썼다.

스승은 또 좋은 사이란 진정 어린 대화를 나누는 가운데 서로가 옹글게 있음을 받아들일 수 있다고 말씀했다. 진정 어린 대화를 하는 데 가장 먼저 떠올려야 할 말이 무엇일까? 이렇게 물으면 요즘 사람들은 서슴없이 "사랑해."라고 한다. 사랑한다는 말이 넘쳐나는 세상, 이대로 괜찮을까?

만나자마자 이내 사랑에 빠진 까투리와 장끼가 스승인 올빼미를 찾아가 혼인을 하려고 하니 허락해달라고 한다. 올빼미는 그 말은 들은 척도 하지 않고 둘이 다퉈 본 적이 있느냐고 묻는다. 까투리와 장끼는 어이없어하며 사랑하기도 바쁜데 다툴 겨를이 어디에 있느냐고 되받아 친다. 올빼미는 고개를 절레절레 흔들면서 진정으로 한바탕 다툰 다음에 다시 오면 혼인을 허락할지 그때 알려주겠다고 한다. 다투면 헤어지지 혼인은 왜 하느냐며 소리를 높인 까투리가 장끼 손을 잡아끌고 떠나자 곁에서 지켜보던 산비둘기가 나선다. 왜 다투고 나서 오라고 돌려세우느냐, 혼인은 사랑하면 할 수 있는 것이 아니냐고. 올빼미는 함께 살아가는 혼인은 사랑 못지않게 갈등이 일어났을 때 풀 힘이 있어야 하기에 어울려 사는 데는 '사랑해.'란 말보다 '미안해.'란 말이 더 힘을 쓴다고 말한다.

이 나이 먹도록 살아보니 참으로 그렇더라. 사랑한다는 것은 말이 아니더라도 얼마든지 알릴 수 있다. 그러나 넘치고 지나쳤을 때 또는 모자라고 못 미쳤을 때는 오직 마음을 다해 "미안해."라는 말밖에 쓸 수 있는 것이 없다.

아이들을 놀려라

하루가 다르게 바뀌는 세상. 도시 사람이든 시골에 사는 이든 어버이라면 내남직없이 어떻게 하면 우리 아이를 잘 가르칠 수 있을까 한걱정들이다. 그런데 우리가 아이를 가르친다는 말이 맞을까? 돌아보면 기던 아이가 처음으로 일어설 때 내가 한 짓이 아무것도 없었다. 큰아이가 처음으로 일어섰을 때는 내가 바깥에 있어서 보지 못했다. 그러나 작은 아이가 처음 일어서는 날에는 옆에 있었다.

아이를 안에 앉히면 제 발로 쭉쭉 밀고 방안이며 거실을 돌아다닐 수 있는 둥글고 바퀴 달린 수레를 하나 사줬다. 처음에는 어리둥절해하던 아이가 한두 번 타고 미끄러져 가는 게 신기했는지 까르륵댔다. 거기 올라앉으면 제가 가고 싶은 데로 갈 수 있어 좋았는지 올려달라고 늘 보챘다.

어느 날 아이가 그 수레 밑동을 잡고 일어서려고 용을 쓰는 모습이 눈에 들어왔다. 일어서다 미끄러지고 또 일어서다 미끄러지기를 여러 차례, 그래도 주저앉지 않는다. 아이 얼굴에는 기어코 일어나서 저걸 타고야 말겠다는 굳은 마음이 서린다. 손아귀에 힘이 들어가고 얼굴에도 힘이 잔뜩 들어가 벌겋다. 그러기를 한 이십여 분 지났는지 삼십 분을 넘겼을까 알 수 없는데 안간힘을 몰아 쓰더니 마침내 일어서서 "으아앙!" 울음이 터진다.

태어난 아이가 일어나서 걷기까지 수천 번 넘어진다고 하니 아이는 그 뒤로도 퍽 많이 넘어졌을 것이다. 아이는 앞으로 고꾸라지고 뒤로 젖혀지며 구르고 넘어지며 때로는 코피를 쏟으면서 자란다.

스승은 『새들이 떠난 숲은 적막하다』 '가장 좋은 스승은 어머니다'에서 생태운동가이며 교육자인 인도 사람 사티쉬 쿠마르 어머니가 한 말을 꺼낸다.

"아이들은 텅 빈 물통이 아니라 씨앗 하나, 도토리 하나다. 어떤 식물학자나 정원사도 도토리에게 참나무가 되는 길을 알려줄 수는 없다. 그 작은 씨앗 속에 우람한 참나무로 자라나서 수백 년을 살고 도토리 수백만 개와 나뭇잎과 줄기를 만들어낼 힘이 있다."

무슨 말씀인가? 아이에게는 자연 못지않게 스스로 자랄 수 있는 힘이 있어 태어난 그대로 될성부른 씨앗이라는 말씀이다. 우리나라를 대표하는 교육학자로 대통령 직속 교육개혁위원장을 맡았던 김종서 박사는 사티쉬 쿠마르 어머니가 한 말씀을 대변이라도 하듯 "자녀를 교육하겠다는 생각을 버려야 한다. 아이들이 스스로 크지 어버이가 키울 수는 없다. 어른들은 아이가 크는 것을 도울 수 있을 뿐, 교육을 할 수 없다." 고 딱 잘라 말씀한다.

"애가 넷이 있는데 걔들을 교육하지 않았습니다. 크는 것을 도왔을 따름이지. 내가 애들보다 아는 것이 많고 경험이 많다고 해서 애들을 가르치겠다고 하면 도리어 교육이 되지 않습니다. 아이들은 저마다 생긴 그대로 크는 겁니다. 아이들이 뭘 붙잡으려고 애쓰는 데도 붙잡지 못하면 잘 붙들 수 있도록 도와주기만 하고, 마음대로 뛰어놀게 해야 해요. 귀중한 물건은 애들 손에 닿지 않는 곳에 올려놓고 아이는 풀어놔야 해요. 풀어놓으면 마구 때려 부수겠지만, 부숴봤자 얼마나 부수겠어요. 그대로 내버려 두면 얼마 지나지 않아 제풀에 시들해져서 하지 않아요. 마음에 들지 않거나 잘못하면 그냥 내버려 두고, 마음에 드는 짓을 하면 도와주고 칭찬해주며 부추겨 줬어요. 저희들이 스스로 하게끔."

시골 사범학교에서 학생을 가르칠 때 어린 자녀들을 책상머리에 붙잡아 두지 않고 산으로 들로 뛰어다니며 자연과 함께 키웠다는 자연주의자 김종서 박사는 "조물주 손을 떠날 때 만물이 모두 선하였으나 사람 손에 들어오자 만물이 타락한다."는 『에밀』 첫 구절에 나오는 말씀대로 사람들 본바탕은 본디 착하고 훌륭한데 어른들이 잘못된 생각을 가지고 간섭하기 때문에 나빠진다고 말씀한다.

"애들에게 공부를 잘해야 훌륭한 사람이 된다는 말을 한마디도 한 적이 없어요. 그리고 애들을 학원에 보낸 적이 없어요. 저희들이 가려고 하지 않는데 왜 보냅니까?"

스승과 인연 이야기 두 번째 책 『가슴이 부르는 만남』 김종서 박사 편에 실린 말씀이다. 같은 꼭지에서 김종서 박사는 머리를 노랗게 물들인 손자가 어떻게 생각하느냐고 물어왔을 때 "물들이고 들이지 않고는 문제가 아니다. 머리 물들인 일을 잘했다고도 잘못했다고도 이야기하지 않겠다. 네 생각대로 했으니 그럴수록 어머니, 아버지에게 잘해야 한다."고 말씀한 어른.

뭘 잘하면 좋겠냐고 되묻는 손자에게 "난 이야기하지 않겠다. 네가 생각나는 대로 해봐라. 어떻게 하는 게 잘하는 건지." 하며 맡겼다는 할아버지 말씀에 나는 어머니를 떠올렸다.

김종서 박사와 같은 해인 1924년에 태어나 학교 문턱에 가본 적이 없던 어머니는 내가 앞으로 어떻게 해야 할지 뜻을 물을 때마다 "어련하겠니. 네 뜻대로 해라."고 했다.

소설가 최인호는 스승과 만난 자리에서 손녀에게 많이 배운다고 얘기했다. "예수 그리스도는 '너희가 아이처럼 되어야 천국에 들어갈 수 있다.'고 했고, 불교에서도 '천진불'이라는 말이 있지 않습니까? 혜월 스님도 동자승에게서 천진을 배웠다고 했고요. 전에는 무슨 뜻인지 알 것 같으면서도 몰랐는데 이젠 확실히 알겠습니다. 아이가 아이가 아니더라고요. 아주 신비합니다."

스승은 이 말씀을 받아 영혼에는 나이가 없다, 그저 몸을 가지고 나온 시간이 얼마 안 되었을 뿐 여러 생을 겪고 나왔다, 그래서 우리가 생각지도 못했던 말이라든가 배울 새 없었을 말들이 마구 쏟아져 나온다, 아이는 어른 어버이라는 말이 그 소리다, 몸 나이로 아이를 생각해서는 안 된다, 내 것이 아니라 같은 인격체로 맞이해야 하는 까닭이라고 말씀한다.

적지 않은 어버이들이 어버이를 비롯한 어른이 아이를 가르치고 이끌어야 한다고 생각한다. 참으로 그래야 할까? 아니다. 아이는 그대로 옹글어서 저마다 제가 가진 힘으로 너끈히 생각하고 스스로 자란다. 어버이는 그저 넉넉하게 바라봐 주면서 힘을 보태달라고 할 때나 잘못하는 데가 없는지 살펴봐 달라고 할 때 쓱 훑어보고 괜찮으니 뜻을 살려 나가보라고 하면 된다.

그러는 너와 아이 사이가 어땠느냐고 물으면 입을 다물 수밖에 없다. 아이를 제대로 아우른 적이 없는 내게 그나마 좀 나은 것이 있었더냐고 묻는다면, 다른 어버이보다 아이 삶에 덜 끼어들었다는 것이 아닐까. 개똥철학이라도 있어 그랬던 것이 아니라 제 앞가림에 겨워 돌아볼 겨를이 없었기 때문이다.

돌아보니 아이는 가르치는 대로 되어가는 것이 아니라 제가 본 대로 귓결에 들은 데 따라 살아간다. 어버이 손이 많이 간 아이일수록 제 앞가림하는 것이 더디다. 손이 덜 탈수록 빨리 제 결을 찾아간다는 얘기다. 이 나이 돼서야 "입으로 가르치니 대거리하고 몸으로 가르치니 따른다."라는 말에 담긴 뜻을 가까스로 헤아린다.

놀이, '놀다'가 '놀리다'는 말 뿌리에서 나왔다고 하는 윤구병 선생은 아이들을 놀려야 손발을 제대로 쓰고 몸을 써야 할 때 참답게 쓸 줄 안다고 말씀한다. 농사짓고 집 짓고 옷 짓고 밥 짓기처럼 제 앞가림하는 힘은 모두 몸 놀리는 데서 나온다. 일과 놀이가 하나를 이룰 때 비로소 사람은 제구실을 제대로 할 수 있다.

앞서 말했듯이 아이가 일어서고 걷기까지 어버이는 그저 손 놓고 바라볼 수밖에 없다. 부처님 말씀처럼 제가 짓고 제가 받을 수밖에 없다. 여기서 가르친다는 말을 돌아본다.

지식정보원은 "'가르치다'를 이르는 옛말은 '치다'인데 본디 '가르치다(敎)'와 '가리키다(指)'라는 두 가지 의미가 있었다."고 한다.

이어령 선생은 '가르치다'와 논밭을 '갈다'가 같은 말 뿌리에서 왔다고 한다. 가르침이란 마음 밭을 가는 것이란 말씀이다. 지식정보원에서도 "'가르치다'라는 말은 '갈다'와 '치다' 합성어로 생각할 수 있다. '갈다'는 '새것으로 갈다', '논밭을 갈다'는 의미"라 했다.

그러니까 밭가는 것을 스스로 배우는 것이다. 어버이는 '이렇게 하는 거야.'라고 '내가 하는 것을 잘 봐.' 하거나 '저 사람이 하는 것을 찬찬히 살펴.' 하며 가리킬 수는 있어도 가르칠 수는 없다.

보고 들은 것이 모자란 탓인지 모르겠으나 부처님은 당신을 따르는 이들에게 '길동무'라고 하셨지 당신은 스승이고 그대들은 제자라고 콕 짚어 말씀한 적이 없다고 받아들인다.

삶에는 이렇다고 할 만큼 마련된 틀이 없다. 다 서로 어울리며 바뀌어 간다(무상). 홀로 이뤄갈 수 있는 것이 아무것도 없기에 나라고 딱 짚어 말할 수 있는 것이 없다(무아). 주의 깊게 짚고 헤아려보고 이리 해보고 저리 보니 여기가 옹근 가온 길(중도)이다. 이 길을 곱다라니 잘 닦아야(수도) 한다. 그러면 길을 닦은 이이건 닦지 않은 사람이건 가리지 않고 길을 얻는(득도)다.

마음을 곱게 쓰는 것이 수행 시작이며 중간이며 끝, 그대로 옹글어짐이다. 스승은 우리 함께 이 길을 닦자고 하셨지 이렇게 닦아야 한다고 일러주고, 뒷짐 지고 물러앉아 있는 적이 없었다. 굳이 말씀해야 할 때 는 길라잡이라고 하셨을 뿐이다.

나는 앞으로 모시는 불상은 앉아서 선정(명상)에 든 부처님이 아니라 걸어 다니거나 말씀을 나누는 부처님을 모셔야 한다고 생각한다. 그래 야 부처님이 끊임없이 움직이며 우리를 아우르셨다는 것을 느낄 수 있 지 않을까 싶어서 그렇다. 길잡이라고 하면 사람들은 자꾸 이끈다는 것 을 떠올리는 데 부처님은 한사코 손사래 치셨다. "이끄는 자리를 물려 달라."는 데바닷타에게도 "후계자를 세우지 않고는 돌아가실 리 없다 는 생각에 후계자 소리를 하지 않으셨으니 아직은 돌아가시지 않겠구 나." 생각했다고 말씀드리는 아난다에게도 "우리 교단은 서로 울타리가 되어 서로를 아우를 뿐, 누가 이끌고 말고 할 수 없다. 누가 누구를 이끌 수 있다는 말이냐? 참다움을 드러내 스스로 빛나라."고 말씀했다.

부처님은 말을 강가로 데리고 갈 수는 있어도 억지로 물을 먹일 수는 없다고 하셨다. 달을 가리키면 달을 봐야지 어째서 손가락을 보느냐는 말이 나오는 것도 마찬가지다. 손가락을 보는 사람은 가르치는 사람을 따르려는 이들이다.

외려 가르치려고 들다가 그르칠 수 있다. 학습이나 배움은 아이가 스 스로 일어서고 걷듯이, 제 스스로 몸에 배도록 거듭 날갯짓해야 한다는 데서 온 말씀이다. 아이 일은 아이한테 맡기고 어버이는 제 앞가림이나 잘하라.

콩나물시루에 물 한 바가지 부어보라. 물 한 바가지가 다 시루 밑으로 흘러 빠져나가 버리는 것처럼 보여도, 스치는 듯 흐르는 물에 콩나물이 자란다. 마찬가지로 어버이가 힘을 보태고 싶다면 물이 흐르듯이 밥 잘 챙겨주고 자연을 누리며 잘 놀 수 있도록 멍석을 깔아주면 된다. 스치는 물에 콩나물이 자라듯 아이는 자연과 어울리며 노는 데서 무럭무럭 자란다.

아이는 그대로 옹글다

뜻하지 않게 서울국제불교박람회장에서 강연했다. 강연하게 된 바탕에 '10대와 함께 하는 세상에서 가장 쉬운 불교 이야기'라는 작은 제목이 달린 『벼리는 불교가 궁금해』가 있었다. 하려던 얘기는 "불교 얘기, 10대와 어떻게 얘기하지?"인데 제목이 "10대들과 불교를 얘기하는 법"으로 달렸다. "그건 이래." 하고 딱 잘라 일러주거나 족집게처럼 정답만 콕 짚어 얘기해 주기를 바라서 그럴까? 우리나라 사람들은 참으로 '법'이란 낱말을 좋아한다. 그러나 '물 수水' 변에 '갈 거去'로 이루어진 법은 거듭 흐름, 흐름 결을 나타내는 낱말이다.

나는 10대니 20대니 청소년이니 젊은이니 하면서 사람을 나이로 잘게 쪼개 나누기보다 그저 아이나 어른으로 나누는 것이 좋지 않을까 생각한다. 젊은이는 "나이가 한창때다."란 뜻으로 20대에서 30대에 이르는 사람을 이르는 말이다. 그러나 세종임금 때에는 젊은이는 '늙은이'에 맞서 20대나 30대뿐만 아니라 10살이 되지 않은 사람까지도 일컫는 말이었다.

아이는 어버이에 맞서는 말이다. 어버이를 가리키는 옛말이 '어이'였다. '어이없다'는 말은 어른이 없어 보고 배운 것이 없어 상식에 어긋나게 저지른 일을 보며 터져 나오는 소리다.

어버이나 어이 또는 아이는 홀이름씨이면서 두루이름씨이다. 어이는 먼저 나와 이미 터를 닦고 제 앞가림해가는 이를, 아이는 이제 앞으로 새털처럼 많은 동안 터를 닦으며 제 살길을 찾아가는 이를 이르는 말이다. 언니와 아우도 마찬가지다. 언니는 먼저 와서 터를 닦고 뿌리내리고 있는 이를, 아우는 앞으로 터를 닦으며 뿌리 내릴 이를 일컫는 말이다. 먼저 왔다고 해서 더 낫다고 할 수 없고, 이제 왔다고 해서 모자랄 것도 없다.

감나무 씨앗이 흙에 뿌리내리고 떡잎이 나면 감나무일까 아닐까? 감나무 떡잎이 감이 주렁주렁 달린 아름드리 감나무를 보고 저는 죽었다 깨어나도 저리될 수 없다고 여긴다면 맞는 생각일까? 여리고 파랗던 감떡잎이 가느다랗지만 튼튼한 줄기를 세워서 처음으로 쪼그맣고 동그란 고욤이 달렸다.

혀를 대어보니 몹시 시고 떫다. 이른바 땡감이다.

이 감은 옹글다고 볼 수 없을까? 옹글다는 말은 모자라거나 빠진 것 없이 본디 그대로 있다는 말이다. 그래서 고욤을 보고 옹글다고 여기는 사람은 없다.

우리 입맛에 따르면 감이란 모름지기 무르익어 한 입 베어 물었을 때

달아야 한다고 여기지만, 아니다. 설익은 것이 떫은 데는 그럴 만한 까닭이 있다. 씨앗이 채 여물지 않은 고욤이 다디달다면 어떤 일이 벌어질까? 온갖 새와 짐승이 너도나도 입맛을 다시며 달려들 것이다. 그러면 대를 이어 살아남을 길이 없다. 갓 달린 고욤은 아주 여리고 서툴기 그지없지만 떫기에 제 몫을 톡톡히 하는 것이다. 열매뿐 아니라 여리디여린 떡잎도 그대로 옹글다.

마찬가지로 앞으로 누리를 아울러 갈 아이는 떡잎처럼 여리고 서툴지라도 더할 나위 없이 옹글다. 먼저 여물어 스러지는 것이 어버이라면 차오르는 것은 아이들이다. 언니는 먼저 차오르는 이를, 아우는 나중에 어리어 오르는 사람을 이른다. 어리어 오르는 떡잎이나 열매는 여물지 못하다. 그렇지만 그대로 옹글다. 그렇기에 흔들릴지라도 쉽사리 휘둘리지 않는다. 제가 부처님 결을 지니고 태어난 아이라는 것만 똑바로 안다면.

낳자마자 뛰어다니며 어미젖을 찾아 물거나 풀을 뜯어 먹기도 하는 다른 짐승들과는 달리 사람은 몸도 뒤집지도 못할 만큼 어설프게 태어난다.

돌이켜보라. 사람이 다른 짐승들처럼 낳자마자 뛰어다니며 제 앞가림할 수 있었더라도, 살아남으려고 연장을 만들어 쓰고 불을 붙여 쓰면서 무엇을 배우려고 몸부림쳤을까? 잘라 말할 수는 없어도 사람들이 농사짓고 집이나 옷을 지으며 살아갈 수 있게 된 데는 남만 못하게 태어난 덕을 본 것이 적지 않을 것이다. 사람이 어설피 태어난 데는 골(뇌)을 키우는 데 힘을 쏟느라 다른 데까지 힘이 미치지 못했다는 말도 있다. 모자라는 그대로 옹글다는 말씀이다. '시거든 떫지나 말지!' 하는 속담을 함부로 쓸 수 없는 까닭이다.

아이를 볼 때 어른 잣대로 보지 말아야 한다. 어리다는 것은 눈물 어리다, 사랑 어리다에서 볼 수 있듯이 차오르는 것을 가리키는 말씀이다. 덜 차올랐다고, 덜 어리었다고 해서 모자라다며 딱하게 보는 것은 잘못된 생각이다. 애늙은이, 웃자라서 문제가 될 수는 있어도 어려서 문제되는 일은 없다. 어려서 어수룩할 수는 있어도 어리석을 수는 없다. 어리석다는 말은 얼이 삭다 또는 썩다는 데서 왔다고 봐야 한다. 삭거나 썩은 건 되돌릴 수 없다.

부처님은 들은 것을 기억하지 못하거나 문장 하나를 제대로 외우지 못하고 늘 까먹는 사람에게도 어리석다고 손가락질하지 않았다. 열 번이고 스무 번이고 되풀이해서 말씀해주실 만큼 그 사람에게도 부처님 씨앗이 있다고 여기셨다.

세종임금이 훈민정음 사람을 일깨우는 바른 소리를 펴내면서 어린 백성이라는 말씀을 한다. 이것을 어리석은 백성이라고 푸는 분들이 적지 않은데 잘못이다. 어리어 오르는 이는 차오르니까 마침내 알찰 수 있다는 말이다. 어린 중생은 있어도 어리석은 중생은 없다.

프랑스 사진작가 김미현은 스승에게 "입에 닿는 느낌이 좋다."는 말씀을 들은 법정 찻잔을 구운 도예가 김기철 선생 따님이다. 김미현 작가가 프랑스 유학을 가겠다고 했을 때 식구들은 몹시 반대했다. 티격태격, 옥신각신 끊임없이 이어지던 어버이와 힘겨루기는 "제가 하고 싶은 일을 하고 살아야 바람직하다."는 스승 말씀에 김기철 선생 내외 판정패로 끝났다.

내 산거에 오면 미현, 민호, 규호 제 자녀와 모처럼 자리를 같이하게 된 기회라 가족회의를 곁들여 재판받을 일(?)을 내놓게 된다. 규호네 어머니 조남숙 여사가 그동안 일어났던 일을 차근차근 나열하기 시작하면 성미 급한 편인 김기철 님은 중요한 대목만 대충 이야기하라고 윽박지른다. 성미가 너그럽지 못한 재판관인 나도 들을 만큼 듣다가 알겠다면서 주관적인 판단을 내린다.

이런 논의 결과 미현이가 빠리에 가서 사진작가로서 서서히 인정을 받게 되었고, 민호는 중국 문학을 열심히 연구하고, 막내 규호도 자기 개성을 마음껏 발휘하며 군복무를 하고 있다.

스승과 인연이 있는 어른들을 만나 나눈 말씀을 엮은 책 『법정, 나를 물들이다』 김기철 편에 나오는 말씀이다. 스승은 아이 일을 놓고 아이와 어버이 뜻이 갈릴 때는 어김없이 아이 손을 들어주셨다. 어째서 그러셨을까? 절집에서는 누구에게나 부처님 씨앗이 있다고 여긴다. 스승은 늘 아이에겐 어른 못지않은 부처님 결이 있을 뿐 아니라, 말갛기까지 하여 훨씬 부처님답다고 말씀했다. 아이는 이미 부처님, 오실 부처님이기에 아이와 어버이 뜻이 달라 갈피를 잡지 못할 때 스승은 아이 손을 들어주신 것이다. 그 부처님 살림살이는 그이 뜻에 따르도록 해야 한다는 말씀이다.

그런데 김기철 선생은 어째서 집안일을 바깥에 계신 스승을 찾아가 의논했을까? 여기서 우리는 우리나라 사람들은 외동이도 제 어머니를 '내 엄마'라 하지 않고 '우리 엄마'라고 하는 까닭을 제대로 짚어야 한다.

마찬가지로 어버이는 아이를 가리켜 '내 아이' 또는 '내 새끼'라고 하지 않고 '우리 아이'라고 했다.

　우리 아이에는 두 가지 뜻이 담겨 있다. 하나는 우리 엄마란 말에서 알 수 있듯이 어버이와 나는 둘이지만 서로 떼려야 뗄 수 없을 만큼 깊이 사랑하는 사이라는 뜻이 하나 있고, 우리 마을에 더불어 사는 우리네 아이라는 뜻이 담겨 있다. 아이 하나가 크는 데 온 마을이 있어야 한다는 말이 여기서 나왔다. 마을, 한 울타리를 이루는 어른들은 그 그늘에 있는 아이들을 너나들이 품어야 한다는 뜻이 아울러 있다. 어버이 말 뿌리인 '어이'는 나를 낳아준 어버이만을 가리키기보다는 둘도 없는 내 동무를 낳아주고 길러준 분들을 다 아우르는 말이다. 그 자취가 아직도 남아 여태도 친구 어버이에게 아저씨나 아주머니라고 하지 않고 어머니, 아버지라고 부르는 것으로 보아 쉽게 어림할 수 있다. 어버이와 아이가 홀이름씨이면서 두루이름씨인 까닭이다.

네가 있어 이웃이 맑고 향기로울 수 있기를

아름다움은 또한 슬기로움과 서로 이어져야 해. 슬기로움은 우연히 얻어지는 게 아니야. 순수한 집중으로 제 안에 지닌 빛이 발하는 거지. …… 네가 있으므로 해서 네 이웃이 환해지고 맑아지며 향기로워질 수 있는 그런 사람이 되어 주기를 바란다. …… 네 하루하루가 너를 이룬다. 그리고 멀지 않아 한 가정을, 지붕 밑의 온도를 이루고, 그 온도는 이웃으로 번져 한 사회를 이루게 될 것이다. 이렇게 볼 때 네가 있음은 절대이다. 없어도 그만이 아니란 말이다. 누이야, 이 살벌하고 어두운 세상이 그 청청한 네 아름다움에 힘입어 살아갈 만한 세상이 되도록 부디 슬기로워지거라.

『무소유』 '아름다움-낯모르는 누이들에게'에서 남긴 말씀이다. 1971년에 쓰신 글이다. "맑아지고 향기로워질 것"이라는 말씀과 "청정한 네 아름다움에 힘입어 살아갈 만한 세상이 되도록 부디 슬기로워지거라." 하는 말씀을 오랜만에 다시 만나면서 소름이 돋았다. 이 대목에서 스승이 23년 뒤인 1994년에 빚은 시민모임 "맑고 향기롭게"를 떠올린 사람이 적지 않을 것이다. '맑음'과 '청정'은 같은 말로 사람은 누구나 '본디 맑은 본디 부처'라는 뜻이 담겨 있다.

스승은 수행자들에게 남기는 말씀에서 "행여 깨달음을 얻으려고 수행한다고 생각하지 마라. 깨달음은, 굳이 말을 하자면 보름달처럼 떠오르고 꽃향기처럼 풍겨오는 것"이라고 하면서 수행을 하는 까닭은 깨달음을 드러내려는 데 있다고 말씀했다. 슬기로움, 어질다는 것은 더하고 덜어낼 것이 없는 본디 깊숙한 마음자리로 들어가 이미 갖추어 있는 맑음을 드러내는 것으로, 본디 부처란 사람은 누구에게나 부처다움이 있다는 말씀이다.

한 5~6년 되었을까? 인터넷 훑다가 "시험감독 없는 이 학교 6년간 커닝은 단 한 건뿐"이란 기사가 눈에 들어왔다. 인천에 있는 한국문화콘텐츠고등학교에서는 시험을 알리는 종소리에 맞춰 교내 방송이 흘러나온다. "무감독시험은 우리 학교 자랑입니다." 이 말에 따라 학생들이 일어나 "내 점수는 양심 100%"라고 다짐한다. 반마다 시험지를 나눠주고, 아이들이 문제 푸는 것을 몇 분 지켜보던 선생들은 조용히 교실에서 나간다. 선생이 층마다 두 사람씩 남았지만, 훔쳐보려는 아이가 있는지 지켜보려는 것이 아니다. 갑자기 배앓이를 하거나 답안지를 새로 달라는 학생이 있을까 싶어 복도 한쪽에 기다린다. 이 학교 교육목표는 ① 꿈이 있고, ② 책을 읽고, ③ 실천하는 아이를 기르는 것이다. 무감독시험은 ③항인 실천을 몸에 배도록 하는 것 가운데 하나이다. 학생들에게

"양심에 따라 시험 치자."고 꾸준히 북돋운다. 아이들이 스스로 믿도록 만든다는 말이다.

인천에는 무감독시험을 하고 있는 지 60년을 넘긴 학교도 있다. 제물포고등학교가 그곳이다. 이 학교 무감독시험은 1956년 비롯해 2016년 60년을 맞았다. 1954년 학교 문을 연 제물포고는 초대 교장인 독립운동가 길영희 선생이 "수단과 방법을 가리지 않고 결과만 추구하면 진정한 인재가 아니다."라며 '감독관 없는 시험'을 치러왔다. 아이들은 시험이 끝나면 제가 저지른 잘못이나 앞으로 시험을 어떻게 보겠다고 다짐하는 시간도 갖는다. '마음 일기'라는 종이에 스스로 털어놓는 것이다.

이 전통이 순조롭게 만들어진 것은 아니다. 1981년에는 2학년 한 반 50명이 집단 커닝을 하는 일이 벌어졌다. 5년여 뒤에도 커닝 사건이 있었다. 그때마다 제물포고 교사와 학생, 학부모들은 "무감독시험으로 양심을 지켜나가야 한다."고 뜻을 모았다. 아직도 한 해에 한두 명씩 부정을 저지르는 학생들이 나오기도 한다. 이것도 잘못을 스스로 털어놓기 때문에 알려진 일이다. 절집에서 보름마다 제가 저지른 잘못을 털어놓는 '포살'이나, 여름이나 겨울 안거를 마치고 나서 수행하는 동안 저도 모르게 저지른 잘못이 있는지 함께 수행한 이들에게 묻는 '자자'와 같다.

학생들은 선생님들이 우리를 믿고 있다는 생각에 더 잘해야겠다는 책임감을 느낀다거나 무감독시험 덕분에 스스로와 친구를 깊이 믿을 수 있다고 얘기한다. 사람을 사람답게 만드는 데 믿음이 얼마나 커다란 무게를 가졌는지 알려주는 말이 아닐 수 없다. 어떻게 이럴 수 있을까? 사람은 누구나 가슴에 부처님 씨앗을 하나씩 품고 태어나기 때문이다.

인디언 마을 아이들이 많이 다니는 초등학교 일학년 교실에서 시험 시간에 일어난 일이다. 선생님이 칠판에 문제를 잔뜩 써 내려가다가 등 뒤에서 웅성거리는 소리가 들려 돌아봤다. 그랬더니 다른 아이들은 저마다 제 자리에 얌전히 앉아 문제 풀이에 열중하고 있는데, 인디언 마을에 사는 아이들이 머리를 맞대고 모여 앉아 두런두런 얘기 나누고 있다. 선생님이 "너희 지금 문제를 풀지 않고 뭐 하고 있니?" 묻자 아이들은 "저희도 문제를 풀고 있는데요." 한다.

"문제를 혼자 풀어야지 어째서 같이 푸니. 그러면 커닝이야!"

"우리 마을에서는 어른들이 어려운 문제가 있을 때는 여럿이 모여 머리를 맞대고 풀어야 한다고 하셨는데요." 했단다.

살아보면 어려움에 맞닥뜨렸을 때, 혼자 골똘히 앉아 골머리를 썩여도 뾰족한 수가 없을 때 다른 사람에게 털어놓고 여럿이 머리 맞대고 뜻을 주고받다 보면 어렵지 않게 풀리는 일이 흔하다. 문제를 혼자서 풀 수 있도록 하는 힘 못지않게 머리 맞대고 풀어야 하는 힘도 길러줘야 한다. 그래야만 혼자서 옹글기는 어렵지만 여럿이 어울리면 그토록 어렵사리 몸부림치지 않아도 옹글어질 수 있다는 것을 제대로 익힐 수 있다.

사랑은 셈할 겨를이 없다

"나무 한 그루 함부로 베지 말라. 사람이건 나무이건 들이는 것은 뜻대로 해도 된다. 그러나 내보내야 한다는 생각이 든다면 결정하기에 앞서 나와 이야기 나누도록 하라."

길상사 설법전 아래 지금은 탑이 있는 자리에 정낭(화장실)이 있었다. 정낭 창문으로 내다보이는 자리 나무들을 어쩐 일인지 사중에서 베어냈다. 그걸 보신 스승이 길상사 대중에게 하신 말씀이다.

스승은 없어서는 안 될 것이 나무가 있던 자리에 꼭 들어서야 하거나 그 나무가 살림하는 데 거추장스러워 어쩔 수 없이 베어낼 수밖에 없다면 나무에 그럴 수밖에 없는 까닭을 이야기하고 예를 갖춰 베어내라고 말씀했다.

요즘 사람들은 어떤 걸 보고 좋아한다고 금세 달아오르다가도 얼마 지나지 않아 물리고 만다. 어째서 그럴까. 그것이 좋아하는 놀이든 물건이든 찾아서 멀리 갈 것이 없이 늘 켜져 있는 스마트폰 검색창에 이름을 쳐 넣고 바로 놀거나 살 수 있다. 그렇게 산 물건이나 서비스는 그 자리에서 바로 누리거나 그날 또는 그 이튿날 새벽 늦어도 이틀 사흘 안으로 거의 받아볼 수 있다. 바로바로 이뤄지는 사이에는 그리움이 쌓일 겨를은커녕 숨 돌릴 틈도 없다.

사람과 사람 사이도 마찬가지다. 좋은 어른이 하신 말씀을 들으러 어디로 찾아가지 않아도 된다. 유튜브를 비롯한 인터넷 검색창에 접속해 법정 스님 이름만 넣으면 스승 법문이 수도 없이 뜬다. 그러나 언제 어디서라도 보고들을 수 있으니 다음에 듣자고 미뤄두기 쉽다. 나만 해도 페이스북에서 사이를 맺고 있는 사람이 1,000여 명이나 된다. 이 가운데 참으로 마음을 나누는 이들이 몇이나 될까, 돌아보지 않을 수 없다.

스승은 접속하지 말고 접촉하라고 말씀했다. 접속과 접촉은 맞닿았다는 것을 일컫는 말로 매우 가까운 사이다. 그러나 접속은 그저 가닿아 잇대는 것이라면 접촉은 가닿은 것까지는 같지만, 사람이 손을 잡거나 어깨동무해 다사로움을 나누듯이 서로 주고받는 만남을 가리킨다.

스승은 2007년 봄 법석에서 나무마다 꽃과 새잎이 펼쳐지는 봄날, 우리가 이렇게 한자리에 모여 말을 나눈다는 것은 이 시대에 흔한 일이 아니다. 소중한 만남이 아닐 수 없다, 여러분도 모처럼 일요일에 집에서 쉬지 않고 큰맘 먹고 나오고, 저도 새벽에 일어나 캄캄한 산에서 내려오는 까닭은 우리 만남이 그만큼 소중해서일 것이다. 그렇기에 말하는 사람은 진심으로 마음을 열어 말을 해야 하고, 듣는 쪽에서도 진심으로 귀를 기울여야 진정한 만남이 이루어진다고 말씀했다.

이날 스승은 접속은 간접적이고 외곬이며 제멋대로이고 저 좋으면 그만일 뿐이어서 정이 오갈 수 없다, 한 마디로 비인간적이다, 가끔 외국에 있는 분들이 인터넷으로 제 소식을 접한다는 말을 듣곤 하는데 그때마다 좀 씁쓸한 기분이 든다고 하셨다. 그러나 접촉은 서로 직접 만나 마주하는 이 낯빛을 살피고, 눈길을 나누고, 목소리를 듣고, 분위기를 함께 누린다, 때로는 손을 마주 잡거나 웃음 짓고 쓰다듬으며 정이 오간다고 말씀했다.

법정 스님이 힘겹게 고갯길을 오르고 있는 거사님의 수레를 밀어주고 계십니다. 스님의 왼발은 땅에서 떨어졌고 오른손은 짐에서 떨어졌습니다. 고갯길의 정상에 막 올라섰으니 이만하면 혼자서 갈 수 있겠다고 여기신 듯합니다. 스님 덕분에 거사님은 수월하게 오르막길을 오를 수 있었습니다.

길상사에 오신 스승 사진을 찍던 사진작가 일여 거사가 펴낸 사진집 『날마다 새롭게』에 사진과 함께 실린 글이다. 가사를 걸치고 법문하러 극락전 앞에까지 온 스승, 극락전으로 들어가시지 않고 빠른 걸음으로 종루를 지나쳤다. 스승을 따르던 대중이 영문을 몰라 어리둥절했다. 잠깐 새 스승은 작은 수레에 짐을 잔뜩 싣고 언덕을 오르는 작은 수레를 밀어주고 계셨다. 사랑은 머리로 헤아려 몸이 움직이는 것이 아니라 마음과 몸이 하나 되어 쏟아지는 것이다. 접속이 아닌 접촉은 이런 것이다. 접촉에서 사랑이 피어올라 메아리친다.

2010년 호주 시드니에서 쌍둥이 남매가 태어났다. 그러나 태어난 지 20분 만에 의사 입에서 흘러나온 소리……

"안타깝게도 한 아이 숨이 멎었습니다."

27주 만에 태어나 몸무게가 1kg도 나가지 않던 아기는 그렇게 엄마 곁을 떠났다. 충격에 한동안 말을 잃고 있던 엄마가 입을 열었다.

"한 번만…… 안아 봐도 될까요?"

엄마는 환자복을 벗고 맨몸으로 축 늘어진 조그만 아기를 꼭 끌어안았다. 그리고 인사를 한다.

"아가, 엄마 가슴 뛰는 소리가 들리니? 엄마는 너를 많이 사랑해……."

그렇게 두 시간이 흐르고……. 엄마는 아이 몸이 어쩐지 꿈틀거리는 것 같다고 느낀다. 잘못 알았겠지 싶으면서도 더욱 포근히 아이를 끌어안던 엄마는 아이가 파르라니 떠는 것 같다며 의사를 불러달라고 했다.

의사는 숨진 아기에게서 흔히 볼 수 있는 반사 행동이라고 했다. 물러설 수 없던 엄마는 안긴 아기 입을 벌리고 젖을 물린다. 얼마 뒤 아기는 감은 눈을 뜨고 작은 손을 뻗어 엄마 손가락을 잡았다. 엄마 가슴 뛰는 울림에 아이 가슴이 반응해 함께 울린 것일까? 공명, 우리말로 하면 어울려 떨림, 어울림이다.

사랑은 셈할 겨를이 없다. 그저 그럴 뿐이어서 사랑이다.

사랑은 따뜻한 눈길, 그리고 끝없는 관심

스님, 생신을 축하드리옵니다.

그리고 오늘이 있어 저의 생도 의미를 지닐 수 있었기에 참으로 저에게도 뜻있는 날입니다.

저를 길러주신 할머니께서는 늘 절 구경을 다니고 싶어 하셨습니다. 그런데 몰래 한 푼 두 푼 모으신 돈이 여비가 될 만하면, 이때를 놓치지 않고 제가 털어가곤 하였습니다. 제 속임수란 '할머니, 제가 이다음에 돈 벌어 절에 모시고 갈게요.'였습니다. 그러나 할머니께선 제 손으로 월급을 받아오기 훨씬 전에 저쪽 별로 떠나시고 말았습니다.

제가 첫 월급을 타던 날, 누군가가 곁에서 어머님 내복을 사라고 하였습니다. 그러나 저한테는 내의를 사드릴 어머님도, 할머님도 계시지 않습니다. 그것은 울음으로도 풀 수 없는 외로움이었습니다.

스님의 생신에(제가 잘못 알고 있어 음력 2월 보름날이 아닐지도 모릅니다만) 무엇을 살까 생각하다가 내의를 사게 된 것은, 언젠가 그 울음으로도 풀 수 없는 외로움이 생각났기 때문입니다. 제 마음을 짚어주시리라 믿습니다.

스님께선 제 혼의 양식을 내주신 분이시기도 하니까요. 다시 한번 축하올립니다. 스님!

정채봉 올림

스승 주민등록증에 나와 있는 생년월일을 보고 정채봉 선생이 내복과 함께 보낸 편지이다. 정채봉 선생이 보낸 향기로운 마음씨가 굳어지려는 당신 마음에 물기를 보태주었다고 한 스승은 "함께 부쳐온 봄 내의를 만지면서 대숲머리로 울긋불긋 넘어다 보이는 앞산의 진달래에 묵묵히 눈길을 보냈다."고 했다. 노루 눈처럼 선한 눈을 가진 정채봉 선생과 앞산 진달래에 눈길을 보내는 선선한 스승 눈매가 그려진다.

'혼자서 자란 아이들은 혼자 살 수밖에 없도록 길들어 있다. 그는 혼자 있는 것이 좋았고 그렇게 훈련되어 왔다. 혼자서 자란 아이들은 결국 누구나 혼자라는 사실을 이해한다. 그래서 혼자가 되는 이런 순간에 맞닥뜨릴 것에 대비하여 미리 연습하며 살아간다……'

책을 읽다가 눈에 띄어 함께 음미해보려고 정채봉 선생에게 써 보내기도 했다는 이 구절. 어째서 그러셨을까? 일찍이 어버이를 여의고 할머니 손에서 큰 정채봉 선생이 아내와 헤어지고 나서 얼굴에 그늘이 진 모습이 안타까워서였다. 스승 역시 아버지를 일찍이 여의고 어머니와 떨어져 할머니 그늘에서 자랐기에 정채봉 선생을 살갑게 어우르셨을까.

나는 배우는 까닭이 배움을 밑천 삼아 제대로 살아가는 데 있다고 여긴다. 그런데 절이나 교회에 다니는 이들은 평생을 다닌다. 어째서 그런지 알 수 없었다. 몇십 년을 절에 다니는 것이 맞을까 싶은 생각이 들었다. 10년이면 강산도 바뀐다는 말이 있고, 10년 공부 나무아미타불이라는 말도 있는데 거듭해서 학교에만 다닐 수 없었다. 가까운 길동무에게만 알리고 아내와 나란히 길상사에 다닌 지 10년 만에 산에서 내려왔다.

교회에서라면 10년이 아니라 한 달만 다닌 이가 연락 없이 나가지 않으면 전화통에 불이 날 일이다. 그러나 자작자수, 제가 짓고 제가 받는다는 데 젖어 있는 절집 사람들은 말 그대로 무심하다. 누가 오고 가는지 신경 쓰지 않는다. 10년 동안 낯을 익히고 가까이 지내던 누구 한 사람 "어떻게 된 일이냐?"며 물어오는 이가 없었다. 그런데 맑고 향기롭게 김자경 사무국장이 두어 번 전화했다. "어른 스님(법정 스님)께서 요새 지광(스승에게 받은 내 법명)이 통 보이지 않네. 사업이 바쁜가 보지? 하고 몇 차례 물으셨다."면서 무슨 일이 있느냐고 묻는다. 뭉클했다. 그 많은 사람 속에 둘러싸여 있는 어른이 어찌 나한테까지 이런 정성을 보이시다니 싶어.

뒷날 스승이 가신 뒤에 스승과 인연 줄기를 모으면서 이계진 선생을 만났을 때 선생이 소설 『솔베이지의 노래』를 쓰면서 "스님, 제가 사랑 이야기 소설을 쓰고 있습니다. 스님께서는 '사랑'이 무엇이라고 생각하십니까?"라고 여쭸더니 앉은 자리에서 '사랑은 따뜻한 눈길, 그리고 끝없는 관심!'이라는 글귀를 써 돌려줬다는 말씀을 들었다. 이 말씀을 듣고 나서야 스승은 먼발치에 서 있는 이에게도 '끝없는 관심과 따뜻한 눈길'을 보내고 계셨구나 하는 것을 알아차렸다.

언젠가 스승은 절에 사는 스님들 회의에서 사람이든 푸나무든 들이는 건 마음대로 해도 된다, 그러나 어쩔 수 없이 내보내야 할 때는 당신에게 먼저 의논을 하라고 말씀했다.

마지못해 나무를 베어내지 않으면 아니 될 일이 생겼을 때는 베어낼 수밖에 없는 처지를 나무에게 잘 이야기하고 예절을 다 해 베어내라고도 하셨다. 나무에도 사람 못지않은 예의를 갖추어야 한다는 말씀이다.

스승이 품은 사랑은 사람에 머물지 않고 푸나무를 비롯해 모든 사물에까지 두루 미친다.

사월초파일은 부처님오신날이 아니라 부처님이 오시는 날이라고 콕 집어 말씀하던 스승은 사랑이라는 건 저이가 좋아하는 게 무엇인가 생각하는 것, 사람이든 물건이든 바라보는 것만으로도 넉넉한데 가지려고 해서 괴로움이 따른다고 했다. 박물관에 가서 좋은 그림을 보고 나면 기분이 좋아져 시시한 사람 몇을 만난 것보다 훨씬 낫다, 만일 그것이 내 것이었다면 잘 보관하고 도둑맞지 않으려고 넉넉하게 바라본 겨를이 없을 터이다, 거기 그렇게 있으므로 보고 싶을 때 눈만 가지고 가서 누리면 된다고도 했다. 가지려고 들면 텅 빈 마음으로 바라볼 수 있는 겨를을 잃는다고 하시며… 아름다움을 보는 눈과 그것을 느낄 수 있는 겨를을 가지고 있다면 제 것을 만들려고 애쓰기보다 넉넉하게 누릴 수 있다는 말씀이다.

스승은 박항률 화백이 스승에게 드린 그림에 봉순이라고 이름 붙이고 이따금 말을 걸다가 문득 얘가 저 틀에서 나와 차 시중도 들고, 청소도 거들면 어떨까 하고 생각한다.

어떻게 마음 굳히셨을까? 바로 '아니'라고 고개를 흔드셨단다. 그러다 보면 이내 풋풋한 마음이 사라지고 부담스러워질 것 같아서 "봉순아. 그 자리에 가만있거라, 네가 그 자리에 있기만 해도 나는 넉넉하다."라는 말씀을 하셨다는데…. 이 바탕에서 새겨보더라도 사랑은 어울림, 깊이 어울림이다.

부처님은 부처님을 사랑한다며 매달리는 여성에게 "내가 나쁜 짓을 하더라도 사랑할 수 있겠느냐?"고 되물으셨다고 해. 우리가 어떤 사람을 사랑한다고 여기지만 곰곰이 짚어보면 그 사람을 사랑한다기보다 그이에게 있는 어떤 것을 좋아하는 것이 아닐까. 그이 생김새가 내 보기에 아름답다든지 또는 그 사람이 한 어떤 짓이나 힘이 내게 좋게 느껴지는 것이니까 그 사람을 사랑한다는 말은 맞지 않아요.

부처님은 누구한테도 사랑받겠다는 마음 없이 누구도 가리지 않고 아끼셨어. 그러니까 불자라면 누구나 부처님을 더없이 우러를 테지? 우리 가운데 부처님이 나만 사랑하지 않는다면서 부처님이 밉다고 골내는 사람이 있을까? 없어. 왜 그럴까? 부처님을 제 것이라고 여기는 사람은 없으니까.

『벼리는 불교가 궁금해』에서 부처님은 어째서 사랑하는 사람을 만들지 말라고 하셨느냐는 물음에 도서관 할아버지가 내놓은 말이다.

나는 부처님이 사랑받겠다는 마음이 없으셨는지 알지 못한다. 아울러 사랑받겠다는 마음도 내려놓지 못하고 있다. 아마 숨이 끊어질 때까지 붙들고 살다가 갈 것 같다. 무엇을 받고 싶다고 해서 받을 수 있을까? 주는 이가 마음 내켜야 받을 수 있다. 하물며 사랑에서랴. 사랑은 주고받는 것이라기보다 그저 하는 것이며 어울려 누리는 것이다. 따뜻한 눈길과 끝없는 관심을 쏟을 수 있을 뿐이다. 주고받을 수 없는 것을 주고받을 수 있다고 여기며 받아야 한다고 생각하는 데서 어긋난다. 나는 사람들 사이에 주고받는다고 여기는 사랑은 모두 어긋난 사랑 또는 외사랑이라고 생각한다. 하긴 어긋난 사랑이나 외사랑이라는 말도 맞지 않는다. 어긋난 사랑이라거나 외사랑이라고 말할 수 있을 뿐, 어긋나면 이미 사랑일 수 없기 때문이다.

이 글을 마무리하고 있을 때 조실을 마다하고 수좌에 머물러 '누가 누구를 이끈다는 말이냐'던 부처님 뜻을 이은 어른, 적명 스님 입적 소식이 들려왔다. 그리고 교정본을 받을 무렵 다비식 소식이 떴다. 그 소식에 눈이 번쩍 뜨이는 말씀이 있었다. "중도는 사랑입니다." 그동안 스님께서 나누셨던 말씀 밑절미를 뽑아 간추린 말씀이란다.

　　중도는 사랑입니다.
　　깨달음은
　　일체가 자기 아님이 없음을 보는 것입니다.

남이 바로 자기 자신이며

저와 다르지 않습니다.

남의 고통을

제 고통으로 느끼는 사람이

깨달은 사람입니다.

중생이 불행하면

자신이 행복할 수 없습니다.

중도의 깨달음은 사랑

진정한 사랑입니다.

사랑은 그때그때 바로 이 자리에서 온몸, 온 마음을 다 던져 오롯이 하는 것이다. 그렇기에 어디에도 견줄 수 없다. 그때 저를 오롯이 바치니 다른 것이 끼어들 틈이 없을 수밖에 없다. 그래서 사랑에는 책임도 의무도 따르지 않는다. 오직 사랑할 뿐이다.

사랑은 셈하지 않는다. 오롯이 던져서 사랑이다. 부처를 찾아 누리 곳곳을 헤매다가 거지꼴로 집으로 돌아오니 부스스한 어머니가 저고리 섶도 풀어헤친 채, 발 한쪽에 가까스로 신을 꿰고 한 발은 맨발로 달려 나오더라는 얘기가 있다. 그대로 사랑이고 그대로 부처이다.

사이를 명상하다

내가 금생에 저지른 허물은 생사를 넘어 참회할 것이다. 내 것이라
고 하는 것이 남아 있다면 모두 맑고 향기로운 사회를 이루는 일에
써달라. 이제 시간과 공간을 버리겠다.

버리고 떠나기를 거듭해온 스승이 마지막으로 버리고 떠나며 남긴
말씀이다. "이제 시간과 공간을 버리겠다."고 한 말씀에서 '사이'를 새겨
보려고 한다. 시간은 '때 사이' 또는 '참 사이'를, 공간은 '곳 사이'나 '데
사이'를 이른다. 우리가 세계라고 일컫는 이 말이 바로 시공간, '때데'를
아우르는 말씀이다.

우리에게 '사이'란 무엇인가? 사람은 사이에서 산다. 사람과 사람 사
이에서 살고, 하늘과 땅 사이에 살며, 때와 때 사이에 산다. 그래서 사람
이다. 사람은 사이에서 죽는다. 사람과 사람 사이에서 죽고, 하늘과 땅
사이에서 죽으며, 때와 때 사이에서 죽는다. 그래서 주검이다.

사람은 살아보니 안다는 말로 간추리니 살앎이요 사람이다. 머리로 헤아려 아는 것을 가지고 안다고 나선다면 어수룩하니 모자람이요 몸으로 겪으며 제대로 살아내어 얻은 앎이 참답고 옹글다.

어떤 이는 '사람'이란 말 뿌리를 거슬러 올라가면 '살'에 가닿는다고 한다. 살은 세포를 가리키는 낱말이다. 살갗은 살 겉을 싸고 있는 것으로 껍질과 같다. '겉'이나 '겉' 또는 '곳'이나 '코' 또는 '고'도 다 '갗'과 같은 뿌리에서 나왔다. 모두 겉으로 두드러지거나 솟아오른 것을 가리키는 말이다

'힘살'을 비롯한 햇살이나 물살도 다 '살'이다. 이처럼 살이란 힘을 쓰고 기운을 쓸 수 있는 바탕으로 삶을 고스란히 드러낼 수 있는 밑절미다. 사람들이 만든 힘을 쓰는 것 가운데도 '살'이 있다. 부챗살·바큇살·화살 따위가 그것인데 힘을 쓸 수 있는 바탕을 일컫는 말이다.

여러 해 전 길을 찾느라 두리번거리다가 튀어나온 보도블록을 발부리로 걷어차 넘어져 크게 다친 적이 있다. 의사는 힘살 이음줄이 끊어졌다고 했다. 그런데 한 해를 훌쩍 넘기고서야 그곳이 저렸다. 그동안 아무런 느낌이 없었는데 웬일일까 싶어 의사에게 물었더니 오래도록 기절했던 힘살이 살아나서 그렇다고 한다. 드센 충격에 힘을 잃고 죽은 듯이 널브러져 있던 세포, '살'이 깨어났다, 살아났다는 말이다. 이 말씀 끝에 어제 죽은 그이는 아픔을 느끼지 못하겠구나 하는 마음이 들었다. 살아있어 아픔과 괴로움을 느낄 수 있다는 것이 고마웠다.

삶도 죽음도 모두 사이에서 비롯하고 사이에서 돌아간다. 그 사이는 늘 비어 있다. 그 비어 있음이 바로 쓸모로 나툰다. 노자는 말한다. "바

퀫살 서른 개가 바퀴 머리 하나에 모인다. 그 비어 있음이 수레 쓰임새다. 흙을 빚어 그릇을 만든다. 그 비어 있음이 그릇 쓰임새다. 문과 창을 뚫어 방을 만든다. 그 비어 있음이 방 쓰임새다. 있음이 이로울 수 있는 까닭은 없음이 받쳐주는 덕분"이라고.

　사람은 사람 사이에 있다. 사람 사이를 잇는 데는 짓이 따른다. 사람 사이를 이루는 것은 모두 짓이다. 우리는 눈짓과 말짓, 손짓과 발짓을 아울러 몸짓이라고 한다. 이 몸짓에 어떤 마음을 담아내느냐에 따라 사이가 가까워지기도 하고 멀어지기도 한다. 처음에 낯선 이들이 끌려서 다가서서 자주 만나다 보면 낯이 익는데 이를 가까워진다고 한다. 사람 사이가 가깝고 먼 것은 어떤 마음을 가지고 사이를 맺고 이어가느냐에 따라 달라진다.

　마음에 사랑을 담으면 가까워지고 마음에 미움을 담으면 멀어진다. 사랑이 담긴 말은 사이에 결 고운 숨을 불어 넣는 짓으로, 멀리 있는 '남'을 가까이 끌어들여 '너'로 만드는 지름길이다. 사람 사이 높낮이를 없애 네 눈에 눈부처를 그리면 평등하다. 사람 사이가 무너지면 너나들이 삶이 괴롭다.

　사람은 '때 사이'에 있다. 사람은 '이제' 산다. 이제는 어제와 아제(내일) 사이에 있다. 어제는 지나간 때를 가리키는 말이다. '아제'는 앞으로 올 날 아직 오지 않는 날이다. 힘센 나라말인 한자를 앞세우다 보니 떠밀려 까맣게 잊히다가 아예 잃어버린 말이 '아제'다. 그러나 미처 오지 않은 것을 가리키는 '아직'이나, 잘 알 수 없으나 미뤄 어림한다는 '아마' 또는 어버이에 맞서는 '아이' 그리고 언니에 맞서는 '아우'에서 알 수 있듯이 같은 '아'자 돌림인 '아제'에는 뒤에 나와 앞을 아울러간다는 뜻이 담겼다.

　지나간 것 그러니까 어제는 이제 없는 것이다. 여기서 없다는 것이 지닌 뜻을 살필 수 있다. 아예 없던 것이라면 없는 줄 어찌 알 수 있을까? 아예 없던 것이 없다고 알 수 있는 이는 없다. '없다'는 말은 어제 있었는데 이제 없는 것을 일컫는 말이다. 기억이라는 것이 어제 있다가 이제 없는 것을 떠올리는 것이다. 그래서 기억에서 사라져야 참으로 죽었다고 받아들이는 겨레붙이도 있다.

　아프리카 스와힐리 사람들 머릿속에는 '어제', 지난날과 '이제', 오늘만 있을 뿐 아제가 없다. 그 대신 죽은 이들에게 시간이 더 주어진다. '사사Sasa'와 '자마니zamani'가 그것이다. 사사는 그 사람이 비록 죽었더라도 이름을 떠올리면 누군가가 기억하는 시간이고, 자마니는 죽은 사람 이름을 아무도 기억하지 않는 것을 가리키는 말이다. 우리는 사람이 죽으면 없어졌다고 여기는데 이 사람들은 죽은 이를 떠올릴 수 있는 마지막 한 사람마저 죽고 없을 때 비로소 그 사람이 죽어 없어진다고 받아들인다는 이야기다.

　누군가가 죽었더라도 기억하는 이가 한 사람이라도 남아 있다면 여전히 '사사'란 시간에서 살아있는 것으로 여기다가 기억하던 사람들마저 모두 죽어 더는 떠올릴 사람이 없어져야 비로소 죽은 사람은 영원히 말이 없는 자마니 시간으로 들어간단다. "나를 떠올릴 수 있는 이가 한 사람이라도 남아 있다면 나는 죽지 않았다."고 받아들여야 한다는 것이다.

　어떻게 말을 하든 우리는 이제 살 수밖에 없다. 흘러간 어제를 돌이켜 살 수도 없고, 오지 않은 아제를 끌어다 살 수도 없는 노릇이다. 우리는 모두 하루살이다. 하루살이에게 내일이 없다. 오롯이 오늘에 살아야 한다. 사실 하루살이라는 말도 어긋난다. 그때그때 살 수 있을 뿐이다. 그래서 절집에서는 번갯불이 반짝일 때 태어나고 번갯불이 번쩍이는 새에 스러진다고 한다. 그래서 스승은 이렇게 말씀했다. "삶은 순간순간이 아름다운 마무리이자 새로운 시작"이어야 한다고. 그런데 우리는 자꾸 지난날을 돌아보며 한숨짓고 오지 않은 앞날을 걱정하느라 이제를 잃어버린다.

때를 이어온 탓이다. 때를 이어온 것을 놓치라는 말씀이 아니다. 때를 이어왔기에 우리는 부처도 예수도 장자도 소크라테스 말씀도 새길 수 있다. 그러나 보라. 이분들이 남긴 말씀은 한결같이 "주어진 이때 힘껏 살라!"는 말씀이다. "같은 강물에 발을 두 번 적실 수 없다."는 말을 남겨 서양 붓다라고 불리는 헤라클레이토스는 "죽는 것들은 죽지 않는 것이며 죽지 않는 것은 죽는 것이다. 하나가 살아있다는 것은 다른 것이 죽음이며, 또한 죽는 것은 다른 것이 삶이다."라고 했다.

흐르는 물이 흐르며 서로 자리를 바꾸지만, 그 흐름 결은 거듭 이어지고 있듯이 삶과 죽음은 떨어지려야 떨어질 수 없으며 다르지 않다는 말씀이다.

내가 이 말씀을 만날 수 있었던 것은 '때 사이'를 이어주는 구름다리가 사라지지 않고 남아 있는 덕분이다. 그 덕분에 그 숨결을 이어받아 글을 쓰고 있다. 신기하고 신비롭다.

사람은 하늘과 땅 사이에 있다. 달리하면 곳과 곳 사이에 산다는 말이다. 우리말 누리는 땅에서 비롯했다. 그러나 그 품은 하늘과 땅, 사람을 모두 아우른다. 여기서 사람은 우리가 사람이라고 부르는 것만을 일컫지 않는다. 살아있는 모든 것, 살아있는 목숨붙이를 이루고 받쳐주는 모든 것을 가리킨다. 이것들은 모두 목숨을 주고받는 사이다. 이웃이 우리 사람만 가리키는 말씀이 아니라는 것을 뼈저리게 느낄 수 있어야 제대로 이 사이에 있으며 사이를 이어갈 수 있다. 이를 다른 말로 사회라고 부르기도 한다.

엊그제 크리슈나무르티 읽기 모임이 있었다. 우리나라에 비폭력 대화를 가지고 들어와 널리 퍼뜨린 캐서린 한이라는 분도 오셨다. 이분이 영문으로 된 '낱 사람 그리고 사회'란 글을 펼쳤다. 함께 앉아 두런두런 읽어가며 풀었다. 다음은 어울려 풀은 결 따라 내가 다듬은 것이다.

좋은 사회가 반드시 있어야 한다고 생각해야 하나요? 사회란 바로 여기서 우리가 사는 그대로예요. 사회는 신비롭게 어디서 뚝 떨어지지도 신이 만들지도 않았어요. 전쟁을 비롯한 끔찍한 일들, 그밖에 일어나고 있는 모든 것을 사람이 만들어냈습니다. (사회가 따로 있고 그 안에 사는 사람이 따로 있는 것이 아니라) 바로 여기 우리, 한 사람 한 사람이 이루고 있는 그대로가 사회입니다. 이것은 움직일 수 없는 사실이에요. 그러니까 우리가 갈라져서 일으키는 갈등과 두려움, 불평등 따위로 사회를 빚었다는 얘기에요. 이 모든 것을 우리가 일으키고 있습니다. 우린 서로가 서로에게 그러고 있어요. 가까운 이웃 사이에서는 얼마큼 참아줄지는 몰라도, 그마저 의심스럽기는 합니다만 나머지 뭇 사람들에게는 어림 반푼어치도 없지요. 신문이나 잡지를 읽거나, 무슨 일이 일어나고 있는지를 헤아려 짚어볼 때, 퍽 뚜렷해 보입니다.

따라서 좋은 사회는 우리 사이가 옹글어져야만 올 수 있어요. 좋은 사회는 앞으로 와야 하는 것이 아니라 바로 이 자리에서 생겨날 뿐이에요. 그럴 수 있을까요? 앞으로 닥칠 어떤 날이 아니라 바로 여기 나날이 이어지는 우리 삶에 뿌리내려 도타운 사이를 빚어갈 수 있을까요? 여기서 얘기하는 좋고 도탑다고 하는 건 누가 누구를 부리거나 휘두르지 않고 제 잇속만 챙기지 않으며, 분에 넘치게 바라는 마음, 또는 겉치레하거나 젠 체하는 마음 따위가 없는 것을 가리킵니다.

제가 사랑이라는 말을 써도 되는지 알 수 없습니다만 너그럽게 받아들여 주면 좋겠습니다. 이와 같은 좋은 사이, 도타운 사이에 사랑이 깃듭니다. 사랑이 지닌 본디 뜻을 밑바탕에 두고 어울리는 사이, 그런데 그럴 수 있으려나요?

나는 이 말씀을 사회고 자연이고 낱낱이 떨어져 있다고 여기는 우리가 어떤 뜻을 가지고 펼쳐 가느냐에 따라 빚어가는 것이지 사회나 자연이 어디서 뚝 떨어져서 우리는 그저 그 안에서 쥐 죽은 듯이 살아가야 하는 것이 아니라는 말씀으로 받아들인다. 자연이라고 하니까 눈이 동그래지는 분도 있을 것이다. 생각해보라. 사람도 자연이다. 인위란 자연 흐름을 깨뜨리거나 자연 흐름에서 벗어나 저지르는 짓을 일컬어 쓰는 말이고, 자연 흐름에 따라 사는 사람은 말씀 그대로 자연스럽다.

사람 사이든 때 사이든 하늘과 땅 사이든, 사이에 사랑이 어리면 아름답고 억지가 들어서면 아름답지 못하다. 이 사이를 이어가는 사랑 끈을 우리는 얼(영성)이라고 부른다. 사이에 사랑을 두고 어깨동무하고 어울리는 삶이 바로 '살림'이요 그것을 아울러 '살림살이'라 한다.

그래서 스승은 "살 때는 삶에 철저해 그 전부를 살아야 하고, 죽을 때는 죽음에 철저해 그 모두가 죽어야 한다. 우리는 날마다 죽으면서 다시 태어나야 한다. 살 때는 삶에 온힘을 기울여 뻐근하게 살아야 하고, 삶이 다하면 미련 없이 선뜻 버리고 떠나야 한다."고 하면서 "살아있는 모든 것은 때가 되면 그 생을 마감한다. 이것은 그 누구도 어길 수 없는 생명 질서이며 삶의 신비이다. 만약 삶에 죽음이 없다면 삶은 그 의미를 잃게 될 것이다. 죽음이 삶을 받쳐주기 때문에 그 삶이 빛날 수 있다."라 했다.

삶에 철저해 뻐근하게 사는 삶은 어떤 것일까? 스승은 말씀한다. 더는 나눌 것이 없다는 생각이 들 때도 나누라고. 아울러 "아무리 가난해도 마음이 있는 한 나눌 것은 있다. 그렇게 함으로써 제 뜨락이 더 풍요로워질 수 있다. 세속 계산법으로는 나눠 가질수록 잔고가 줄어들 것 같지만, 출세간에서는 나눌수록 더 풍요로워진다."라고 덧붙이셨다. 세간은 우리가 사는 이 세상을 가리키는 말로 출세간이란 죽살이를 떠난 사이를 일컫는다.

살아 있는 것은 모두
이웃과 사이를 이루면서
거듭 자란다

9

둘째 마디

마음쓰다

천주님 사랑이나 부처님 자비는 한 보따리

어린 나이에 어버이를 여의고 할머니 품에서 자란 문현철, 시골에서 중학교를 나오고 광주로 유학을 나왔다.

시골에서 아무리 날고 기던 아이도 도시에 오면 주눅이 든다. 마음이 머물 바를 잃으니 무슨 일이든 건성건성 공부가 눈에 들어오지 않았다. 다행히 크게 엇나가지 않고 음악감상실에서 시간을 죽인다. 그때 상담 선생님이 정서 안정에 도움이 될 거라면서 스승이 쓴 책 『산방한담』을 건넨다.

그날도 음악감상실에 가서 넋 놓고 음악을 듣다가 자취방으로 돌아와 늦은 저녁밥을 먹고 나서 읽는 시늉이라도 해야 하겠다 싶어 들춰봤는데 그대로 빠져들어 고개를 드니 동이 텄다. 그리고 일주일이 지나 여느 때처럼 음악감상실에 들렀는데 법정 스님이 앉아계시는 게 아닌가.

처음에 나온 양장판 『산방한담』에는 날개에 사진이 있었다. 한눈에 스님을 알아본 현철은 넉살 좋게 다가가 인사를 하고 앉으라고 하지도 않았는데 의자에 털썩 주저앉아 "저는요 전남대 사대고 2학년 문현철인데요. 스님 책을 하룻밤 새 다 읽었어요. 벽장 속에 감춰져 있던 아버지 유고를 우연히 찾아내 읽은 느낌"이라며 언죽번죽 말을 건넸다.

스승과 말길을 튼 문현철은 참새가 방앗간 드나들 듯이 틈이 날 때마다 불일암을 찾았다.

그 뒤에 명동성당에 가서 영세받고 광주로 내려와 이사하다가 이삿짐 차가 다른 차와 정면충돌하는 사고가 났다. 3주 동안 의식을 잃을 만큼 죽을 고비를 넘긴 현철은 불일암으로 스승을 찾아가 어떻게 영세받는 날 교통사고가 나서 죽다 살아날 수가 있느냐며 대체 하느님이 계시긴 하냐고 하소연한다.

스승은 천주님이 만화책에 나오는 마술쟁이인 줄 아느냐, 하느님은 큰 아픔을 겪으며 더욱 성숙해지도록 힘을 주신다면서 이 바탕에서 자기 성찰을 이뤄야 한다, 그러니 이번 일이 주는 뜻이 무엇인지 간절한 마음으로 천주님께 기도해 봐라, 아주 오래도록 기도해야 답을 얻을 수 있을 것이라 말씀했다.

87년 6월 항쟁이 한창일 때, 현철은 불일암 툇마루에 앉아 스승에게 푸념을 늘어놓는다. 할머니가 여기저기 뛰어다니면서 어렵사리 등록금을 마련해 주셨는데 학교생활에 별 의미를 못 느낀다. 학교를 그만둬버리고 차라리 고시 공부를 할까? 아니면 동생들 뒷바라지도 해야 하니까 취직이나 할까? 책도 손에 안 잡히고, 마음이 잡히지 않고 혼란스럽다면서 "차라리 불교로 개종을 하면 어떨까요?" 하고 여쭀다.

입가에 웃음을 머금고 가만히 듣고 있던 스승은 "누구는 청국장을 좋아하고, 누구는 김치찌개를 좋아하지만, '천주님 사랑이나 부처님 자비는 풀어보면 모두 한 보따리'"니 그대로 있으라고 말씀했다.

스승이 펼쳐놓은 사랑 멍석에서 스승이 주는 장학금으로 대학을 다닌 문현철 박사는 조선대 법과대학 교수로 있는 독실한 천주교 신자다.

사랑에 장벽이 있을 수 없다.

그러나 종교 화합 결정판이라고 하면 뭐니 뭐니 해도 현장 스님이 '마리아 관음'이라 이름 붙인 길상사 관음상을 꼽지 않을 수 없다. 이 관음상은 천주교를 대표하는 조각가 최종태 선생이 결 고이 빚은 정성이다. 길상사에서 걸어서 얼마 걸리지 않은 작은형제회 평화의 모후 수도원에 계시는 수녀님들이 가끔 관음보살상을 찾아 참배 드린다. 참배하면서 떠올리는 분이 성모마리아일까 관세음보살일까?

관음상을 조각 완성이라고 여긴 선생에게 관음보살상 조각은 오랜 바람이었다. 마침 개신교도인 나운영이 찬불가를 지었다. 개신교인들이 벌떼처럼 들고일어났다. 나운영을 내쫓으라고.

최종태 선생이 김수환 추기경에게 묻는다. 관음상을 빚고 싶은데 조심스럽다고. 추기경은 괜찮다고 했다. 마음이 놓인 선생은 이리저리 수소문하다가 시절 인연이 닿아 스승이 빚은 시민모임 맑고 향기롭게 이사로 있는 정채봉 선생에게 그 뜻을 알린다.

선생 댁을 찾은 법정 스님에게 묻는다.

"머리에 쓰고 있는 관이 뭡니까?"

"화관입니다."

"손에 들고 있는 병은 뭐죠?"

"정병입니다."

"손바닥을 펼쳐 올린 까닭은 무엇인가요?"

"구고입니다."

짧은 물음에 법정 스님 또한 토씨 하나 안 붙이고 외마디로 답했다. '꽃 관, 맑은 물, 세상 고통을 구한다.'는 세 마디 말씀을 듣는 순간, 작품이 다 그려졌다는 선생은 흙일을 일사천리, 세 시간 만에 다 끝내고 나서 길상사로 전화를 했다.

뜻밖에도 법정 스님이 직접 받으셨다. 다 됐다고 하니 그럼 지금 가보겠다고 했다는 말씀을 떠올리면서, 관음상을 조성하던 때를 돌아본다.

스님과 내가 뜻이 맞아 길상사 절 마당에 관음상이 만들어졌습니다. 이 억겁 시간 속에서 우리 두 손이 잠깐 하나로 만나서 한 형상이 태어났습니다. 이 일이 비록 작은 일이긴 하지만 결코 작다고 볼 수 없는 일이라 믿습니다. 내 모든 생각과 바람을 이 형태에 다 부어 넣었습니다. 그 모든 이야기는 형태가 말할 것입니다. 지난날 우리 위대한 불상 예술이 다시 새롭게 꽃피는 시절이 오길 바랍니다.

『법정, 나를 물들이다』 조각가 최종태 편에 실린 말씀이다. 스승은 『낡은 옷을 벗어라』 '불교와 예술-선화禪畵를 통한 포교방법 모색을'에서 말씀한다.

선서화란 기교 이전에 작위가 문제라고 했다. 그런데 그러한 작위
는 결코 우연히 이루어지는 것이 아니다. 내면생활의 심화가 그대
로 붓이나 먹을 통해서 드러나는 것이다. 이런 일은 비단 서화에
한정되는 것은 아니다. 건축이나 조각도 마찬가지다. 신라나 고려
때보다 오늘이 기술 면에서도 비교도 안 될 만큼 발달하였고, 그
재료도 풍부하다. 그러나 그 시절에 이루어진 찬란한 문화형태가
단절된 채 계승되지 못하고 있는 까닭은 어디 있는 것일까. 그것은
오로지 내면생활 자체가 소홀하기 때문일 것이다. 석가탑이나 다
보탑 또는 석굴암의 불상들을 조성한 석공들은 기예인이기 이전
에 극도로 정화된 신앙인이었다. 신앙생활을 거쳐 승화된 상이 돌
에 스민 것이다.

최종태 선생은 조각을 하다 보니 늘 서양사람 뒤를 따라갈 수밖에 없
었다. 어떻게 하면 당당히 제 발로 설 수 있을까 싶었다. 그래서 혼자 힘
으로 조선미술사를 비롯해 우리나라 역사를 배운다. 그 바탕에서 고민
을 거듭하다가 1965년 섬광처럼 나타난 반가사유상을 보고 '아! 나는
이 길로 간다.'고 굳게 다진다.

"돌덩어리에다가 생명을 불어넣어 준 게 이집트예요. 그리스는 너
무 깎아서 생명이 약해졌어요. 설명하면 약해지잖아. 우리나라 불
상이 좋은 건 힘살, 힘줄 이런 게 없어서예요. 그런 게 있으면 눈길
이 그리 가고 정신이 팔려서 불상이 주는 숭고함이랄까, 철학이고

뭐고가 안 돼요. 내가 처음 그리스 조각을 보면서 '하, 이 사람 힘들겠다.' 싶었어요. 날마다 눈을 부릅뜨고 있잖아요. 저기 내 작품, 저 안에 뜨고 감은 게 다 있어요. 저걸 감았다고 볼 수도, 떴다고 볼 수도 없어요. 부처님 눈이 그냥 있는 것이지. 감았다 떴다를 못 하면 살아있는 게 아니거든요. 지금 내가 반가사유상 눈을 떠올리지 못해요. 전체가 보이기 때문에 눈에 눈길이 가지 않는 거죠."

『법정, 나를 물들이다』에 나오는 최종태 선생 말씀이다.

마치 "석굴암 불상들을 조성한 석공들은 기예인이기 이전에 극도로 정화된 신앙인이었다. 신앙생활을 거쳐 승화된 상이 돌에 스민 것"이란 스승 말씀을 옆에서 듣기라도 한 것처럼 "이 억겁 시간 속에서 우리 두 손이 잠깐 하나로 만나 한 형상이 태어났다."라고 했다.

관세음보살상이 길상사에 모시는 날 스승은 관세음보살과 성모마리아가 상징하는 바가 같다고 말씀했다. 이 말씀을 받은 최종태 선생은 땅에는 경계가 있으나 하늘에는 경계가 없다, 땅 위에 있는 모든 종교가 울타리를 허물면 한마당이 될 것이라고 화답했다.

이보다 더 결 고운 어울림을 어디서 볼 수 있을까. 관음상 점안식 사회를 보는 영예를 누린 나는 더없이 복된 사람이다.

순조로울 줄 알았던 북미회담이 늘어지면서 남북 사이에 다시 긴장감이 돈다. 그뿐 아니라 남남갈등도 정도를 넘어서고 있다.

교수신문이 올해 사자성어로 '공명지조'를 뽑았다고 한다.

공명지조 또는 공명조는 몸 하나에 머리가 둘 달린 샴쌍둥이 같은 새다. 한 머리가 잠을 자고 있는데 남은 머리가 바람에 날아온 다디단 꽃을 먹고 '트림'을 한다. 트림 소리에 놀라 깨어난 머리가 저를 깨우지 않고 맛있는 것을 혼자 먹었다며 골이 잔뜩 나서 옆에 있는 독이 든 풀을 먹고 모두 죽고 말았다는 얘기다.

　우리는 흔히 이 이야기를 서로 뜻을 모아 어울려 살아야 하는데 서로 미워하며 시기심에 눈이 멀어 함께 죽었다고 바라본다. 참으로 그렇기만 할까?

　저 이야기는 절집에서 비롯했다. 부처님에게 교단을 넘겨 달라는 데바닷타에게 부처님은 "승가에는 위아래가 없다. 그저 같은 길을 가는 길동무끼리 서로 그늘이 되어주는 것일 뿐이다. 그러니 넘겨주고 말고 할 것이 없다."라 말씀한다.

　이 말씀을 넘겨주지 않으려고 핑계를 댄다고 받아들인 데바닷타가 여러 차례 부처님을 죽이려 든다. 그때 부처님이 꺼낸 말씀이 공명조 비유였다.

　"네가 전에 잠들어 있을 때 나는 미묘하고 감미로운 꽃을 먹었다. 그 꽃은 바람이 불어 내 곁에 왔거늘 너는 도리어 크게 성을 내는구나. 어리석은 사람은 보고 싶지 않고 어리석은 이와 어울리는 얘기는 듣기도 싫다. 어리석은 이와 어울리는 것은 이롭지 않다. 어리석은 사람은 스스로 해치고 남도 해코지한다네."

　서로 미워한 것이 아니라 한쪽이 질투심에 눈이 멀어 독을 먹었다는 얘기로, 독이 든 먹이를 먹은 머리를 데바닷타에, 좋은 먹이를 먹은 머리를 부처님에 견줘 말씀한 것이다.

최종태 선생과 스승이 길상사를 가려고 삼청터널을 지나다가 느닷없이 스승이 한마디 한다. "예수님이 십자가에 매달려 마지막에 목이 마르다고 하셨는데 그건 사랑의 갈증"이라고.

북미 갈등이든 남남갈등이든 모두 저는 사랑스럽게 보듬으려고 하는데 상대방이 문제를 일으키고 있다고 한다. 이를 바라보면서 이도 잘못이고 저도 잘못했다고 손가락질을 하는 이도 없지 않다. 그러나 찬찬히 들여다보면 문제를 일으키는 이들은 언제나 오래도록 힘이 가지고 있는 쪽이거나 센 힘을 가지려고 몸부림치는 쪽이다.

이 결핍은 스스로 믿지 못하는 데서 온다. 사랑에 굶주린 탓이다.

우리는 너나들이 사랑에 목말라 있다. 스승 말씀처럼 모두 한 보따리라는 것을 우리는 얼마나 더 있어야 제대로 알아차릴 수 있을까.

갈등도 좋고 다툼도 좋은데 제발 독이든 풀을 삼키지 말아 달라. 다 죽으니까.

깨닫는 순간 불자이기를 멈춰

"불교를 제대로 알려면 불교에서 벗어나야 한다. 불교에서 벗어나지 못하면 불교를 참답게 알 수 없다."

스승 말씀이다.

법정 스님이 신념을 가지고 말씀하셨어요. 문화, 사회, 역사를 봤을 때 종교 목적이 종단 구성일 수는 없다고. 그건 득도를 하려는 방편이지 목적일 수는 없지 않습니까? 스님은 견성을 하면 그 순간 불자이기를 그친다고도 하셨어요. 그러니까 '신분으로 불자다.' 이런 걸 뛰어넘어 모든 종교가 참삶을 찾아보자는, 궁극에 이르는 수단으로 애를 쓰는 거지 그 자체가 목적일 수 없지 않으냐며 아주 확신하셨어요. 저도 상당히 공감합니다.

『법정 나를 물들이다』 '너는 네 세상 어디에' 나오는 장익 주교 말씀이다.

　나는 장익 주교가 나눈 말씀 뿌리가 "천상천하유아독존"에 가닿는다고 생각한다. 부처님이 태어나자마자 일곱 걸음 걷고 나서 한 말씀이라고 알려진 천상천하유아독존을 사람들은 흔히 "하늘과 땅 사이에 나 홀로 존귀하다."라 풀면서 부처님만이 존귀하다는 말씀으로 받아들인다.

　참으로 그럴까?

　부처님은 모든 목숨붙이에게 불성, 부처님 씨앗이 있다고 말씀했다. 어떤 목숨이든 부처님 씨앗에서 돋아난 떡잎이라는 말씀이니 천상천하유아독존은 하늘과 땅 사이에 있는 목숨은 다 홀로 드높다는 말씀으로 받아들여야 한다. 그래서 나는 "땅 위와 땅 속을 모두 돌아보고 훑어봐도 온통 우리를 '나'뿐이로구나"라 푼다. 나는 예수님을 가리켜 '독생자'라고 하는 말씀도 이와 같다고 받아들인다. 이 눈길로 보면 어떤 종교를 하든 깊어지다 보면 가닿는 곳은 하나일 수밖에 없다.

　스승이 "히말라야에 오르는 길은 달라도 산꼭대기는 하나"라고 말씀한 까닭이 여기 있다. 사람이 옹글어지려면 먼저 어느 한 종교를 골라 따르지 않을 수 없으나 마침내 종교를 넘어, 하나를 이룰 수밖에 없다는 말씀이다.

　스승은 또 종교는 나무로 치면 가지와 같다고 말씀한다. 제 종교에만 매달려 다른 종교를 받아들이지 않는다는 것은 나무에 달린 가지 하나가 제가 몸통이라고 우기며 다른 가지를 밀어내는 꼴이라는 말씀이다.

　봉은사 다래헌과 불일암 책꽂이 한편에 성모상을 모시고 촛불 공양을 올리셨을 만큼 벽이 없던 스승을 깊이 따라 불일암을 오르내리던 이들이 있었다.

스승은 불일권속이라고 부르면서 도타이 품었다. 이 사람들 가운데에는 가톨릭이나 개신교 신도들이 불자 못지않게 많았다. 아울러 스님이 "밥값이라도 하고 가야겠다."고 빚은 시민 단체 "맑고 향기롭게"에도 다른 종교를 믿는 이들이 많았다. 이토록 스승은 종교를 넘어 가톨릭 신부나 수녀를 비롯해 기독교 목사, 원불교 교무와 같은 이들과 거리감이 없이 어울리셨다.

1998년 12월 중순 길상사 앞길에 펼침막이 하나 내걸렸다.

"아기 예수님 탄생을 축하합니다"

이 물결은 1997년 12월 14일 길상사 문을 여는 데서 비롯한다. 법회에 초청을 받은 김수환 추기경이 불자 3천여 명 앞에서 축하 말씀을 하고, 법정 스님은 며칠 뒤 성탄절을 축하드린다는 말씀을 냈다. 이 법석에는 천주교뿐 아니라 기독교 목사와 원불교 교무도 자리를 같이했다.

길상사에서 "아기 예수님 탄생을 축하합니다"란 펼침막을 내건 그해 5월, 경기도 광주에 있는 천주교회(도척본당)에는 "부처님오신날 알렐루야!"란 펼침막이 내걸렸다.

무슨 일일까? 이곳 주임 신부 방상복 신부가 같은 마을에 절(우리절)이 문을 열 때 축하 인사를 나누고 답례를 주고받으면서 자연스럽게 부활절과 성탄절 그리고 부처님오신날에 서로 축하를 주고받는 사이로 나간 것이다.

이 교회를 떠난 방상복 신부는 안성 미리내에 유무상통마을(양로원) 문을 열면서 미륵반가사유상을 닮은 예수상을 모신다. 2000년을 십자가에 못 박혀 계신 예수님을 보기 안타까워 십자가에서 벗어나게 해드렸단다. 서양 사람이 아닌 우리나라 사람 얼굴을 한 예수님은 당신 손과 발목에 박혔던 커다란 못을 뽑아 한 손에 쥐고 다른 손으로 턱 괴고, 반가부좌하고 앉아 계신다.

나는 이 예수상을 보면 저절로 길상사 관세음보살상이 떠오른다. 길상사 관음상에도 성모마리아가 같이 계시기 때문이다.

유무상통마을이라니, 없음과 있음이 막힘없이 드나들며 어울리는 마을이라는 말씀이다. 이 마을에 사는 늙은이들은 한 몸에 미륵부처님과 그리스도가 어우러지는 상을 보며 무슨 생각을 하고 계시려나. 시인 고진하는 시집 『수탉』(민음사)에 나오는 '합장'에서 다음과 같이 노래한다.

동틀 무렵
새벽 미사 막 끝내고
식당으로 향하는 발걸음들이 빨라지는 시간.

상(像) 앞을 지나며 아무도 본 척도 않는데
휠체어 바퀴를 힘겹게 굴리며
성당에서 나오던 반신불구의 할머니 한 분,
상(像) 앞에 휠체어를 세우고 공손히 두 손을 모았지요.

그렇게 합장한 두 손이 춤 멈춘 꽃잎처럼 이뻤어요.

합장은 우리말로 '비손', 비는 손을 가리킨다. 절집에서는 비손이 연꽃봉우리처럼 생겼다고 해서 연꽃비손이라고 한다. 비손하면 때리는 손이 사라진다.

나 있다

도예가 지헌 선생 아들 규호가 초등학교 다닐 때 법정 스님에게 저는 경찰관이 되고 싶은데 스님은 무엇이 되고 싶으냐고 물었다. 그때 스승은 "난 나이고 싶다."고 말씀했다. 세월이 한참 지난 2003년 최인호 작가가 그 말씀을 꺼내 든다. "『버리고 떠나기』에서 '난 무엇이 되고 싶지 않고, 난 나이고 싶다.'는 구절이 나오지요. 저는 그 말을 참 좋아하는데 요즘엔 그렇게 되기가 더 어려운 것 같습니다."

스승은 "누구도 닮고 싶지 않고 나다운 내가 되고 싶다는 것, 본질적인 나를 펼쳐 보이고 싶다는 그 생각은 여전히 변치 않습니다. 내 인생관이면 인생관이라고 할 수 있는데, 어디에도 의존하지 않는 나다운 인간이 되고 싶어요."라고 말씀한다.

2006년 출가 오십 해를 맞아 한 언론 인터뷰에서 스승은 수행자는 기상은 늠름해야 부처조차 따라 하지 않는 남다른 길을 걷는다고 말씀하면서, 사람은 누구 모사품이 돼선 안 된다, 석가모니가 두 사람 있어야 할 까닭이 없다. 새로운 사람, 누구도 닮지 않은 줏대 있는 사람이어야 한다고 말씀한다.

"너는 어째서 출가했는가? 부처님이 지금 이 자리에서 묻는다 할지라도 나는 간단하게 대답할 것이다. 나답게 살려고, 내 식대로 살려고 집을 떠났노라고. 세상이 무상해서라거나, 불교 진리에 매혹되어서라거나, 또는 중생을 구제하려고라고는 말할 수 없다. 출가 전에 나는 불교가 무엇인지조차 알지 못했다. 중생 구제 운운은 현재 한국 불교도 처지로서는 당치 않은 표현이다. 그럼 어째서 하고많은 길 가운데 불교 수행승의 길을 찾아 나섰던가. 뭐라 말로 하기 어려운 내 생명의 요구였을 것이다. 시절 인연이 다가서자 그 길로 찾아 나서지 않을 수 없었던 여러 생에 길들인 인연 끄나풀 같은 것이 나를 이끌었을 것이다."

스승이 출가한 까닭을 돌아보며 하신 말씀을 간추렸다. 저답게 살고 있을 때 고마움으로 넘쳐나지만 그렇지 못할 때 괴롭다는 스승은, 이게 아닌데 싶으면 선뜻 가진 것을 내려놓으며 가지치기하고도 성에 차지 않으면 버리고 떠난다고 말씀한다.

출가한 지 오십 해가 넘도록 비구계를 받은 날이 돌아오면 초발심자경문을 꺼내 읽는다는 스승. "시작할 때 그 마음"에서 한 발짝도 벗어나지 않았다.

"난 나이고 싶다." 하면 떠오르는 얘기가 있다. 부처님을 따르던 코살라 국 파세나디 임금이 왕비 말리카에게 묻는다.

"그대가 이 세상에서 가장 아끼는 사람이 누구요?"

고개를 갸웃거리며 생각하던 왕비는 "마마, 아무리 생각을 해봐도 저는 제가 가장 소중한 것 같습니다."라고 답한다.

내심 '대왕마마이십니다.' 하는 답이 나오기를 바랐던 파세나디는 실망스러웠다. 그러나 그런 마음을 억누르며 "아, 그렇소. 나도 마찬가지로 나를 가장 아끼오." 하고 말했다.

'아니, 어째서 가장 소중한 사람이 내가 아니고 저라는 거야? 또 설령 그렇다 하더라도 나라고 얘기해주면 어디가 덧나나?'

이 생각 저 생각으로 밤새 잠을 설친 파세나디는 날이 밝기가 무섭게 부처님에게 달려가 왕비와 나눈 얘기를 털어놓으며 '어떻게 그럴 수 있느냐?'는 낯빛을 숨기지 않았다.

부처님은 빙그레 웃으면서 "두 분이 올바른 말씀을 주고받았습니다."라고 한다. 그래도 파세나디 낯빛이 펴지지 않자 부처님은 다음과 같은 시를 읊어준다.

마음 기울여 온 누리를 찾아다녀도
저보다 아까운 사람은 어디에서도 찾을 수 없습니다.
나와 마찬가지로 모든 이는 저를 가장 아낍니다.
저를 아끼지 않는 사람은 누구도 사랑할 수 없습니다.
참답게 저를 사랑하는 사람은 다른 사람을 해코지하기 어렵습니다.

저를 가장 아낀다고 하는 말리카가 임금인 자기를 사랑하지 않는 것이 아니라는 것을 알아차린 파세나디는 마음이 가벼워져 궁궐로 돌아갔다.

'난 나이고 싶다.'는 말씀 끝에 이 이야기를 꺼내든 까닭은 철저하게 '나'여야 '너'인 그대와 참답게 어깨동무할 수 있다고 여기기 때문이다. 부처님이 천상천하유아독존을 꺼내든 까닭이 바로 여기에 있다.

임제 스님이 꺼내든 반야검, "부처를 만나면 부처를 죽이고, 조사를 만나면 조사를 죽이라!"는 말씀과도 이어진다.

나를 아낀다는 것은 나만 아끼고 이웃이 어찌 되든 나 몰라라 해도 된다는 뜻이 아니다. 나 못지않게 이웃을 사랑한다는 말이다. 나만큼은 아닐지 몰라도 적어도 그에 가깝게 아낀다는 말씀이다.

스승도 여기서 한 끗도 벗어나지 않는다. 나답고 싶은 이는 동떨어진 남이라고 여기는 이를 나 못지않게 아껴야 할 사랑스러운 이웃으로 받아들인다. 스승은 『서 있는 사람들』 '모두가 혼자'에서 "이웃이란 나누어 가진다는 뜻"이라고 말씀하면서 "기쁨이나 슬픔을 함께 나누어 가질 때 우리는 이웃이 된다. 이웃으로 해서 인간의 존재가 새롭게 확인된다."라고 하셨다.

맑고 향기롭게 영원한 본부장 윤청광 선생은 스승이 "무소유는 가난하게 살라는 것이 아니다. 가진 것을 이웃을 이롭게 하는 일에 쓰는 것을 일컫는다."라고 하셨다고 돌아본다.

스승은 또 『서 있는 사람들』 '이 한 권의 책을 화엄경 입법계품'에서 "보살에게는 남을 구제하는 중생제도가 곧 스스로 이롭게 하는 일이기 때문에 이타가 곧 자리에 연결된다."고 하면서 "우리는 저마다 따로 따로 바다 위에 떠 있는 외로운 섬이었다. 그러나 화엄의 거울에 비친 우리는 같은 뿌리에서 뻗어 나간 가지임을 직관하게 된다. 이웃의 일이 내게 상관없는 남의 일이 아니라 나 자신의 일임을 확신하기에 이른다."라고 거듭 말씀한다.

어머니가 아이를 보살피는 마음이 보살심에 가장 가깝다. '어질 인'은 '아이를 밴 어머니'를 그린 데서 비롯한 글씨란다.

어머니는 '네가 살아야 비로소 내가 살 수 있다.'는 마음으로 아이를 품고 보살핀다. 이것을 한 낱말로 빚은 것이 살림살이다. 그래서 불자들은 어머니 하면 관세음보살을 떠올리고 가톨릭 신자들은 어머니 하면 마리아를 떠올린다. 어머니는 난 나이고 싶은 삶, 나다운 삶이 어떤 것인지 보여주는 본보기이기에.

위에서 스승이 말씀한 '이타가 곧 자리에 연결된다.'는 말은 '남을 이롭게 하는 것이 나를 이롭게 하는 것으로 이어진다.'는 말씀이다. 이웃을 이롭게 하는 데에 이르려면 '자리' 곧 나를 바로 세우는 것이 앞서야 한다. 내게 힘이 고이지 않으면 남을 너, 이웃으로 돌려세워 보듬을 수 없기 때문이다. 그래서 비행기를 타면 나오는 안전안내에서 아이나 병약자 또는 늙은이와 함께 가는 사람은 비행기가 위험에 빠져 산소마스크를 써야 할 때면 제가 먼저 쓰고 나서 지켜야 할 이에게 씌우라고 하는 것이다.

나를 굳게 세우는 것이 너를 보듬을 수 있는 바탕을 마련하는 일이다. 그러나 스승은 여기서 한 걸음 더 들어가라고 이른다. 나를 나답게

바로 세우고 나면 '네가 바로 나'라는 것을 알 수밖에 없다고. 그러기에
이타, 너를 아우르는 것이 곧 나를 아우르는 길이다.

지난해 스승 '속뜰을 기리며'라고 이름 붙은 스승 유품 전시회가 있었
다. 거기서 강원도 오두막 정랑(화장실) 문에 걸린 문패 하나가 눈에 들어
왔다. "나 있다"라고 스승이 쓴 글씨다. 그 말씀을 보면서 울림이 컸다.
"나 있음"이 어울려 있다는 말씀으로 받아들여졌기 때문이다.

네 첫 마음 아직도 있느냐

얼어붙은 대지에 다시 봄이 움트고 있다. 겨울 동안 죽은 듯이 잠잠하던 숲이 새소리에 실려 조금씩 깨어나고 있다. 우리들 안에서도 새로운 봄이 움틀 수 있어야 한다. 다음으로 미루는 버릇과 일상의 늪에서 허우적거리는 타성에서 벗어나 새로운 시작을 해야 한다.

인간의 봄은 어디서 오는가?

묵은 버릇을 떨쳐버리고 새롭게 시작할 때 움이 튼다.

스승이 많이 하신 말씀 가운데 하나다.

"인간의 봄은 어디서 오는가? 묵은 버릇을 떨쳐버리고 새롭게 시작할 때 움이 튼다."

이 말씀은 들을 때마다 몸이 떨리다 못해 뼛속까지 울린다. 묵은 버릇을 떨치라는 것은 자치하라는 말씀이다. 자치는 '저절로 다스림' 또는

'제풀로 다스린다.'는 말로 '저 스스로 다스린다.'는 말이다.

간디는 『힌두 스와라지』에서 말한다. 진정한 자치는 제 마음을 다스리는 것이며 자치로 나가는 힘은 사랑에서 나온다. 이 힘을 쓰려면 모든 면에서 반드시 스와데시(스스로 서기)를 해야 한다고.

미루는 버릇을 떨칠 사람도 나요, 그것을 벗어나서 새봄을 빚는 이도 나라는 말씀이다. 이 말을 다른 말로 바꾸면 '스스로 짓고 스스로 받는다.'란 말씀이다. 아무도 내 삶을 살아주지 않는다. 오로지 내가 내 삶을 바꿀 뿐.

누구나 그런 줄 안다. 해가 바뀔 때마다 새해가 오면 적어도 일주일에 세 번은 30분씩이라도 운동을 해야지 하거나, 새해에는 기타를 배워서 한 해를 마감하며 돌아보는 자리에서는 내 18번을 내가 하는 반주에 맞춰서 부르고 말리라, 마음을 굳게 다지며 새롭게 비롯하려고 해도 시작도 해보기 전에 추우니 날이 풀리고 나서 하며 뭉그적거리다가 제풀에 겨워 나가떨어지고 만다. 오죽하면 '지어먹은 마음 사흘 간다.'라는 말이 나왔을까.

스승은 이런 말씀도 하셨다.

> 사람은 순간순간 익히는 대로 풀려간다. 이 순간에 의지를 다지고
> 선택하기에 따라 사람이 될 수 있고 짐승으로 굴러 떨어질 수 있다.
> 이 가을을 맞은 사람은 지난여름 그 사람이 이어져서는 안 된다.

내게 스승이 손수 써주신 글이 하나 있다. "시작하는 마음으로"가 그

것이다. 길상사 주지 스님에게 부탁드려 얻은 글이다. 오해하지 마시라. 스승께 써주십사 하고 부탁드려 달라고 한 것이 아니다. 그때 어린이 법회를 맡고 계신 비구니 스님이 아이들과 함께 하는 잔치를 알리는 글을 써 붙였는데 글씨가 반듯하니 고와서 내 사무실에 걸어두고 보려는 글귀를 한 줄 써달라고 부탁드려달라고 했다. 그랬는데 주지 스님이 뜻밖에 스승께 말씀드려서 받아 준 글이다.

저 글을 걸어두고 싶었던 까닭은 무엇을 할 때 잘 마무리하겠다고 다짐하고, 일을 벌여놓고는 버거워져 힘이 들면 슬그머니 내려놓아 옹글게 마무리하지 못하는 버릇을 고치려는 데 있었다.

짧지 않은 동안 스승 가까이서 스승 글로 책을 빚으며 좋은 인연을 이어간 정채봉 선생이 가까운 이웃과 송광사에서 하룻밤을 묵고 이튿날 아침 일찍 불일암에 오른다. 스승은 어디를 가셨는지 바람이 해우소 앞에 들어선 대밭에서 장난을 치고 청매 홍매 나무에 매실들이 살이 올랐다. 일행이 여름을 반기며 너울너울 대는 파초를 바라보면서 마루에서 땀을 들이고 있는데 뒤 숲에서 밀화부리 새소리가 들린다. 정채봉 선생은 이 소리가 마치 '네 첫 마음 아직도 있느냐, 네 첫 마음 아직도 있느냐?' 하고 묻는 것 같다고 했다.

쉰 살이 넘도록 일기 한번 변변하게 써 본 적이 없는 내가 따뜻한 스승 모습을 담아내겠다며 나섰다가 '에효, 그러면 그렇지 네가 무슨 글을 쓴다고 그래.' 하며 주저앉은 적이 한두 번이 아니다. 이렇게 쪼그라드는 마음을 추스르고 무려 다섯 해나 글쓰기를 연습해서 『법정 스님 숨결』을 펴낼 수 있었던 것은 그때마다 '네 첫 마음이 어디로 갔느냐, 네 첫 마음이 아직도 있더냐?' 하는 정채봉 선생 귀를 거쳐 내게 들려온 저 밀화부리 새소리 덕분이었는지도 모른다.

여태도 무슨 일을 해보고 싶은 마음이 들더라도 주춤거리기는 마찬가지다. 그렇더라도 하기로 마음을 굳히고 나면 숨 가쁘게 서두르지 않고 느릿느릿 슬몃슬몃 그러나 주저앉지 않고 한껏 누릴 수 있는 것도 '시작할 때 네가 품은 첫 마음 그대로 있느냐?' 하며 드잡이하는 스승 목소리 덕분이다.

> 여름이 가고 가을이 온다. 처서를 지나더니 아침저녁으로 바람이 선득거리고 풀벌레며 귀뚜라미가 계절의 변화를 노래하고 있다. 이제는 여름에 내렸던 발을 걷고 하루 이틀 걸러 군불도 지펴야 하는 그런 계절이 되었다.
> 계절 변화가 있다는 것은 얼마나 고맙고 다행한 일인가. 계절이 바뀜에 따라 우리 삶에도 새로운 시작이 있다.

『그물에 걸리지 않는 바람처럼』 '사람, 책임질 줄 아는 유일한 존재'에서 모셔온 스승 말씀으로 날이 바뀌고 달이 차 새달을 맞이하고, 철이 바뀌고 해가 차 새해를 맞을 때마다 묵은 허물을 말끔히 벗어버리고 새롭게 비롯할 수 있어야 한다는 드잡이이다.

사실 우리가 잊고 살아서 그렇지 우리도 게나 가재, 새우 못지않게 나날이 허물을 벗어야 제 빛깔을 드러내며 살아갈 수 있다. 우리는 마음은 몰라도 몸은 저도 모르는 사이에 저절로 바뀌어 간다고 생각한다.

아니다. 몸도 마음도 저절로 바뀌게 내버려 두면 바람직하지 않은 쪽으로 흐를 수 있다. 뜻을 세우고 뜻을 둔 쪽으로 거듭 살려 쓸 때라야 비로소 바뀐다는 것을 놓쳐서는 안 되는 까닭이다.

마음먹는다고 다 이루어지면 얼마나 좋으랴마는 그렇지 못한 게 우리네 삶이다. 그렇더라도 뜻만 놓치지 않는다면 얼마든지 새로 날 수 있다. 고맙게도 날이 바뀌고 달이 바뀌며 해가 바뀌지 않는가. 어제까지 잘하지 못했더라도 새로 바뀐 오늘 다시 비롯할 수 있다.

툭툭 털고 새로 비롯해보자. 놓지 말아야 할 뜻은 말할 것도 없이 적어도 산목숨 죽이지 않는다는 살림, 자비심이다.

스승은 틈나실 때마다 "여래는 자비심에서 온다."고 하셨다.

이와 같은 뜻은 스승이 열반에 드시고 나서 나온 보도에도 고스란하다. "법정 스님이 이달 말 출간할 예정이던 '불타 석가모니', '수심결' 서문이 15일 공개됐다."는 머리글이 담긴 연합뉴스 기사다.

"이 글들은 법정 스님이 와병 중에 간병인에게 구술해 쓴 것으로 생전에 남긴 마지막 글인 셈…."

> 불타 석가모니 서문
> 나 자신 부처님 제자로서 험난한 세상을 살아가면서 제1계로서 살생금지를 받들며 살아왔다는 것은 큰 행운이 아닐 수 없다. 그런 계율을 몰랐다면 얼마나 많은 허물을 지었겠는가. 뿔뿔이 흩어져 있는 사람들이 부처님 가르침을 거쳐 거듭 형성되고 재결속될 수 있다. 출가해서 반세기 넘도록 부처님 제자로서 살아온 것이 고마

울 뿐이다.

불타 석가모니 가르침이 지닌 감화력으로 불타 사후 2,500년이 지
난 이제까지도 그 가르침을 따라 수행하는 사람들이 늘어나고 있
다. 삶의 기준이 없다면 아무렇게나 살아갈 것이다. 불타 석가모니
는 우리 삶이 나아가야 할 기준이며 지향점이다. ……

수심결 서문

사람 업이란 한꺼번에 녹아내리는 것이 아니다. 한번 깨달았다고
해서 수백 생을 익힌 습이 사라지지 않는다. 깨달음은 수행으로 완
성된다. 설령 이치로는 알았다 해도 실제 현상에서는 실천하지 못
한다. 수행이란 '행行'이 그 근간이 되어야 한다.

역대 조사와 선지식들은 한결같이 깨달음과 함께 끝없는 수행으로
그 모범을 보인 까닭이 거기에 있다. …… 바르게 알아야 바르게 행
할 수 있으며, 바른 행을 거쳐서 사람은 거듭 형성되어 나간다.

그 가르침에 있어서 깊은 호소력과 진실성을 담고 있는 보조 스님
의 〈수심결〉은 불교 수행자들만이 아니라 진리를 추구하는 모든
이들에게 중요한 지침서가 될 뿐 아니라 우리 불교가 탄생시킨 뛰
어난 경전이다.

마지막 가시는 길 뒤에 남은 우리에게 어떤 말씀을 주시려고 하셨는
지 그 마음이 얼마나 지극하셨는지 고스란히 느낄 수 있는 말씀이다.

스승이 우리에게, 늘 부처님은 "서 있을 때나 길을 갈 때나 앉아 있을

때나 누워서 잠들지 않는 한 자비심을 굳게 가지라."고 말씀하셨다고 심어주셨다. 부처님이 "자비심을 일으키고 자비롭게 살라."고 거듭거듭 말씀한 까닭이 있다, 이 말씀을 그저 그렇고 그런 한낱 경전에 쓰인 표현으로 받아들여 지나치지 말고 살아가면서 자비심을 거듭거듭 드러내야 한다는 뜻이다, 경전을 소리 내어 읽으면서 순간순간 그렇게 살 수 있어야 한다, 이처럼 자비로운 생활규범을 지니고 살아간다면 하루하루 사는 일이 새롭게 펼쳐질 것이라고 하셨다.

놓치지 말아야 할 것이 바로 자비심이다. 수심결, 마음을 참답게 다지면 사랑 어린 마음이 저절로 솟는다.

우리가 받아 지닌 계 가운데 가장 앞서 꼽는 산목숨 죽이지 않는 데서 비롯한다. 부처님은 한 걸음 썩 더 들어서도록 일깨운다. "마치 어머니가 외동이를 아끼듯이, 살아있는 모든 것에게 한없이 사랑 어린 마음을 내라."고. 산목숨 죽이지 않을 뿐더러 한 걸음 더 나아가 보살피고 사랑하라는 말씀이다.

이 끈을 놓치지 않으려면 아침마다 경전에 담긴 뜻을 되새겨야 한다. 눈으로 하는 것이 아니라 입으로 소리 내어 되새김해야 한다. 그래야 뼈와 살에 아로새겨져 몸짓으로 드러낼 수 있다.

스승은 당신이 사미계를 받고 스님으로 첫걸음을 내디딘 음력 7월 보름, 여름 안거 해제 날이면 한 해도 거르지 않고 예불 끝에 꼭 『초발심자경문』을 소리 내어 읊는다고 말씀했다.

'초발심시변성정각', '화엄경'과 의상 스님이 쓰신 '법성게'에 나오는 말씀으로 처음 낸 그 마음이 바로 깨달음과 같다는 말씀이다. 우리가 살아가면서 새로이 먹은 첫 마음이야말로 무엇인가를 이루려고 다짐하는 마음으로, 그 다짐이 곧 깨달음이라는 말씀이다. 우리는 흔히 무슨 일을 할 때 굳게 다진 바탕에서 일머리를 알면 어렵지 않게 살아갈 수 있을 것으로 받아들인다. 참으로 그럴까? 이제까지와는 달리 새롭게 살아야 한다고 굳게 마음을 다진다고 해서 몸에 밴 버릇을 바로 내려놓을 수는 없다. 그래서 첫 마음을 잃지 않고 그대로 이어가기란 말처럼 쉽지 않다. '지어먹은 마음이 사흘 간다.'라는 말이 나온 까닭이 여기에 있다. 아무리 거룩한 뜻을 세웠더라도 사흘을 넘기지 못하고 그만둔다면 덧없다. 처음 먹은 뜻을 꾸준히 이어가야 아름답기에 출가한 지 오십 해가 넘은 스승이 여름 안거 해제 날이면 어김없이 초발심자경문을 읽는다면서 우리를 일깨우신 것이다.

사람이 부처다

"정말 사람이…… 사람이 성불할 수 있습니까?"

사람이라면 누구나 부처가 될 수 있느냐는 말씀이다.

성철 스님은 "제가 이미 부처임을 아는 것, 그것이 성불입니다."라고 말씀한다. 성철 스님과 스승이 부처님 가르침을 주고받은 것을 담은 책 『설전』에 나오는 말씀이다. 성철 스님은 말씀한다.

"내가 자꾸 깨친다, 깨친다 하는 것은 사람이 깨칠 능력을 갖추고 있기 때문이지 그렇지 않으면 만날 노력해도 소용이 없을 것입니다. …… 부처님께서는 인간에게 무진장한 대광맥, 금광과는 비교할 수 없는 무진장한 광맥이 사람 가슴속에 다 있다는 것을 발견하셨습니다."

1967년 해인사 해인총림 초대 방장에 오른 성철 스님은 그해 12월 4일부터 백 일 동안 설법을 한다. 위에 나오는 말씀은 30대 스승이 성철 스님에게 거침없이 던진 물음 가운데 하나다.

요즘 법석이라고 해도 법문하는 어른 앞에서 선뜻 나서서 묻기 어렵다. 하물며 엄격하던 그 시절에 나흘 동안이나 문답이 이어지다니 놀랍다.

해인사 강원에서 학인 스님들에게 불교를 가르치고 있던 스승이 어째서 "불교란 무엇인가? 불교가 다른 종교와 다른 점은 무엇인가? 중도를 좀 알아듣기 쉽게 설명해 달라."처럼 간단하기 그지없는 물음을 던졌을까?

금강경에서 '공성'을 깊이 헤아려 해공제일이라고 불리는 수보리 존자가 부처님에게 '공' 사상을 묻고 나섰듯이, 성철 스님 법문을 막 불문에 들어선 학인 스님들 눈높이에 맞도록 나누려는 깊은 뜻에서 나왔을 것이다. 그로부터 스무 해가 지난 1986년 부처님오신날 법문에서 성철 스님은 "천지는 한 뿌리요 만물은 한 몸이라 일체가 부처님이요 부처님이 일체이니 모두가 평등하며 낱낱이 장엄합니다."라고 말씀했다.

무슨 말씀인가? 사람을 비롯한 모든 것에 부처님 씨앗이 깃들어 있다는 말씀이다. 이보다 먼저 나온 "제가 이미 부처임을 아는 것이 성불"이라는 말씀에서 우리가 놓치지 말아야 하는 것은 '아는 것'이다.

성철 스님은 선방에서 섣불리 깨달았다고 오는 스님을 "그게 아니야, 이놈아!" 하고는 몽둥이찜질을 해서 내쫓았다.

스승이 세운 길상사 일주문 기둥에는 '신광불매 만고휘유神光不昧 萬古徽猷 입차문래 막존지해入此門來 莫存知解'라고 적혀 있다.

"어디에도 견줄 수 없이 거룩한 빛이 어둠을 헤치고 오래도록 빛나니, 이 문에 들어서면서 알음알이를 두지 말라."는 말씀이다.

알음알이, 머리 굴려 '이럴 것이다, 저럴 것이다.' 하고 짚는 것은 깨달음이 아니라는 우레다. '이럴 것이다.'와 '이것이다.'라는 말씀은 어떻게 다를까?

'이럴 것이다.'는 어릿어릿하여 무엇인지 잘 모를 때 나오는 어림이고, '이것이다.'라는 말씀은 무엇인지 뚜렷이 알 때 딱 잘라 내놓는 말씀이다. 깨달아 또렷이 알았다면 마땅히 "이것이야!" 할 수 있어야 한다.

그런데 성철 스님에게 몽둥이찜질을 당하고 쫓겨난 이들은 "이것이야!" 하고 나섰으나 겉만 번지르르하니 희멀건 것이 누리 결을 바꿀 만한 살림살이가 없어 시쳇말로 팥소 없는 찐빵이기 때문이 아니었을까.

설익은 밥은 생쌀을 씹는 것만 못하고, 선무당이 사람 잡는다는 말에서 알 수 있듯이, 어설피 머리로만 헤아리는 살림으로는 이웃을 살리기는커녕 망가뜨릴 수밖에 없다. 살림으로 우러나오지 않는 깨달음이란 허섭스레기에 지나지 않는다.

무엇을 배운다는 말씀은 어디를 찾아가서 다른 사람에게 가르침을 받아야 한다는 얘기가 아니다. 거룩한 스승 석가모니와 같이 걷더라도 제 살림은 오롯이 제 힘으로 드러낼 수밖에 없다. 그래서 옛 어른들은 "이제까지 보고 들은 것 말고 오로지 네 생각을 내놓으라."고 다그쳤다. 여기서 '생각'이란 낱말에 갇혀서는 오롯한 깨달음으로 나갈 수 없다. 참답게 빚은 생각에 따라 지어가는 옹근 제 살림을 펼쳐 보일 때 그곳에 부처 살림살이가 오롯하다. 살림을 제 몸에 배도록 하는 노릇은 부처나 조사가 다 달라붙어도 할 수 없는 일이란 말씀이다. 그래서 '부처인 줄 아는 것'이란 성철 스님 말씀은 바로 '부처로 사는 것'을 일컫는다.

스승은 깨달음이 어디서 오는 것이 아니라 본디 지닌 것을 드러내는 것이라고 하면서 굳이 말하자면 깨달음은 보름달처럼 드러나는 것이라고 했다.

깨달음이란 몸에 밴 살림이 저절로 우러나오는 것을 가리키는 말씀이다. 어디에서 무엇을 하든 옹근 짓을 하면 그대로 부처, 허튼짓하면 바로 중생이다.

스승은 2008년 부처님오신날 법문에서 한마디로 말해 부처는 무엇인가? 자비심이다, 자비심이 곧 부처다, 오늘날처럼 살벌하고 무자비한 세상을, 사람이 살아갈 만한 곳으로 바꾸려면 무엇보다 자비심이 앞서야 한다고 했다. 이어 자비 실현은 혼자서는 할 수 없다, 만나는 이에게 비추어 자비를 이룰 수 있다, 마찬가지로 중생이 없으면 부처가 될 수 없다, 만나는 대상 덕분에 비로소 내 안에 잠들어 있는 자비 움이 튼다, 우리가 만나는 이웃은 나를 일깨워주는 선지식이다, 그러므로 그때그때 마주치는 남을 거쳐 내가 활짝 열린다는 것을 놓치지 말아야 한다, 이웃을 만나고서도 마음이 열리지 않는다면 그것은 평소에 준비가 되어 있지 않기 때문이라고 힘주어 말씀한다.

그러고도 모자란다고 여기셨는지 '부처란 스물네 시간 늘 깨어 있는 사람'이라고 덧붙이면서 수많은 세월을 두고 순간순간 자비를 실천하면서, 부처다운 짓을 하면서 부처를 이루는 것이라고도 말씀했다. 마치면서 "이 자리에 모이신 여러분, 성불하십시오."라고 한 이 말씀은 먼 뒷날을 가리키는 말씀이 아니다. 바로 "부처 하자!"이다.

스승은 '부처 되자.'는 말씀을 한 적이 없다. "이 자리에 모인 여러분, 성불하십시오."에 담긴 속뜻은 "부처 손길을 바라는 그 자리에서 바로 부처를 이뤄 부처 짓 하자! 지친 사람들이 깃들, 들어가 쉴 수 있는 보금자리(불국토)를 짓자."이다. 그렇게 하나하나 작은 날갯짓이 모여 큰 물결을 이루면 온 누리가 부처님이 가득한 곳으로 바뀐다는 말씀이다.

이 자리에서 한 마음, 나만 생각하는 낱낱이 흩어진 마음이 아니라 이웃을 아울러 우리를 이루는 마음을 일으켜 쓰면 그 자리에 넉넉한 부처님 그늘이 들어선다는 말씀이다.

거느림은 그늘을 드리운다는 말에서 왔다. 온 마음을 일으켜 드리운 넉넉한 품이 바로 그늘이다.

스승은 출가한 지 세 해째 되는 해, 방학을 맞아 즐겁기보다는 두려움이 앞선다는 기별을 보낸 아우 성직에게 보낸 편지에서 "마음 하는 아우야! 마음 기댈 곳이 없이 안타까이 헤매는 너에게 나는 무엇을 줄 수 있을 것인가? 나는 무능하다. 힘이 없구나. 그지없이 안타까울 뿐이다."라며 어쩔 줄 몰라 했다.

'마음 하는 아우'란 말은 마음을 앓는 아우라는 뜻과 함께 마음을 다해 사랑하는 아우, 온 마음을 기울여 품어주고 싶은 아우라는 뜻이 담겼다. 이로 보아 부처란 저와 이웃을 마음을 다 쏟아 사랑하는 사람, 살리는 이를 가리키는 말씀이다.

마음은 닦는 게 아니라 쓰는 것

"마음은 닦는 게 아니라 쓰는 것"

스승이 2006년 2월 겨울 안거를 푸는 날 법석에서 나눠주신 말씀이다.

스승은 심여수心如水라는 말은 마음이 물과 같다는 소리다, 물이 흐르지 않고 고여 있으면 썩는다, 흐르는 물이 생명력이 있듯이 마음도 살아서 움직여야 튼튼해진다고 말씀한다. 이어서 "절에서 마음 닦는다고 하는데 무엇으로 닦는가? 마음이 눈에 보이면 손으로 문지르거나 걸레로 훔칠 수 있겠지만, 그렇지 않기 때문에 닦는다는 말은 매우 관념에 빠진 표현이다. 제대로 표현하면 '마음을 쓰는 일'이다. 순간순간 마음 쓰는 일이 곧 수행이다. 마음을 어떻게 쓰느냐에 따라 삶이 꽃처럼 피어날 수 있고, 꽉 막힌 벽을 이룰 수도 있다."라 하면서 "우리는 하루에도 수없이 사람을 만난다. 또 물건도 만나고 어떤 일을 겪기도 한다. 그럴 때마다 내 마음이 어떻게 움직이는지 살피라. 내가 마음을 옹글게 쓰고 있는지 잘못 쓰고 있는지 바라봐야 한다. 마음을 닦는다고 하지만 실제로는 마음을 쓰는 일이다. 바르게 써야 바르게 닦인다. 그래야 마음에 빛이 난다."고 말씀했다. 미운 사람을 부처나 보살처럼 맞아야 쌓인 업이 녹는다고 말씀하면서 안거 푸는 날인 오늘 맺히고 닫힌 마음을 다 풀어버리라고 덧붙이셨다.

마음은 어떻게 써야 할까?

그 옛날 바라나시에 황금빛 사슴이 다른 사슴 오백 마리와 어울려 살았다. 이 나라 임금은 사슴 사냥에 미쳐 사슴 고기가 없이는 밥을 먹지 않았다. 날이면 날마다 백성들이 일도 하지 못하게 불러다 사슴몰이를 시켰다.

"농사짓기도 버거운데 날마다 사냥을 따라 나가야 하니 너무 힘들어."

"그러게 말이야. 좋은 수가 없을까?"

생각다 못한 백성들은 궁전 뜰에 커다란 사슴 우리를 만들고 그 안에 사슴이 좋아하는 먹이와 물을 마련해뒀다. 그러고 나서 숲에 있는 사슴을 우리 안으로 몰아넣고 문을 잠갔다.

임금은 뜰을 바라보며 흐뭇해했다.

"이제 사슴몰이를 하며 어렵사리 잡지 않고 쉽게 잡아 마음껏 먹을 수 있겠군."

그러나 황금빛 사슴까지 잡고 싶지는 않아 신하들에게 명령한다.

"어떤 일이 있더라도 황금빛 사슴이 다쳐서는 안 된다."

임금은 밥 먹기 전에 뜰로 나가 활로 사슴을 쏘았다. 사슴들은 임금이 나타나면 겁에 질려 이리 뛰고 저리 뛰다가 화살에 맞아 피를 흘리며 신음하거나 죽어갔다. 이를 지켜보던 황금빛 사슴이 말했다.

"이제부터 차례를 가려 앞으로 나가 죽기로 합시다. 그래야 제 차례가 아닌 사슴들은 두려움에 떨지 않을 수 있지 않겠어요."

이날부터 차례가 온 사슴들은 제 발로 걸어가 처형대에 목을 대고 가로누워 요리사가 와서 그 사슴을 잡아갔다. 그러던 어느 날 새끼를 밴 암사슴 차례가 되었다. 이때 황금빛 사슴이 나선다.

"그대는 새끼를 낳은 다음에 다시 와요. 내가 대신 가겠으니."

처형대에 황금빛 사슴이 누워 있는 것을 본 요리사가 임금에게 알렸다. 임금이 달려 나와 물었다.

"나는 너를 죽일 생각이 없는데 어째서 여기 누워 있느냐?"

"임금님, 새끼를 밴 어미 사슴 차례가 되어, 제가 대신 죽으려고 합니다."

임금이 화들짝 놀라 말한다.

"사람들 가운데서도 너처럼 어진이를 보지 못했다. 네 덕분에 내 눈이 뜨이는 것 같구나. 일어나거라. 너와 암사슴 목숨을 살려주마."

"저희 둘 목숨은 건진다 하더라도 다른 사슴은 어찌 되겠습니까?"

"좋다. 다른 사슴들 목숨도 살려주겠다."

"사슴들은 죽음에서 벗어났다 해도 다른 네 발 가진 짐승은 어찌 됩니까?"

"좋다. 그 짐승들도 지켜주겠다."

"네 발 가진 짐승은 목숨을 건진다 해도 두 발 가진 새들은 어찌 되겠습니까?"

"좋다. 새들도 지켜주겠다."

"물에 사는 물고기는 어찌 되겠습니까?"

"마음 결이 곱고 곱다. 황금빛 사슴이여. 모두 지켜주리라."

뭇 목숨이 마음 놓고 살 수 있도록 빌어, 임금 눈을 뜨도록 한 황금
빛 사슴은 다른 사슴들과 함께 숲으로 돌아갔다.

자타카, 부처님 전생을 담았다는 이야기 모둠에 나오는 얘기로 스승
이 즐겨 나누던 이야기이다. 얼핏 그저 아이들에게나 들려줄 수 있는
동화라고 받아들이기 쉽다. 그러나 찬찬히 곱씹어보면 씹을수록 가슴
깊이 와 닿는 것을 느낄 수 있다. 마음은 이렇게 쓰는 거야. 스승이 늘
'자비심이 곧 여래', 부처라고 하던 말씀이 어떤 것인지 알 수 있다.

나를 아끼는 것과 나만 아끼는 것은 언뜻 보면 그리 다를 바 없어 보
인다. 그러나 부처님은 참으로 나를 아끼는 이는 다른 사람을 아끼지
않을 수 없다고 말씀한다. 사실 부처님은 '두루'보다 '낱낱이' 소중하다
고 앞세우셨다. 나아가 이웃하는 '너'도 '나' 못지않게 소중하다는 것을
알아야 한다고 일깨워주셨다.

황금빛 사슴 이야기는 이와 같은 참뜻을 잘 새겨 '나'에 머물지 않고
'두루'로 나간 본보기다.

저 얘기를 들려주자 어떤 아이 하나가 "저 임금은 황금빛 사슴이 하는
말을 받아들였지만, 조류 독감이나 아프리카 돼지 열병이 돌았을 때 감
염된 짐승들을 수없이 살처분하는 것으로 보아 요즘 대통령이나 국회의

원들이라면 받아들이지 않았을 것 같다. 그러니 아예 입을 닫을 수밖에 없지 않겠느냐."고 말한다. 아무리 그렇더라도 끊임없이 입을 열어 말해야 한다. 아울러 스스로 나서서 할 수 있는 일을 해야 한다.

남이 하는 일이라면 하나같이 답답해하던 윤똑똑이가 잔치를 치르게 되었다. 아주 잘 치러서 일을 어떻게 해야 하는지 본때를 보여줘야 하겠다고 벼른다. 잔치하려면 소젖이 많이 있어야 하는데 잘못 보관하면 상하지 않을까 걱정이 든다. 어디에 둬야 손님들에게 싱싱한 소젖 대접할 수 있을까 궁리를 거듭하던 이 사람에게 기발한 생각이 떠오른다.

'아! 젖소 뱃속에 놔두는 것이 가장 낫겠구나.'

머슴에게 젖을 소 뱃속에 저장하려고 하니 이제부터 송아지에게 젖을 주지 말고 미음을 끓여주라고 한다. 머슴이 뭔 말을 거들려고 하자 "내 말에 토 달지 말고 시키는 대로 해!"라고 밀어붙인다.

드디어 잔칫날.

소젖을 짜러 간 머슴이 낯빛이 하얗게 되어 달려오더니 젖이 말라붙어 한 방울도 나오지 않는다고 아뢴다. 무슨 말이냐고 되묻는 윤똑똑이에게 머슴은 혀를 끌끌 차며 말한다.

"젖은 그때그때 짜야 합니다. 짜지 않으면 젖이 고여서 많아지는 것이 아니라 마르고 말아요. 저번에 그 말씀을 드리려고 하니까 입도 뻥긋하지 말라고 하시고는…."

쓰지 않으면 말라붙는 것이 어디 소젖뿐이겠는가. 우물도 마찬가지요 몸에 있는 힘살은 말할 것도 없이 마음에 있는 힘살도 다를 바 없다.

주의 깊게 생각을 거듭하여 일어난 고운 마음씨를 쓰지 않고 내버려 두면 아예 쓸 수 없도록 말라버리고 말아 마침내 몹쓸 마음씨가 되고 만다. 고기도 먹어본 사람이 잘 먹는다는 말이 있듯이 잘못을 짚는 말도 해본 사람이 거듭할 수 있다. 그러니 아무리 말을 해도 듣지 않는다고 해서 해야 할 말을 하지 않고 삼키고 말면 세상을 바꿀 수 없다. 애써 나서야 하는 까닭이다.

윤똑똑이만 나무랄 일이 아니다. 저런 사달이 일어날 줄 알면서도 입을 닫아 버린 머슴도 제구실하지 못하기는 마찬가지다.

스승은 늘 마음이라는 것이 쓰기에 따라 바늘 하나 들어갈 수 없을 만큼 옹색하다가도 한 번 고쳐먹으면 넉넉하기 그지없이 바뀔 수 있다고 말씀했다.

좋은 마음과 나쁜 마음이 따로 있는 것이 아니라 어느 쪽으로 마음을 먹느냐에 따라 다르게 나타날 수 있다. 스승이 한 말씀은 마음을 추슬러 좋은 쪽으로 쓰기를 거듭하면 옹색한 마음이 어느덧 풀어져 자취를 찾을 수 없게 된다는 말씀이다.

마음 어질게 써서 이웃을 아우르는 것보다 더 마음을 잘 닦을 수 있는 길은 없다.

내 마음 하나 추스를 길이 없는데 누구를 보듬을 마음이 어디에 있느냐고 묻는 사람이 있다. 내 마음 추스르는 지름길은 나와 비슷한 처지에 놓였거나 나보다 형편이 더 딱한 사람 마음을 보듬는 길밖에 없다. 스승은 어진 어머니 한 사람을 교사 백 사람에 견줄 만하다고 하면서 한 사람을 이루기까지는 그 그늘에 어머니 사랑과 헌신이 따라야 한다고 말씀한다. 그러면서 레오 버스카글리아 어머니 이야기를 꺼낸다.

아버지가 사업에 실패하여 이제는 어쩔 도리 없이 식구들은 거지가 될 형편이었다. 그런데 그날 저녁, 잔칫날처럼 푸짐하게 차려놓은 상을 보고 식구들은 깜짝 놀란다. 아버지는 어머니에게 "도대체 이게 무슨 짓이오. 당신 정신 나갔소?" 하며 벌컥 화를 낸다.

그때 어머니는 "우리에게 즐거움이 필요한 때는 내일이 아니라 바로 이제에요. 이제야말로 우리에게 행복이 필요한 때에요. 잠자코 잡숫기나 하세요."라고 말한다.

마음을 어떻게 써야 하는지 깊이 알려주는 말씀이 아닐 수 없다. 살림살이 본보기.

흔들리되 휘둘리지 않을 숨 고르기

어느 해 겨울, 스승이 사는 오두막 가까이에 있는 개울과 폭포가 모두 얼어붙었다. 도끼로 개울에 얼어붙은 얼음을 깨고 물을 얻으려고 했으나 탱탱 얼어붙은 개울은 바닥이 보이도록 용을 써도 물을 얻지 못했다. 하는 수 없어 깨진 얼음을 가져다 불에 녹여 가까스로 쓰실 물을 마련했다.

스승은 우리 마음도 이와 같아서 모질게 마음먹으면 누가 무슨 얘기를 해도 듣지 못한다, 마음은 물과 같아서 흘러야 저도 살고 만나는 이웃도 살릴 수 있다, 마음이란 스스로 한 생각을 일으켜 옹졸하게도, 너그럽고 훈훈하게도 쓸 수 있다고 하셨다.

마음을 너그럽고 넉넉하게 쓰려면 어떻게 해야 할까? 마음이 참다운 제자리에 놓이도록 해야 한다.

중국에 불교를 들여온 달마 스님을 찾아온 혜가는 마음이 불안하다며 어떻게 해야 좋겠느냐고 묻는다.

달마는 그 마음 내놔 보라고 한다. 아무리 찾아도 찾을 수 없다는 혜가에게 "내 이미 네 마음을 편안하게 했다."고 했다는데. 혜가도 찾지 못한 그 마음이 어디에 있을까?

마음이 어디에 있느냐고 물으면 사람들은 흔히 가슴을 가리킨다.

학자들은 마음이 뇌에 있다고 한다.

뇌는 우리말로는 골이다. 골 빈 놈이라는 말은 뇌에 든 것이 없어 뭘 모른다는 말이다. 그런데 마음이 골에 있을까?

아이가 아플 때 어머니는 애가 쓰인다. 아이가 열이 오르고 아프다고 대굴대굴 구를 때 어머니는 애끊어진다고 한다. 몹시 답답하거나 안타까운 일을 겪으며 애가 탄다고도 한다. 속이 상하고 마음이 아플 때 애끓는다고도 한다. 여기서 가리키는 '애'란 무엇일까? 창자를 가리키는 우리말 가운데 하나로 '밸'이라고도 한다. 밸은 배알을 줄인 말로 배 알맹이라는 말씀이다. 창자나 애, 배알을 한자로 쓰면 '장腸'이다. '마음 장腸'이라 하는데 속에서 우러나오는 참 마음, 속내를 일컫는 낱말로도 쓰인다.

그러니까 골, 곧 머리에서 일어나는 마음은 참 마음이 아니다. 참 마음은 몸에서 나온다. 이 마음이 바로 속마음이다. 진정이 담기지 않은 겉치레 말을 '영혼 없는 말'이라고 하는데 어김없으려면 '몸에 없는 말' 또는 '애에 없는 말'이라거나 "배알 없는 말"이라 고쳐 말해야 한다.

시민들이 대통령이나 장관, 국회의원이 시키는 대로 휘둘리지 않듯이, 몸은 골(뇌)이 오라면 오라는 대로 가라면 가라는 대로 끌려 다니지 않는다. 몸은 마음을 일으키는 밑절미며 골은 몸에 뿌리를 두고 있다. 그러므로 튼튼한 사람은 몸과 머리가 잘 이어져 있으며 몸에 바탕을 두고 살아간다.

그러나 요즘 사람들은 머리 따로 몸 따로 논다. 여기서 탈이 난다.

골은 어수룩하기 그지없어 몸이 하는 얘기를 바로바로 알아듣지 못한다. 배가 불러 씩씩거리면서도 누가 쫓아올세라 꾸역꾸역 음식을 집어넣는 까닭이 여기에 있다. 먹은 밥이 배에 가득하다는 것을 바로 알아차리지 못한 탓이다.

의사가 식탐을 이기지 못해 몸이 뚱뚱한 사람에게 밥 먹기에 앞서 푸성귀를 잔뜩 먹으라고 한다. 열량도 많지 않고 지방이 쌓이지 않는 푸성귀로 배를 미리 채워 골(뇌)을 속이라는 것이다.

골이 어수룩한 것은 이에 머물지 않는다. 자세가 틀어져 몸이 뒤틀리는 줄도 모르고, 끌리지 않는 얘기를 하면서도 그 자리를 툭툭 털고 일어나지 못하는 것도 마찬가지요, 몸이 버거워하는 데도 땀을 내니 개운하다면서 운동을 거듭하는 것도 그렇다. 몸과 골 사이를 이음새가 튼튼하지 않아 생긴 일이다. 머리만 앞세우고 몸을 억누르다 보니 몸과 머리를 잇는 다리가 허술해 몸에 있는 느낌이 머리로 올라가기 힘든 탓이다.

이런 줄도 모르고 마음을 다스린다면서 명상을 하는 이들이 있다. 보람 있을까? 있다. 그러나 밑바탕이 튼튼하지 않은 데서 느끼는 보람은 그때만 반짝하고 이내 시들고 만다. 보람이 한결같이 이어져 몸과 마음이 골 노름에 놀아나지 않으려면 어떻게 해야 할까?

몸을 잘 보살펴 몸에 힘이 붙도록 해야 한다. 손발, 팔다리 힘살이 튼튼해지도록 몸을 살려내야 한다. 몸이 바로 서거나 앉을 수 있으려면 등마루가 제대로 서야 한다. 그러려면 애가 튼튼해야 한다. 애가 튼튼해지려면 숨을 가슴으로 쉬지 말고 애, 배알로 쉬어야 한다. 숨쉬기를 잘하는 것보다 더 잘 쉬는 것이 없기 때문이다.

살아있는 목숨 붙이는 누구나 숨을 쉬고 산다. 몸이 그냥 알아서 쉬니 일부러 숨쉬기를 배우려 들지 않는다. 그래도 될까? 아니다.

갓난아기는 배로 숨을 쉰다. 그러나 배와 가슴을 가르는 가로막이 자리 잡으면서 자연스럽게 가슴으로도 숨을 쉰다.

어른 대부분은 가슴과 배를 뚜렷이 가르지 않고 가슴과 배를 오가며 숨을 쉰다. 다만 여성은 남성에 견줘 배 힘살이 부드러운 편이라 주로 가슴으로 숨을 쉰다. 특히 아이를 가진 어머니들은 배가 불러옴에 따라 가슴으로만 숨을 쉴 수밖에 없다. 그러나 마음을 가라앉히려면 배 숨쉬기 비중을 살짝 끌어올리는 것이 좋다. 그래서 참선이나 명상을 하는 이들은 배로 숨을 쉬는 것이 좋다고 한다.

숨쉬기 명상은 처음에는 누워서 한다. 편안하게 누워 몸에 힘을 빼고 손바닥을 위쪽으로 하고 몸이 바다에 떠 있다고 생각하면서 배를 꺼뜨리면서 안에 있는 숨을 입으로 내쉰다.

끝까지 내쉰 다음에 입을 다물면 저절로 숨이 들어오면서 배가 부풀어 오른다. 날숨은 길고 들숨은 짧아야 좋다. 몸 안에 산소가 너무 많아도 지나치게 밥을 먹은 것처럼 몸이 거북하기 때문이다.

누워 숨쉬기는 10분은 해야 한다. 이때 두텁지 않은 방석을 반으로 접어 등 날개뼈 아래에 있는 일곱 번째 등뼈 아래로 받치면 굽은 등을 바로 잡을 수 있어 더 좋다.

이러고 나서 엉치뼈에 야구공만한, 겉이 멍게처럼 우툴두툴한 공을 받치고(없으면 야구공을 받쳐도 괜찮다.) 10분 더 누워 숨쉬기를 이어간다. 이 또한 틀어진 몸을 바로 잡는 짓이다. 이렇게만 해도 몸이 기뻐하면서 마음이 편안해지는 걸 느낄 수 있다. 10분 뒤에는 공을 빼고 아랫배로 숨쉬기 명상을 이어간다.

앉아 숨쉬기나 서서 숨쉬기, 걸으며 숨쉬기도 크게 다를 바 없다. 앉아 명상하기는 방석 위에 엉덩이를 걸치고 다리는 방석 아래에서 겹치지 말고(결가부좌나 반가부좌를 하면 몸이 틀어진다.) 왼쪽과 오른쪽 균형을 맞춰 자연스럽게 풀어놓고 명상에 든다.

서서 명상을 할 때는 다리를 어깨너비만큼 벌리고 발과 발을 11자로 놓는다. 엄지발가락에 힘을 주면서 발바닥에도 힘을 주면서 차차 발목, 정강이, 무릎, 허벅지로 힘을 올리면서 허리를 쭉 뽑는다는 느낌으로 아랫배에 힘을 주면서 어깨를 비롯한 윗몸에 힘을 빼고 등을 곧추세우고 배로 숨쉬기를 하면서 명상에 든다.

걷기 명상은 서서 명상할 때와 같은 자세로 천천히 다리를 내디디는데 걸음너비는 발길이 또는 발길이 한 폭 반만큼 떼어놓는다. 풀밭이나 흙길에서 걷기 명상을 할 때는 맨발로 해보라. 신발을 신었을 때와 사뭇 다른 느낌을 받을 것이다.

봄이나 가을, 날이 따뜻한 날 산이나 들에서 나 말고는 지켜보는 다른 이가 없다면 벌거벗고 걸어보는 것도 좋다.

어떤 명상을 하든 명상하기에 앞서 숨을 고르면서 손발을 비롯해 몸 곳곳을 샅샅이 훑어가며 하나하나에 고맙다고 인사한다. 그대가 있어 몸이 하나를 이루고 살아있을 수 있으니 깊이 고마워해야 한다는 말씀이다. 이때 마음이 살아난다. 이렇게 살아난 마음이 골과 몸 사이를 제대로 잇도록 만든다. 그때 비로소 몸과 마음이 제자리를 찾을 수 있다.

그러면 제자리 찾은 몸은 언제까지나 탈이 나지 않고, 제자리 찾은 마음은 흔들리지도 않을까? 아니다. 몸이고 마음이고 어디에 딱 매여 있는 것이 아니다. 그저 흐를 뿐이다.

몸이고 마음이고 본디 갖춰져 있는 무엇이 아니라 물결치듯이 이것저것이 인연 따라 모이고 흩어지는 것이다. 멀리서 보거나 언뜻 보면 안정되게 보이는 강이나 바다를 가까이 가서 보라. 어디 안정되어 있는가.

물결은 늘 출렁인다. 마음도 마찬가지다.

사람들은 마음이 불안하다며 이리저리 스승을 찾아가 안정되도록 해 달라고 하소연한다. 달마 스님을 찾아간 혜가로 마찬가지였다. 그러면 그대는 달마 스님이 혜가에게 했던 대로 그 마음 내놓아 보라고 하고 나서 찾을 수 없다고 할 때 다시 "내가 네 마음을 편안하게 해줬다."고 말하면 고맙다고 하겠는가. 아니다. 그대는 혜가가 아니기 때문이다.

사람은 같을 수 없다. 혜가는 그 말에 마음을 놓았으나 그대는 놓지 못하고 있다. 어떻게 해야 할까? 아까 말했듯이 몸과 마음은 흐름으로 물결이 칠 수밖에 없다. 물결은 본디 출렁일 수밖에 없다. 출렁이지 않으면 물결이 아니다. 마음도 마찬가지다.

출렁일 수밖에 없는 것에게 멈추라고 하는 것은 억지다. 그 생각을 내려놔야 한다. 그래도 불안한데 어떻게 하느냐고? 그럴 수 있다. 그래서 명상을 하면서 그 출렁임을 어쩌려고 하지 말고 그냥 바라보라고 하는 것이다. 출렁이는 마음자리를 덤덤하게 바라볼 수 있으면 출렁이되 휘둘리지 않을 수 있다. 다시 말하거니와, 마음은 본디 출렁이고 흔들리는 것이다. 출렁이는 것을 흔들리지 않게 하겠다고 몸부림친다면 그야말로 바보짓이다.

깨달음이나 화두에 얽매여 본래 청정, 본래 성불을 잊어서는 안 됩니다. 무슨 수행이든 즐겁게 해야 합니다. 고슴도치처럼 잔뜩 긴장하면 안 됩니다. 물론 용맹정진도 해야 합니다만 용맹정진이라고 해서 기쁨이 따르지 않는다면 온전한 수행이 아닙니다. 하는 일 자체가 즐거워야 합니다. 무엇보다 마음이 편하고 안정되어야 합니다. 무엇에 쫓겨서는 안 됩니다.

서산 스님 법문에 나오는 말씀입니다.

'수본진심 제일정진'

수행이 따로 있는 것이 아니라 본래 천진한 마음을 지키는 것, 이것이 으뜸가는 수행이라는 뜻입니다. 지킨다는 말에 속지 마십시오. 본래 청정한 마음을 써야 합니다. 지키고만 있으면 그것은 죽은 수행입니다.

또 기도하는 사람들은 입으로 관세음보살이나 지장보살을 열심히 부르면서 제가 직접 그런 보살이 될 줄은 모릅니다. 그분들은 역사적으로 과거에 있던 특정한 분들이 아닙니다. 누구나 관세음보살이 될 수 있고 지장보살이 될 수 있습니다. 입으로만 관세음보살을 부르지 말고 나 자신이 관음의 화신이 되어 보십시오.

2004년 겨울 안거에 드는 법석에서 스승이 나눠주신 말씀이다.

명상하는 까닭이 물결을 멈추려는 데 있지 않다. '몹시 출렁이는구나, 흔들리는구나.' 하고 출렁이고 흔들리는 그 마음을 그저 지켜보기만 하면 된다. 그러다 보면 높다랗게 치는 물결이 저절로 가라앉는다.

걸림 없이 깊이 가라앉아 생각을 내려놓은 것 일러 삼매라고 한다.

여기서 아까 꺼낸 배알 이야기로 말머리를 다시 돌린다. 흔들리되 휘둘리지 않으려면 기운이 위로 뜨지 않도록 해야 한다.

사람 몸은 불기운은 아래에, 물기운은 위로 가야 튼튼하게끔 설계되어 있다. 그런데 골머리를 싸매고 생각을 거듭하다 보면 이것이 거꾸로 되어 불기운이 위로 뜨고 물기운이 아래로 내려간다. 상기병이다.

참선하다가 흔히 앓는 이 병은 화두, 말머리를 들고 거듭 생각하다가 일어난 탈이다. 생각 중심이 골(뇌)에 몰린 탓이다. 어떻게 해야 할까? 생각 중심을 머리에서 배로 끌어내려야 한다. 배로 숨쉬기하라는 까닭이 바로 여기에 있다.

우리말에는 배짱이라는 말과 뱃심이라는 말이 있다. 내가 젊어서까지는 흔한 말이었는데 언제부터인가 슬그머니 뒤안길로 사라지고 말았다.

머리를 앞세우고 가슴을 내세우면서 뱃심이나 배짱은 뭐든지 생각 없이 밀어붙이는 미련스러움으로 받아들이기 시작한다. 급기야 매끄럽고 세련되어야 그럴싸한데 뱃심, 배짱이라고 하면 밥만 축내는…… 어쩐지 촌스럽다면서 밀어내고 말았다.

뱃심은 배에 있는 힘으로 본능, 본디 있는 힘이다. 이 타고난 힘을 부끄럽다며 밀쳐 내다니.

매끄럽고 세련된 것은 본모습이 아니라 덧씌운 이미지다. 촌스러움이 가장 자연스러운 것이라며 내세우지 않을지라도 부끄러워야 할 것은 아니다.

세상은 부처님 손바닥에 아닌 촌사람 손바닥 위에서 돌아간다. 무슨 말이냐고? 우리는 모두 촌사람이 논밭 갈아 가꾸고 걷어 들인 것으로 배 채우며 살아간다. 대통령도 장관도 국회의원도 기업가도 연예인이나 노동자도 모두 촌사람 덕에 뱃심을 얻는다.

짝짓기해서 아이 낳아 목숨줄을 이어가는 것도 뱃심이요 배짱이다. 사전에는 배짱이 '마음속으로 다져 먹은 생각' 또는 '굽히지 아니하고 버티어 나가는 성품이나 태도'를 가리킨다고 나와 있다.

뜻을 바로 세워 중심이 잡혀 있다면 어떤 일이 있더라도 굽히지 않고 꿋꿋하게 나갈 수 있다. 이 뱃심이, 배짱이, 바로 흔들리는 우리 마음에 휘둘리지 않을 수 있도록 하는 버팀목이다.

위에서 스승이 말씀하셨듯이 본디 타고난 맑음, 본디 타고난 부처 결을 움 틔우려고 기도하고 명상하고 수행하는 것이다. 부처 결을 가지고 태어난 우리는 '될성부른 나무는 떡잎부터 알아본다.'란 말을 흘려들어서는 안 된다. 우리는 모두 부처 결을 가지고 태어났는데 어째서 누구는 부처를 이루고 누구는 중생으로 남아 있을까? 스스로 그러하며 부처를 이룰 결을 드러내고 말고 차이가 부처와 중생을 가르는 것이다.

내가 될성부른 나무라는 것을 믿고 힘차게 땅을 디디고 일어서라. 일어서다가 넘어지고 말았다고? 그게 뭐 어때서? 툭툭 털고 일어나보시라.

싯다르타도 여섯 해 동안 고행을 하면서 거듭 넘어지고 일어서기를 되풀이했다. 남들이 다 고행만이 깨달음에 이르는 하나밖에 없는 길이라고 한 것을 고분고분 따랐기 때문이다. 그동안 내가 모자라서 깨닫지 못한다고 가슴을 치며 스스로 꾸짖기를 수없이 했을 것이다. 여섯 해만에 '아, 이렇게 해서는 죽을 때까지 깨닫지 못할 수도 있겠구나.' 싶었을 것이다. 그러면서 든 생각이 '내 어찌 평온을 얻으려고 하면서 몸을 이렇게 괴롭히다니 모순이 아닌가.' 하는 생각이 들면서 사람을 살리는 평화를 가져오겠다며 전쟁을 하는 것과 같은 어리석은 짓이라는 깨달음이 왔을 것이다.

겨울 안거에 드는 법석을 마치면서 스승은 "남이 이 말 하면 이리 기울고, 저 말 하면 저리 기울고, 멀쩡하던 사람이 말 한마디에 갑자기 화를 내기도 한다."고 말씀하면서 법구경 말씀을 읊어주셨다.

마음이 번뇌에 물들지 않고
생각이 흔들리지 않으며
선과 악을 넘어서 흔들리지 않는 사람에게는
그 어떤 두려움도 없다

이어 경전을 읽을 때 부처님이나 조사들이 그렇게 말했다고 생각하지 말고 제 마음에서 울려야 한다, 곧 내 이야기가 되어야 한다, 저마다 제 소리가 되어야 한다고 일깨웠다.

남이 하는 말에 휘둘리지 않고 제가 본디 맑은 부처라는 것을 알아 줏대를 세워 이웃을 아우르는 이가 바로 관세음보살이요 지장보살이란 말씀이다.

봉순이는 어디로 갔을까

2000년 박항률 화백 전시회장을 찾은 법정 스님, 우연히 앉아 계신 자리가 까까머리 소년 그림이 걸려 있는 아래였다. 소년이 스님을 쏙 빼닮았다고 느낀 박 화백은 전시회를 마치고 이 그림을 스승께 드렸다. 스승은 손사래를 쳤다.

"우린 맨날 머리를 깎고 다니는데 또 까까머리냐? 난 소녀가 좋더라."

이 말씀을 들은 박 화백은 부랴부랴 소녀를 그려다 드렸다.

소녀 그림을 받은 스승은 얼굴이 환해지셨다. 스승은 이 소식을 맑고 향기롭게 소식지 '산방한담'에 실었다.

정월 보름 해제를 마치고 다음 날 법회 일로 길상사에 나왔다가 '봉순이'를 데리고 왔다. 단정한 얼굴에 단발머리, 노란색 웃옷에

목에 두른 보랏빛 스카프, 그 모습이 첫눈에 들었다. 박항률 화백이 나를 위해 그려준 소녀상인데 한쪽 벽에 걸어두자 오두막 분위기가 확 달라졌다.

하루에도 몇 차례씩 눈길을 보내는데 바른쪽 옆모습으로 앞만 바라보면서 말이 없다. 더러는 두런두런 말을 걸어 본다. 처음에는 굳은 표정이더니 사나흘이 되면서부터 부드러운 모습으로 조금씩 자기 속을 열어 보이고 있다.

'봉순鳳順'이란 이름은 내가 지어주었다. 예스러운 이 이름이 나는 좋다. 그 애하고 이야기를 나누려면 이름을 불러야 돌아보며 다가설 것이기 때문이다.

화가가 봉순이를 내게 보내준 고마운 뜻을 이모저모 생각한다. 혼자서 지내면서 무료할 때 말벗이 되어주라고 해서였는지, 또는 차 시중이라도 들어주라고 해서였는지 알 수 없다. 하지만 봉순이가 내 곁에 온 후로 내 속뜰이 더 부드러워지고 넓어져 가는 것 같다.

예전에는 여자 이름 끝만이 아니라 아이 이름에 흔히 '순'을 넣었다. 순할 순, 옛 어른들이 아이 이름에 물이 흐르듯이 자연스럽게 살아가라는 뜻을 담아 '순'이라 이름 지었을 것이다. 자연스러움보다 아름다운 것은 없다. 스승은 봉순이와 누리는 삶을 박 화백에게도 실어 보냈다.

벽에 그림을 걸어놓으니 오두막 분위기가 확 달라져요. 아이 표정이 참 좋습니다. 목에 두른 보랏빛 스카프도 잘 어울려요. 봉순이라고 이름을 지었습니다. … 눈길이 갈 때마다 말 없는 그 표정이 마음에 듭니다. … 두런두런 이야기를 건넬 수 있는 내 말벗이 되어줄 것입니다. 봄이 와서 산에 꽃이 피어나면 진달래라도 한 아름 꺾어다 우리 봉순이에게 안겨 주어야겠다는 생각입니다.

… 2003. 2. 17. 法頂 합장.

『법정, 나를 물들이다』 '아름다움에는 그립고 아쉬움이 따라야' 꼭지에 나오는 말씀이다. 그런데 이 봉순이한테 동무가 있다. 이 동무도 박항률 화백이 낳은 아이다. 이번에는 그림이 아니라 스님 상이다. 스승 말씀을 따라가 보자.

최근에 내 오두막에 식구가 하나 늘었다. 우리 봉순이에게 '보이 프랜드'가 생겼다. 오두막을 비우면 봉순이 혼자 외로워할지 몰라 박 화백이 이번에는 브론즈로 조각을 만들어 보내왔다. 높이 오십 센티미터 좌상인데 여윈 몸에 가사를 걸치고 명상에 잠긴 아주 고즈넉한 수행자의 모습이다.

내 흩어지려는 자세가 이 좌상을 보고 있으면 저절로 고쳐앉게 된다. 봉순이에게는 눈길을 주고받을 남자 친구이겠지만 내게는 함께 정진하는 말 없는 도반이 될 것이다. 세 식구는 맑은 가을 하늘 아래 오순도순 그곳에서 그렇게 살아갈 것이다.

어느 날 스승이 여행지라고 하면서 박 화백에게 전화해서 "해돈이는

100미터 높이에서 봐야 제격이더라."고 하셨단다. 스승은 누가 어떤 말씀을 드리거나 편지나 엽서를 보내면 할 수 있는 한 정성 어린 메아리를 울려 주셨다. 울림 없는 세상이 얼마나 메마를지 뚜렷이 아셨기에.

스승이 떠나시고 나서 봉순이 안부가 궁금했다. 강원도 오두막에 그대로 있을 테지 하고 생각했다. 그런데 지난해 5월 길상사에서 만나 가까운 보살에게서 카톡이 왔다. "법정 대종사 속뜰을 기리며"란 이름이 붙은 웹 포스터였다.

스승이 남기고 간 글씨와 물건을 드러내 보인다는 반가운 소식에 한달음에 달려갔다. 길상사에 모신 관음상 모본이며 스승 체취를 느낄 만한 것들이 빼곡했다.

반갑고 고마웠다. 그런데 아무리 둘러봐도 '봉순이'는 자취를 찾을 수 없었다. 봉순이는 어디로 갔을까?

"저기요. 단발머리에 노랑 윗도리에 보랏빛 목도리를 두른 아이 보지 못하셨어요?"

어디로 갔는지 알 길이 없는 봉선이는 남자 친구이자 스승 수행 도반인 브론즈 좌상도 보이지 않는 것으로 보아 두 사람이 토굴에 들어가 정진하고 있을지도 모를 일이다. 그렇다면 나도 게으름 떨쳐내고 마음을 추스르고 때때로 앉아야겠다. 스승을 뵈었을 때 꽃은 그만두고라도 잎사귀라도 하나 돋아낼 수 있도록.

살아있는 것은 다 안녕하라

사람에게 있어서 가장 사람다운 일이란 이웃을 사랑하는 일일 것이다. 이보다 더 귀한 일이 어디 있겠는가. 사실 종교 이론은 메마르고 팍팍하기 그지없다. 살아서 움직이는 활동과 행위야말로 생기 있는 삶의 본질을 이룬다.

주석서에 따르면 부처님은 이 '자비'를 '호주護呪(보호해주는 주문)'로서도 설했다고 한다. 우리는 '주문'이라고 하면 무슨 뜻인지 알아들을 수도 없이 중얼중얼 외우는 다라니나 진언 같은 것을 떠올리기 쉽다.

불타 석가모니 가르침에 비밀은 없다고 부처님이 뚜렷이 말씀한 바 있다. 다라니나 진언에 어째서 뜻이 없다는 말인가. 주문이 진실한 말(진언)이라면, 그 뜻부터 충분히 이해하고 외워 실천해야 한다.

"살아있는 모든 것은 다 행복하라, 태평하라, 안락하라." 이런 자비 선언이야말로 '진실한 말씀'이 아니고 무엇이겠는가.

『그물에 걸리지 않는 바람처럼』 '작은 것을 갖고도 만족하라'에 나오는 스승 말씀을 간추렸다. "사람에게 있어서 가장 사람다운 일은 이웃을 사랑하는 일"이라면서 "이보다 더 귀한 일이 어디 있겠는가." 하는 말씀이 깊이 와 닿는다. 아울러 "주문이 진실한 말이라면 그 뜻부터 충분히 이해하고 외워 실천해야 한다."는 말씀이 사무친다. 우리가 얼마나 '짓'이 따르지 않는 속이 비고 헛된 말만 뿌려대고 사는지 돌아 보이기 때문이다.

'짓'이라는 말을 거슬린다고 받아들이는 분이 있을지 몰라 드리는 말씀인데 '짓'은 결 고운 우리말로 우리가 살아가는 데 빼놓을 수 없는 일을 가리키는 말로 널리 쓰인다. 짝짓기, 농사짓기, 집짓기 따위가 그것이다. '따위'란 말도 듣기 거북해하는 분도 있을 텐데 따위도 '~들'과 같은 우리말이다.

사랑은 말로 하는 것이 아니라 뜻을 세워 '짓'지 않으면 안 된다는 말씀이다.

나는 행복이라는 말보다는 어쩐지 태평과 안락이라는 말이 더 가깝고 넉넉하니 다가온다. 자료를 찾아보니 같은 한자 말이지만 행복은 우리 귀에 들어온 지 그리 오래되지 않은 낱말이고, 태평과 안락은 언제부터 우리 귀에 젖었는지 알 수 없을 만큼 오래된 말이다. 특히 편안하게 누린다거나 편안하게 즐긴다는 '안락'은 '극락'과 같은 말이다. 천하태평에서 찾아볼 수 있듯이 '태평'도 오래도록 우리와 더불어 살아온 말이다. 그런데 행복은 일본 사람들이 메이지 유신 언저리에 유럽에 산업 시찰을 다녀와서 만든 한자 말 가운데 하나로 해피happy를 풀어쓴 말이다. 말뿌리는 '햅hap'인데 이 말은 '찬스chance'(우연), '럭크luck' 또는 '포친 fortune'(운)이란 뜻을 담고 있다. 그래서 움직씨 '해픈happen'은 '일어나다', '생기다' 하는 뜻이고 사건 또는 사고를 가리키는 말이 '해프닝happening' 이란다. 이에 가까운 말로 '해픈스턴스happenstance'는 '우연하지 않은 일', '뜻하지 않은 일'을 가리킨다. '미스햅mishap'은 불운한 일이나 재난 을 일컫는 이름씨이고 '햅리스hapless'는 '재수가 없다'는 뜻을 가진 꾸밈 씨이다. 그러니까 '해피니스happiness'는 운이 좋은 걸 가리키는 말이다. 안락이나 태평은 누가 가져다줄 수도 있지만 내가 일궈서 누리는 것이 다. 이 꼭지 글을 다듬고 나서 저장하려고 하는데 카카오스토리에 뭐가 떴다고 스마트폰이 부르르 떤다. 뭐지 싶어 들여다보니 네 해 전 오늘 썼던 말이 떴다.

'행복하다' 이 낱말이 무엇을 뜻하는지 무척 궁금했습니다. 무슨 말을 하는지 알겠는데, 딱 와 닿거나 손에 잡히지 않았습니다. 저 는 속물이라 무엇이든지 손에 잡히는 것이 좋습니다. 그림도 추상 보다는 사생이나 정물화처럼 있는 그대로 그린 것이 더 쉽습니다. 뭐든지 눈에 보이거나 손에 잡히지 않으면 답답합니다. 그런데 이 아침, 넋 놓고 앉아 있다가 '행복'이란 낱말에 '하다'가 따른다는 것 을 알았습니다. '행복될 수는 없고, 행복할 수는 있다.'란 말씀입니 다. 되는 것이 아니라 할 수 있는 거라면 어렵지 않겠지요. 날마다 '스스로 그러하면' 행복할 테니까요.

아침에 눈이 떠져서 고맙고, 이토록 객쩍은 생각을 할 겨를이 있어 고맙고, 털어놓을 분이 있어서 고마우며, 고마워할 일밖에 없어서 행복합니다. 고마운 것도 '하다'이고, 행복한 것도 '하다'이니 누구 힘 빌리지 않고도 할 수 있는 것이라 더욱 고맙고 행복합니다. 그러나 이 순간 행복하기만 한 것은 아닙니다. 이 시간 결코 행복하다고 말할 수 없는 이들이 둘레에 많이 있어 그렇습니다. 내가 행복하려고 네 가슴에 대못을 박는 철없는 이들이 적지 않아서 그렇습니다.

누군가 눈에서 피눈물을 흘리도록 하는 이들은 행복할 수 있으려나요? 남 가슴에 못질하는 이들은 겉으론 멀쩡하니 굴어도 무엇을 잃을까 벌벌 떨기 때문에 행복하지 못합니다. 여기서 알 수 있습니다. 행복하기, 너와 내가 어깨동무해야지 홀로 행복할 수는 없다는 것을.

저는 행복은 '이름씨'라기보다 '움직씨'라 받아들입니다. 아울러 행복은 홑자리(단수)로는 이룰 수 없는 겹자리(복수)입니다. '행복하다'고 적바림하고 '기꺼이 같이 누리다'라 읽습니다.

일본 사람이 '행복'이란 낱말을 만들 때 같이 만든 낱말 가운데 '비상구'라는 말이 있다. 우리는 별 생각 없이 따라 쓰고 있지만, 비상구라고 하면 어쩐지 다른 사람을 밀치고라도 빨리 뛰쳐나가야 살 수 있을 것 같은 쫓기는 마음이 든다. 그런데 중국 사람들은 이를 비상구라고 하지 않고 '안전문'이나 '태평문'이라고 부른다. 위험에 놓였을 때 저리 나가면 안전해 걱정할 것이 없으니 마음 놓아도 된다는 말이다. 저걸 보면 곁에 있는 이를 마구 밀치고 나가려고 하기보다는 손을 잡고 나가거나 어리고 서툰 이들이 먼저 나가도록 마음을 쓸 수 있지 않을까.

행복과 안락, 안전과 태평, 네 낱말 가운데 내가 가장 끌리는 말은 안락이다. 안락이 '편하게 누린다.'는 말이다. 안락에 가까운 말로 안심이 있다. 안심은 '마음 놓는다'는 말이다. 마음이 놓여야 누릴 수 있다. 안심과 안락에 담긴 뜻을 한꺼번에 드러낸 말이 '안녕'이다. '편안할 안安'과 '편안할 녕寧'이 모여 이룬 낱말로 편안하고 편안하니 더할 나위가 없다는 말씀이다. 그러니까 만나면서 "안녕하세요?" 하는 인사말과 헤어지면서 "안녕히 계세요." 하는 인사말은 "마음 놓고 즐기고 마음 놓고 누리기를 빈다."는 말이다.

이 바탕에서 우리 어르신들은 비손하고 큰절을 하거나 반절을 했다. 비손은 절집 사람들이 흔히 합장이라고 하는 손 모음이다. 비손하며 올리는 절은 큰절·반절을 가릴 것 없이 그대 집안에 그대 마을에 그대 나라에 사는 모든 이는 마음 놓고 즐기며 마음 놓고 누릴 수 있기를 비는 거룩하고 따뜻한 몸짓이다. 비손하면 때리는 손이 사라진다.

살아있는 것은 다 안녕하라.

그대가 살던 마을 사람들은 어떻소

　"제 눈에 안경"이라는 말은 남이 보기에는 보잘것없더라도 제 마음에 들면 좋아 보인다는 말이다. 얼핏 들으면 제 밑가늠에 따라 좋고 나쁘고를 가리는 말처럼 들린다. 참으로 그럴까? 몇 해 전에 '제 눈에 안경, 과학으로 입증'이란 기사가 떴다. 얼거리를 간추려 다듬으면 다음과 같다.

　　하버드 대학과 웰즐리 대학 공동 연구진은 아름답다고 여기는 기준이 사람마다 다른 것으로 나타났다고 밝혔다. 일란성 쌍둥이라고 하더라도 저마다 다른 생김새에 끌린다는 것이다.
　　연구진은 일란성 쌍둥이 547쌍과 동성인 이란성 쌍둥이 214쌍을 아우른 3만 5,000명에게 200명의 얼굴 사진을 보여주며 끌림에 따라 등급을 매기도록 했다. 그 결과, 끌림은 유전자(DNA)가 아닌 저마다 자라온 환경에 따라 만들어지는 것으로 드러났다.

하버드 대학 로라 저마인 교수는 "같은 식구라도 끌리는 아름다움이 다른 것으로 보아, 공유경험보다 개개인 경험이 영향을 미치는 것으로 보인다. 소셜미디어나 대중매체뿐 아니라 벗들과 남다르게 어울린 소소한 경험들도 끌림에 영향을 미칠 수 있다."고 했다. 연구진은 어버이가 부자고 가난하고, 다니는 학교 또는 자라난 동네보다는, 개개인이 남다르게 겪은 경험이 영향을 미친다고 했다. 아름답다고 받아들이는 기준이 보편성보다는 저마다 겪은 데서 나오는 개성이라는 것이다.

결국, 아름답다고 여겨 끌리는 것은 타고나거나 여럿이 어울리며 쌓은 공유경험보다 개개인이 살아가면서 어울리는 이웃 한 사람 한 사람에게 거울 지며 물드는 데서 온다는 말씀이다. 좋은 벗을 사귀어야 한다는 말을 지나칠 수 없는 까닭이다. 다시 말하면 우리가 '나' 또는 '내 개성'이라고 여기는 것들은 다 가까이서 거울 지며 쌓인 기억이 드러난 것뿐이라는 말씀이다. 그 쌓임이 이웃과 이웃에 거울 지며 거듭 넓혀지고 도돌이표처럼 이어진다.

절집에서는 이를 업이라고 한다. 몸에 배어 저도 모르게 드러나는 업은 스스로 어쩔 수 없이 말려 들어가 거듭해 짓지 않으면 안 될 만큼 힘이 세다.

어떤 마을 어귀에 있는 작은 밭에서 늙수그레한 농부가 밭을 갈고 있다. 지나가던 젊은이가 묻는다.

"이 마을에는 어떤 사람들이 사나요?"

"그대가 살던 마을 사람들은 어떻소?"

"말도 마세요. 제 욕심에 눈이 벌게서 더불어 살아가려는 생각이 손톱만큼도 없습니다."

"이 마을 사람들도 다를 바 없소."

이 말에 젊은이는 대꾸도 없이 돌아갔다.

며칠이 지나 다른 젊은이 한 사람이 와서 이런저런 얘기 끝에 묻는다.

"이곳에 사는 사람들은 어떻습니까?"

"그대가 살던 곳에 사는 사람들은 어떤 사람들이오?"

젊은이가 신나서 대답한다.

"살갑고 도타운 사람들이지요. 아이를 아끼고 인정이 넘쳐 마음 씀이 넉넉한 사람들이에요. 들꽃 하나 함부로 꺾지 않는……."

이 이야기를 들은 늙은이도 신바람 나서 말한다.

"아암, 이곳에 사는 이들도 그렇고말고."

이 젊은이가 마을로 들어가자 곁에서 밭일을 거들던 이가 묻는다.

"지난번에 왔던 젊은이와 이 젊은이가 사는 마을 풍경이 아주 딴판인데, 어째서 모두 우리 마을과 같다고 하셨습니까?"

늙은 농부는 빙그레 웃으면서 말을 건넨다.

"사람들은 누구나 제가 빚은 이웃에 따라 살아가기 마련이라네. 제가 살던 마을을 나쁘게 여기는 사람은 이 마을에 와서도 좋을 리 없어. 그러나 제가 살던 곳을 아름답게 받아들이는 사람은 이곳 또한 아름답게 가꿀 수 있지. 마음 깊이 새기게. 남이란 저마다 제 마음속에 떠올리는 그대로 제 앞에 나타난다는 걸."

제가 지은 업에 따른 끌림이 인연을 만들고 그 인연이 또 저를 만들기를 되풀이한다. 끌리는 데 따라 어울려 빚은 열매가 좋지 않다면 마음을 굳게 다지고 그 끌림 뿌리를 뽑아내지 않으면 안 된다.

내가 가까운 이웃이라고 여기던 사람에게 뜻하지 않던 낭패를 겪는 일이 있다. 그럴 때 그러나 곰곰이 돌이켜보고 되새겨보라. 보일 것이다. 내 안에 그이를 닮은 구석이 있다는 것이. 아니라고 도리질하고 싶지만 받아들여야 한다. 받아들이지 않고는 내가 바뀌지 않는다.

다듬으면 제 눈에 안경이라는 말은 제가 그동안 쌓아 올린 짓에 따라 거울 지는 것에 저도 모르게 끌리는 것이다.

벗어나려면 어떻게 해야 할까? 저도 모르게 돌아가는 고개를, 애써 돌려놔야 한다. 억지로 돌려세우는 힘을 우리는 '계'라고 한다. 기독교인이 받아 지키는 십계명이 그것이요 불자라면 누구라도 받아 지켜야 하는 오계가 그것이다. 명상이 지닌 힘은 모두 '계'를 밑바탕에 두어 피어오른다. 자율을 바탕에 두지 않고서는 자유로울 수 없다.

스승과 오랜 인연을 이어온 지묵 스님이 불일암에서 스승을 모시고 살 때였다. 송광사 불사를 할 때 얹을 기와를 보러 불사 도감을 맡고 있던 스님이 지묵 스님과 함께 스승을 모시고 기와를 보러 강진 나들잇길, 점심 공양을 하러 한정식집에 들렀다.
스승이 손을 씻으러 간 사이에 상이 들어왔다. 장난기가 일어난 지묵 스님이 스승 밥 속에 볶은 고기 두어 점을 넣고 곱게 덮어뒀다.
손을 씻고 돌아온 스승이 "자, 맛있게 들어. 약으로 알고 먹더라고."

하시며 수저를 뜨다가 "아니." 하고 놀라다가 "아까워서 못 먹겠네." 하고는 고기를 꺼내 지묵 스님 밥에 올려놓으며 입을 여신다.

"한 처녀가 있었어. 신랑을 고르다가 혼기를 놓쳤지 뭐야. 근데 나이 서른을 훌쩍 넘기고 나서야 마음에 드는 사내를 만났어. 그런데 결정을 내리지 못하고 몇 날 며칠 고민하다가 혼자 살기로 했다는구먼."

"……?"

"마음에 쏙 드는 혼처가 나타났는데도 이 노처녀가 어째서 혼인하지 않겠다고 한 줄 알아?"

"글쎄요……?"

"여태껏 지켜온 정절이 아깝다나."

"네?"

스승은 아무 일 없이 밥을 드셨다는데.

『법정 스님 숨결』 '이제껏 지켜온 정절이 아까워'에 나오는 말씀을 간추렸다.

영원한 맑고 향기롭게 본부장 윤청광 선생에 따르면 초기 맑고 향기롭게 회식 자리 임원들 사이에 곡차가 당기는데 아무도 말을 꺼내지 못하고 스승 눈치를 봤다. 그때 그나마 넉살좋은 윤청광 선생이 나서서 "목이 컬컬한데 곡차나 한잔합시다." 너스레 떨며 시키고는 스승에게 목만이라도 추기시라고 따라 드릴라치면 "나는 전생에 아주 많이 들었어요. 전생에 덜 드신 분들이나 많이 드시오."라고 하셨단다.

자유인이 되겠다고 출가한 스승이 누구보다 계율에 엄격하셨던 까닭이 어디에 있을까? 스스로 지키는 자율 바탕에 자유가 깃들기 때문이 아니셨을까. 옹근 업 쌓기 곧은 줏대 세움에서 비롯한다.

　제 생각을 기르는 바탕을 이루는 힘이 뱃심이요 곧은 줏대를 밀고 나가는 힘이 뱃심이다. 그런가 하면 뱃심은 또 곧은 줏대에서 비롯한다. 맞물려 어울리는 곧은 줏대와 뱃심이 좋은 '나'를 이루고, 나아가 좋은 '이웃'을 이루고 더 나아가 좋은 '마을'과 좋은 '나라'를 이룰 수 있다.

스님은 국문과를 나와서 글을 쓰시나요

나는 오랫동안 자취 생활을 하면서 사람을 보는 눈을 내 나름 지니게 되었다. 주방에 들어와 몸 놀리는 동작만 보고도 그가 음식을 제대로 만들 줄 아는 사람인지 엉터리인지 당장 판별할 수 있다. 내 편견일지 모르지만, 과일을 잘 고르는 엄마라면 살림도 잘할 거라는 생각이 든다. 과일을 제대로 고를 줄 모르는 사람이라면 깎는 일도 시원찮을 것이고 그릇을 놓는 솜씨 또한 그럴 것 같다.

우리가 손님으로 갔을 때 주인이 과일을 깎아서 내오는 것보다는 통째로 가져와 깎는 것을 보는 일은 즐겁고 먹음직하다. 음식을 입으로만 먹는 것은 짐승스럽다. 그 빛깔과 모양을 눈으로 보면서 즐기기도 하고, 향기를 맡으면서 과일의 속뜰을 넘어다볼 줄 알아야 한다.

… 과일을 제대로 고르려면 과일이 맺히기 전의 그 꽃향기까지도 맡아낼 수 있을 만큼 투명하고 섬세한 감각을 지녀야 한다. 이런

투명하고 섬세한 감각을 지닌 엄마 곁에 좋은 아기가 자랄 것이다.

『새들이 떠난 숲은 적막하다』 '과일을 잘 고르는 엄마'에서 스승이 나눈 말씀이다.

살림살이해본 사람이면 안다. 부엌에서 몸놀림이 어설픈 사람은 요리할 줄 모르는 사람이라는 것을.

안다는 것은 머리로 헤아리는 것이 아니라 몸에 배는 것을 일컫는다.

죽임에 맞선 말인 살림 뿌리는 숨쉬기와 먹기이다. 숨이야 본능, 우리가 본디 가지고 있는 힘으로 쉰다고 해도 먹기는 만만치 않은 일이다.

하루 세 끼를 챙겨 먹는 일이 보통 고되지 않다. 아침 먹고 치우고 돌아서서 점심상을 차려야 하고 설거지하고 숨돌릴 겨를 없이 돌아서서 저녁 찬거리를 준비해야 한다.

어머니 하루 살림은 아이 챙겨서 학교 보내고 사이사이 청소하다 보면 하루해가 저문다. 그런데 옛날 우리 어머니들은 들에 나가 밭일까지 하셨으니 얼마나 고되었을까.

번거로움에서 벗어나려고 우리 부부는 하루 한 끼만 먹기로 했다. 오해가 있을까 봐 드리는 말씀인데 어디까지나 내 생각이었다. 아내는 그렇게 하고 나니 참으로 한가롭다고 했다. 숨 쉴 겨를이 생겼다는 말이다. 그렇게 하기를 열두 해 만에 끼니를 늘린 지 몇 달째다. 속이 편치 않아서 한의원에 갔더니 밥을 먹지 않더라도 끼니때마다 나오는 위산 때문에 일어난 일일 수 있다고 했다. 아울러 몸에 힘이 떨어졌으니 잘 챙겨 먹으라고 했다.

살고 봐야 하니 끼니를 늘렸다. 끼니를 늘리면서 새삼 느낀 것인데 부지런하지 않으면 끼니 찾아 먹고 살기 쉽지 않구나 싶다. 오죽하면 스승도 "식사 대사가 생사 대사라니까." 하며 웃으셨을까.

나도 서툰 솜씨로 이따금 도마에서 파도 다듬고 국도 끓인다. 내가 부엌을 쓸 때는 국수나 수제비, 라면이나 떡국을 끓일 때다. 밥을 먹을 때는 아내가 상을 차리고 다른 음식을 먹을 때는 내가 상을 차리기로 했기 때문이다.

처음에 아내는 서툴기 그지없는, 솜씨랄 것도 없이 거친 내 손질을 볼 때마다 잔소리하더니 요즘에는 아예 멀찌막이 떨어져서 아는 척도 하지 않는다. 가까이서 보면 속만 터질 것이 뻔하기에.

성깔이 스승 못지않게 깔끔한 아내는 상을 차릴 때도 싱크대 위가 깨끗하다. 하나 하고 하나 치우고 또 하나 하고 치우기 때문이다. 그러나 나는 죄다 널브러뜨려놓고 해서 어수선하기 그지없다. 하는 나는 모르겠는데 보는 사람은 정신이 하나 없을 만하다.

과일을 잘 고르는 엄마가 살림도 잘할 것이라는 말씀에 깊이 동감한다.

내가 장을 봐온 지 퍽 오래, 이십 해 남짓한 것 같은데, 내가 골라오는 과일이며 채소가 아내 성에 차지 않는다. 요즘 들어 말이 없는 것은 마음에 들어서가 아니라 아무리 잔소리를 해도 '어쩔 수 없구나.' 하고 내려놔서이다.

과일 깎는 솜씨도 형편이 없다. 아내가 깎아놓은 껍질은 똑 고르고 고운데, 내가 깎은 껍질은 울퉁불퉁하고 거칠다. 하여 요즘에는 아예 통째로 먹는다. 영양분이 껍질에 더 많다는 구실을 붙여서. 그런데 단순히 몇 조각으로 쪼개놓은 것조차 똑 고르지 못하다. 속뜰을 곱다라니 가꾸지 못한 탓이다.

과일 깎는 이야기를 하다 보니 스승이 남긴 우스갯소리에 과일 깎는 얘기가 있어 몇 마디 보탠다.

불일암에 사실 때 찾아온 불일 권속들과 스님 한두 분이 어울리는 자리 과일을 씻어 가지고 들어온 스승이 과반을 내려놓으면서 말을 꺼낸다.

"여기 조각과 나온 분 안 계시는가? 조각과 출신 있으면 과일 좀 깎아요."

"스님, 제가요. 비록 조각과는 나오지 않았지만, 과일은 좀 깎지요."

"조각과를 나오지 않았어도 과일은 깎는군요."

"스님은 국문과를 나와서 글을 쓰시나요?"

이 말씀을 그저 우스갯소리로 흘려보내면 덧없다. 칼이나 글도 그렇지만 몸이나 마음은 제대로 쓰는 사람을 따른다. 겨우 머리로 헤아려서는 제대로 알 수 없다는 말씀이다.

자격은 흔히 재물 자라고 알려진 '밑바탕 자資'와 '바로잡을 격格'으로 이루어진 낱말이다. 나는 이 바탕에서 내 자격을 누가 세워주는 것이 아니라 '살아가는 밑절미를 스스로 바로잡는 것'이라고 받아들인다.

스스로 밑절미를 제대로 닦으려면 어떻게 해야 할까? 몸과 마음을 거듭해서 옹글게 써야 몸과 마음에 길이 든다.

설핏 머리에 담긴 것은 참다운 앎이 아니다. 몸에 배어 길이 들어야 제대로 안다고 할 수 있다. 이토록 한결같이 살아갈 때 비로소 밑절미가 닦인다. 이를 터무니라고 부르는데 절집 어른들이 "이제껏 네가 보고 들은 것 말고 네 생각을 일러라!" 하고 밀어붙이는 까닭이 여기에 있다.

겪은 터무니에서 비롯하는 말, 삶에서 터져 나오는 '몸말'이라야 참 답다.

사랑은 오직
사랑할 뿐이다

셋째 마디

살림하다

아이 낳아 기르면서 어머니가 된다

벌써 오래전에 겪은 일인데요. 어느 날 어머니가 돌아가셨다는 소식을 듣는 순간, 아하 내 생명 뿌리가 꺾이었구나 하는 생각이 문득 들었습니다. 어머니는 우리 생명의 뿌리입니다. 그 뿌리가 꺾이었구나 싶으니 제가 갑자기 고아가 된 느낌이었습니다.

이 세상에서 가장 뛰어난 창조력을 지닌 이는 곧 어머니입니다. 생명을 가진 사람을 만들어 내기 때문입니다. 어머니는 우주의 생명력을 사랑으로 빚어 탄생시킵니다. 이런 창조 능력을 지닌 어머니이므로 삶을 아름답게 가꾸는 일도 어머니들의 차지가 되어야 합니다. 날로 살벌해 가는 세태를 보면서 어머니들의 영향력이 절실하게 요구됩니다.

가정의 중심은 더 말할 것도 없이 어머니이지요. 어머니가 계시지 않으면 집에 훈기가 없습니다. 집, 가옥은 아버지가 가꾸지만 집안, 가정은 어머니가 다스립니다.

…… 어머니는 처음부터 어머니로서 있는 것이 아니라 자식을 낳아 기르면서 어머니가 됩니다. 어진 어머니 한 사람은 교사 백 사람에 견줄 만하다고 합니다.

그 어머니 밑에서 뛰어난 성인도 나오고 흉악한 도둑도 나옵니다. 그러니 인류 역사에 가장 큰 영향을 끼치는 분들도 그 원천을 따져 보면 어머니들이라고 할 수 있습니다.

…… 사람으로서 갖추어야 할 예절과 덕성을 길러 주고, 작은 일에서부터 책임감을 심어 주는 일이 긴요합니다. 아이들을 백화점 같은 데만 데리고 가지 말고 작은 풀꽃의 아름다움에 눈길이 가도록, 그래서 자연의 신비에 마음이 열리도록 이끄는 것도 어머니들이 할 일입니다.

어느 부처님오신날 스승이 남긴 말씀이다.

어머니는 타고나는 것이 아니라 아이를 낳아 길러가면서 어머니를 이뤄간다는 말씀에 깊이 공감한다. 모성, 어머니 성품을 타고나는 여성일지라도 아이를 낳아 기르면서 비로소 어머니로 옹글어진다는 말씀이다. 이 말씀을 들으며 떠오른 이야기가 있다.

베트남은 1980년 후반 집단농장을 풀어 집집이 땅을 나눠줬다. 이러는 사이 의료체계가 무너지고 농사짓기도 제대로 하기 어려워 어수선했다. 굶주림에 시달린 나머지 세 살이 채 되지 않은 아이 가운데 63퍼센트가 영양실조에 시달린다.

이 소식을 들은 국제 아동권리 기관인 '세이브 칠드런'은 영양학 교수인 제리 스터닌과 아내 모니크 스터닌을 베트남으로 보낸다.

이 부부가 베트남을 찾았을 때는 마침 미국이 베트남을 압박하려고 베트남이 미국과 무역을 하지 못하도록 막고 있을 때였다.

미국 단체를 마뜩잖게 여긴 베트남 관리들은 여섯 달 안에 문제를 풀지 못하면 내쫓겠다고 을러댄다. 흔히 비영리단체가 낯선 나라에 가서 일할 기틀만 닦는 데 한 해 남짓 걸리니 베트남 관리들이 던진 말은 억지소리라고 볼 수밖에 없었다. 베트남 말도 하지 못하는 부부. 그렇다고 뜻을 꺾을 수는 없었다.

고민을 거듭하던 부부는 아이들 영양실조 비율이 높은 마을을 찾는다. 영양실조가 걸린 까닭을 짚어가던 부부는 마침내 이렇게 묻는다.

"혹시 찢어지도록 가난한 집 아이인데도 여느 아이보다 몸집이 크고 튼튼한 아이는 없나요?"

찾아보니 고만고만한 가운데서도 남달리 몸집이 크고 튼튼한 아이들이 있었다. 부부는 이 아이들에게서 다른 것을 몇 가지 찾아냈다.

몸이 약한 아이 엄마는 아이에게 하루 두 차례 밥을 줬다. 밭일하러 가기 전에 한 번, 일을 마치고 다 늦은 저녁에 한 번 줬다. 한꺼번에 밥을 많이 주니 아이들은 밥을 적잖이 남길 수밖에 없었다.

그런데 몸이 튼튼한 아이 엄마는 일하러 나가면서 할머니나 할아버지 또는 이웃에게 부탁하여 아이에게 밥을 자주 먹이도록 했다. 그 덕분이 아이는 하루에 네 번 많게는 다섯 번 밥을 먹게 되어 밥을 남김없이 먹을 수 있었다.

어떤 엄마는 국이나 밥에 민물에서 잡을 수 있는 새우나 고구마 싹

따위를 넣어주기도 하고, 아이들이 밥을 먹다가 강아지나 흙 묻은 신발을 만질 때마다 아이 손을 씻기는 엄마도 있었다.

이 작은 차이가 몸이 약하고 튼튼한 아이로 갈랐다.

부부는 영양실조에 놓인 아이들에게 이처럼 먹이도록 한 지 여섯 달만에 245명이 영양실조에서 벗어났다. 부부에게 싸늘한 눈초리를 거두지 않던 베트남 관리가 흔연히 비자를 연장해 준 끝에 베트남 아이 220만 명이 튼튼해졌다.

이 이야기에는 아이가 밥을 남기는지, 밥 먹다 말고 씻지 못해 더러운 강아지나 더럽혀진 신발을 만지는 것을 놓치지 않고 살핀 어머니 눈길 그리고 그럴 때 어떻게 해야 할까 하며 스스로 묻는 슬기로운 어머니 마음이 고스란하다.

우리는 여기서 아이를 똑같이 낳아 기르더라도 모든 걸 무심코 봐 넘기지 않고 찬찬히 살펴 '이랬을 때는 어떻게 하지? 저럴 때는 어쩌지?' 하며 마련을 찾는 그 마음자리에서 살림이 비롯한다는 것을 알 수 있다.

스승은 이런 어머니 이야기도 나눠주셨다.

어머니 만류를 뿌리치고 미국에서 파리로 건너간 아들은 빈털터리가 되어 몇 끼를 굶은 끝에 하는 수 없이 어머니에게 급한 전보를 칩니다.

〈굶어 죽어가요. 아들〉

어머니에게서 회신이 옵니다.

〈굶어라. 엄마〉

이 회신을 받아본 순간 아들은 정신이 번쩍 들었어요. 이제까지 어려운 일에 부딪힐 때마다 어머니에게 의존해 오던 나약한 그 끄나풀이 한순간에 끊어진 것이에요. 그는 마침내 혼자서 일어서지 않으면 안 되었습니다.

뒷날 어머니는 그때 일을 두고 아들에게 이런 말을 들려줘요.

"굶어 죽어간다는 네 전보를 받고 정말 견디기 어려웠단다. 하지만 그때 그렇게 하지 않으면 네가 너로서 성장하지 못할 것 같았다."

이 이야기 주인공 레오 버스카글리아는 로스앤젤레스 이민 가정에서 태어나 20년 가까이 교육학 교수로 일했다.

학생이 자살하는 일이 일어나 학교를 나와 '러브 클래스'를 연다. 그 뒤로 한결같이 '나다움을 드러내 참답게 사랑하기'를 알리며 '사랑 의사 (Doctor Love)'라는 애칭을 얻는다.

『살며 사랑하며 배우며』, 『아버지라는 이름의 큰 나무』, 『서로 사랑한다는 것은』처럼 펴낸 책 이름만 봐도 레오 버스카글리아가 세상에 무엇을 펼치려고 했는지 알 수 있다.

나이 일흔넷에 심장병으로 숨을 거두었는데 마지막 남긴 말이 "불행 속에서 흘려보낸 모든 순간은 바로 잃어버린 행복한 순간"이란 말씀이다.

내게 어머니는 어떤 분이셨을까?

나는 어려서 병치레를 거듭하다 세 살 때 소아마비가 걸려 오른 다리를 절었다. 학교에 다닐 때 눈이 많이 내려 빙판이 진 날 아침이면 아침 밥상은 차려 있는데 어머니는 보이지 않았다.

어머니 찾기를 그만두고 밥을 먹고 학교에 가다 보면 어디까지 나가 언덕에 하얗게 사원 연탄을 부숴, 뿌리고 있는 어머니를 만날 수 있었다.

몸이 아파 중학교 1학년을 중퇴하고 나이 스물이 가까울 때까지 병치레를 거듭하는 나를 살릴 수만 있다면 똥구멍에라도 숨을 불어넣겠다고 말씀하던 어머니는 다리를 절어 놀림을 받는 아들에게 "지는 게 이기는 것"이라고 말씀했다.

그때는 몰랐다.

지는 게 이기는 것이라는 말에 담긴 참뜻을. 저보다 힘이 부치거나 못한 사람을 놀리는 것이 얼마나 모자라는 짓이라는 것을. 남을 헐뜯고 억누르려는 밑바탕에 도사린 두려움을. 어쩔 수 없어서가 아니라 기꺼이 질 수 있는 사람이야말로 슬기롭고 사랑 어린 사람이라는 것을. 참답게 사랑하는 사람이 질 수밖에 없다는 것을.

솔로몬 임금이 서로 제 아이라고 내세우는 두 여성 앞에서 '아이를 반으로 나눠 가지라.'고 했을 때 피를 토하며 물러서는 사람이 참사랑일 수밖에 없음을 깨달은 것은 반백이 넘어서였다.

아이들에게 절름발이라고 놀림을 받고 울면서 들어왔던 첫 기억은 내 나이 다섯 살 때 기억이다. 그때 어머니 나이 서른 중반, 고등교육도 받지 못한 젊은 어머니에게 어찌 그토록 깊은 헤아림이 있었을까.

자라나는 생명에 손을 빌려주는 사람

버리고 떠나기를 거듭한 스승이 삶터를 옮기고 나서 가장 먼저 하는 일이 나무 심기다. 다래헌, 불일암, 강원도 오두막, 길상사…… 그뿐이 아니었다.

나는 내가 몸담아 사는 곳이라면 나무와 화초를 즐겨 심고 가꾸었다. 지금은 게을러져 그런 열기가 식었지만, 그전에는 열심이었다. 50년대 말 해인사에서 통도사로 잠시 살러 갈 때에는, 절 아래에 있는 여관 연못에서 얼음을 깨고 들어가 수련 뿌리를 캐어 가지고 가서 꽃을 피웠다. 다래헌 시절에도 연못을 만들어 많은 사람들이 꽃을 즐겼다.

지난봄 온양 인취사에서 분양받은 백련 뿌리를 겨울 동안 신세 진 동해안의 거처에 기념으로 심었다. 커다란 자배기에 밭흙을 담아 양지바른 곳에 두고 물을 끌어다 대었다.

며칠 전 궁금해서 그 집에 가보았더니 너울너울 자라 오른 연잎 사이로 꽃봉오리가 두 송이 우뚝 솟아 있었다. 너무 반갑고 기특해서 탄성을 질렀다. 연못이 아닌 곳에서도 꽃을 피우는 연이 대견했다.

…잠시 내가 기대고 산 집과 터전이지만 떠나기 전에 무엇인가 심고 가꾸려는 생각의 싹이 내 안에서 움트고 있다.

…오두막 둘레가 너무 황량하고 허해서 대나무를 옮겨 심었다. 동해안에 드물게 자생하는 오죽인데 서너 해 지나면 운치 있는 대숲 울타리가 될 것이다. 댓잎에 푸슬푸슬 싸락눈이 내리는 소리도 들을 만하지만, 스치고 지나가는 소소한 대나무 바람 소리에 귀를 기울이고 있으면 욕심부릴 일이 없어진다.

내가 오두막에 들어와서 살면서 심은 3백여 그루의 자작나무와 전나무와 가문비나무는 실하게 자라 짙은 그늘을 드리우고 있다. .

『홀로 사는 즐거움』에서 스승이 나눠 준 나무 심는 그림이다. 스승은 오두막 둘레에 심은 소나무 가운데 한 그루에 전에 없이 솔방울이 많이 달려 그 까닭을 짚어본다. 알고 보니 여러 해 전 폭설로 한쪽 가지가 꺾여 나간 바람에 맞은편 가지 무게 때문에 한쪽으로 많이 기운 나무가 위기를 느낀 나머지 뒤를 이어 살아갈 씨앗이 담긴 솔방울을 많이 만들었다고 했다. 이 모습을 본 스승은 더불어 사는 인연으로 단단한 물푸레나무로 받침대를 해 주면서 "내가 곁에서 거들 테니 걱정 말고 잘 지내라."고 일러 주었다.

뒤에 스승은 "그 소나무가 가지에 보름달을 올려 한밤중에 당신을 불러내었다.”며 “이 글을 읽는 당신은 이제까지 나무를 몇 그루나 심고 돌보았는가. 우리나라 기후로는 입동 무렵이 나무를 옮겨심기에 가장 적합한 때다. 그리고 나무들이 겨울잠에 들기 시작하는 이때가 거름을 주기에도 알맞을 때다. 나무를 심고 보살피면 가슴이 따뜻해진다.” 고 하셨다.

스승이 어진 어머니 본보기로 꺼내든 사람이 레오 버스카글리아 어머니였다. 그런데 아버지도 어머니 못지않게 레오에게 영향을 미쳤다. 레오는 아버지가 가꾸는 정원은 형제들에게 말 없는 학교였다고 돌아본다.

“나중에 어른이 되면 식물을 키울 수 있는 정원을 반드시 갖도록 해라.”고 흔들었던 레오 아버지. 언젠가 시들어가는 줄기를 무진장 애를 써서 살려내 마침내 싱싱한 꽃을 피우는 모습을 득의양양한 표정을 짓더니 레오에게 “뭔가를 스스로 키워본 적이 없는 사람은 생명이 어떤 것인지 결코 알 수 없단다.”고 하면서 “자라나는 생명에 손을 빌려주는 사람을 하느님은 언제나 웃으면서 바라보신다.”는 이탈리아 속담을 알려준다.

나는 “언젠가 시들어가는 줄기를 무진장 애를 써서 살려내 마침내 싱싱한 꽃을 피우는….” 하는 말씀에서 자연스럽게 스승을 떠올리지 않을 수 없었다.

“나는 지난여름 절 마당 한쪽에 버려진 덩굴식물이 눈에 띄어 그걸 주워다 화분에 심어두었다. 최근에야 그 이름이 ‘싱고니움’이란 걸 알았다. 그때는 이파리가 두 잎뿐이었는데 한 잎은 이내 시들고 말았다. 날마다 눈길을 주면서 목이 마를까 봐 물을 자주 주었다. 덩굴은 한참 만에 기운을 차리고 새 줄기와 잎을 내보였다. 받침대를 세워주고 차 찌꺼기 삭힌 물을 거름 삼아 주었다. 겨우 한 잎뿐이던 것이 이제는 30여 개나 되는 이파리와 두 자반이 넘는 줄기로 무성하게 자랐다. 보살핌에 대한 그 보답을 지켜보면서, 식물은 우주에 뿌리를 내린 감정이 있는 생명체라는 사실을 실감했다. 식물은 인간에게 유익한 에너지를 내보내고 있는데, 투명한 사람만이 그 에너지를 느낄 수 있다."

나도 이 스승 말씀에 따라 시름시름 앓고 있는 나무를 되살려냈다. 2002년에 만나 한결같이 내 서재를 지키는 아레카 야자나무 두 그루에 아무 생각 없이 물과 노란 뚜껑이 달린 영양제만 이따금 주고 말았다. 그런데 어느 해부터인가 더 자라지 못하고 잎도 쭈그러들고 말았다. 그래도 영양제만 거듭 주었을 뿐 손 놓고 있었다. 그때 스승 말씀을 듣고 흙을 갈아주고 애벌레 말린 것을 비롯해 콩깻묵 따위를 거름으로 주며 두런두런 말을 건네기도 하자 그 뒤로 쑥쑥 자랐다. 부쩍 자라 160cm 가까이 된 한 그루는 머잖아 내 키를 넘어설 것 같다.

레오에게 푸나무를 기르는 모습을 보여준 아우른 아버지가 있다면 우리에게는 푸나무를 비롯한 뭇 목숨을 아우르며 살다 가신 스승이 계시다. 내게는 한 분이 더 계신데 우리 아버지이다.

스승만큼은 아닐지라도 서울이라는 도시 한복판에서 목수 일하는 틈틈이 집 앞 텃밭에 옥수수나 배추를 심어 가꾸고 토끼와 닭을 기르며 내게 시골 정서를 안겨주었다. 아버지는 메마른 서울에서 태어나 줄곧 서울에서만 살던 내게 흙냄새를 심어줬다.

어머니가 "지는 게 이기는 거란다.", "내려다보고 살거라." 하고 낮추어야 더 넉넉하니 누리며 살 수 있다고 다독일 때 아버지는 밭에 있는 흙을 한 움큼 쥐어 내 코에 대주면서 "흙냄새를 맡아보라."라면서 "여기에 우리 목숨이 달렸다."고 했다. 아울러 모자라도 넉넉하려면 줏대를 세워야 한다고 하면서 "생강 같은 사람이 되어라. 생강은 음식에 들어가 입맛을 돋우면서도 저다움을 잃지 않는다."고 했다. 두고두고 내 살림 밑천이 된 말씀이다.

나무 한 그루 변변히 심어본 적이 없는 서울내기인 나는 "자라나는 생명에 손을 빌려주는 사람을 하느님은 언제나 웃으면서 바라보신다."는 이탈리아 속담과 "이 글을 읽는 당신은 이제까지 나무를 몇 그루나 심고 돌보았는가." 하는 스승 말씀에 몹시 찔린다. 그렇더라도 앞으로 나무를 얼마나 심겠다고 말씀드리기 어렵다. 도시에 살기 때문이다. 하는 수 없이 자라나는 우리 아이들이 서로 울타리를 이루며 사이좋게 자라도록 힘없는 손이라도 빌려주어 사람 가꾸기로 대신하련다.

내 생명 뿌리가 꺾이었구나

스승이 출가하고 나서 어머니를 뵈러 간 적이 딱 두 번뿐이다. 한 번은 다니던 대학 후배들에게 강연하러 갔을 때 같은 대학교수로 있던 벗님 부인에 이끌려 갔다. 죽었던 아들이 살아 돌아오기나 한 것처럼 반긴 어머니는 점심 먹고 돌아오는 길 골목 밖까지 따라오며 손에 꼬깃꼬깃 접어진 돈을 쥐여 주셨다. 그 돈을 함부로 쓸 수 없던 스승은 오래도록 품고 계시다가 송광사 불사를 할 때 어머니 이름으로 시주를 했다.

두 번째는 어머니가 매우 편찮으시다는 소식을 듣고 서울로 가는 길에 만나 뵈었다. 많이 수척해진 어머니는 느닷없이 나타난 스승을 보며 눈물바람이 하셨다. 그것이 이승에서 마지막 모자 상봉이다.

어머니가 미리 알리지 않고 불쑥 스승을 찾아간 건 한 번뿐이다. 고모네 딸을 앞세우고 불일암까지 올라오셨다. 스승은 밥을 짓고 국을 끓여 점심상을 차려드렸다. 혼자 사는 아들 음식 솜씨를 대견하게 여기셨다는데. 어머니 배웅 길을 스승 목소리로 들어본다.

"그날로 산을 내려가셨는데, 마침 비가 내린 뒤라 개울물이 불어 노인이 징검다리를 건너기가 위태로웠다. 나는 바짓가랑이를 걷어 올리고 어머니를 등에 업고 개울을 건넜다. 등에 업힌 어머니가 바짝 마른 솔잎 단처럼 너무나 가벼워 마음이 몹시 아팠다. 그 가벼움이 어머니 실체를 두고두고 생각케 했다."

어머니가 돌아가셨다는 소식을 듣고는 '아, 이제는 내 생명의 뿌리가 꺾이었구나.' 하는 생각이 드셨다고 했다. 마침 안거 철이라 장례에 가지도 못하고 안거를 마친 뒤 49재에 가서 단에 올려진 사진을 보며 한없이 눈물을 쏟으셨다는 스승은 나중에 "나는 이 나이 이 처지인데도 인자하고 슬기로운 모성 앞에서는 반쯤 기대고 싶은 그런 생각이 들 때가 있다. 어머니는 우리 생명의 언덕이고 뿌리이기 때문에 기대고 싶은 것인가." 하고 돌아보신다.

한 10년쯤 지난 일인데 페이스북 벗님 한 분이 서울에 올라올 일이 있는데 나를 만나서 물어볼 것이 있다고 했다. 마침 예술의전당에서 하는 전시를 보러 가려던 참이라 예술의전당 찻집에서 만났다.

물음인즉슨 어버이는 다 돌아가시고 언니와 둘만 남았는데 그동안 어버이 제사를 언니가 모셔왔단다. 그런데 언니가 앓아눕고 이분도 몸이 편치 않아 제사를 모실 형편이 되지 않는데 어떻게 했으면 좋겠냐는 것이다.

먼저 처지가 여의하지 않으면 따로 제사를 지내지 않아도 된다고 말씀드렸다. 대신 내 몸은 어머니 몸과 아버지 몸으로 이뤄져 있으니 밥 먹기 전이나 밥을 먹다가 생각이 나면 속으로 '맛있지요? 엄마, 아빠.' 하면서 맛나게 드시라고 속으로 말씀하라고 했다. 날마다 제사를 지내는 것과 마찬가지라고.

오른 엉덩이에 커다란 상처를 입고 태어나 소아마비를 앓아 오른 다리를 저는 나는 어려서부터 오래도록 병치레를 해왔다. 내가 몸이 튼튼하고 마음이 편안하게 사는 것보다 더 큰 효도는 없다고 여기며 살아왔으니 살아오면서 쌓인 상식에 따라 말씀을 드렸을 뿐이다. 그런데 뒤에 유교 사상에도 그런 뿌리가 있다는 것을 알았다.

유교는 '부모에게 효도를 어떻게 할 것인가?' 하는 것만 짚어보는 경전이 따로 있을 만큼 효를 내세우는 사상이라 알려졌다.

널리 알려진 『효경』 첫 구절에는 "신체발부 수지부모 불감훼상 효지시야. 털과 살갗을 아우른 모든 몸은 부모에게서 받은 것이니, 망가뜨리지 않는 것이 효도 첫걸음"이라는 말씀이 나온다.

여기서 몸을 망가뜨리지 말라는 건 오래 새겨볼 것도 없이 "개구쟁이라도 좋다. 튼튼하게만 커다오." 하는 말과 다를 바 없다. 출가한 싯다르타가 여섯 해 동안 모진 고행 끝에 '몸을 괴롭혀서는 괴로움을 없애는 길에 가닿지 못하겠구나.' 하는 것을 알아차리고 몸을 괴롭히는 데서 벗어나 부처를 이룬다. 튼튼한 몸에서 평온한 마음이 나온다. 몸이 튼튼하다는 것은 일을 잘 할 수 있는 바탕이다.

어버이는 오로지 우리 아이가 튼튼하고 탈 없이 살기를 바랄 뿐이다. 우리 어머니들이 아침마다 장독대나 부뚜막에 맹물 한 그릇 떠 놓고 빈

것은 아이를 비롯한 식구들 안녕이었다. 성공하고 이름을 날리는 건 그 다음 얘기다. 신체발부는 수지부모 하니 불감훼상이 효지시야 하는 이 말씀을 문자 그대로 받아들여 머리카락조차 함부로 자르지 않아야 한 다고 여기던 이들은 위에 나온 말씀을 180도 잘못 읽은 것이다.

어떤 사람도 어버이 몸을 거치지 않고 나온 이는 없다. 어버이는 내 뿌리이다. 어버이를 고스란히 잇고 있는 '나'는 그대로 어버이 증명이 다. '내'가 살아있는 것에 고마워하며 몸을 잘 챙기고 힘껏 살아가는 사 람이라면 그대로 효를 이루고 있다는 말씀이다. 아울러 내가 살아 '있 음'이 기껍다면 이보다 더한 효도도 없다.

이어 "입신행도 양명어후세 이현부모 효지종야. 몸을 바로 세우고 바 른길을 걸어 뒷사람에게 이름을 남겨 부모를 밝게 드러내는 것이 효를 이루는 것"이란 말씀이 따라붙는다. 살아서 반짝하는 이름을 좇을 게 아니라, 뒷날에도 이름을 뜻깊게 남길 수 있는 사람이 된다면 더 바랄 것이 없다는 얘기이다.

뒤에 이름을 남겨 부모를 밝게 드러내려면 그릇되지 않고, 옹근 길을 가야만 한다. 참답게 빛나는 삶을 이루는 것이 내가 여기 있도록 만든 뿌 리를 제대로 모시는 옹근 짓이라는 말씀이다. 흔히 효라고 여기는 "기르 고 사랑해준 보답으로 모시고 사는 것"은 곁가지에 지나지 않는다.

신체발부로 비롯하는 첫 글월이나 입신행도로 이어지는 둘째 글월 바탕에서 보면 홀로 계신 어머니를 떠나 출가해 불효자라고 여기며 세 상을 살아온 스승은 더할 수 없는 효도를 한 어른이 아닐 수 없다. 뭇 사 람에게 어떻게 살아야 참답게 사는지를 비롯해 자연을 제대로 누리고 살 수 있는 길을 열어줬기 때문이다.

나는 입신행도를 바라지 않는다. 스승처럼 큰 그늘을 드리우는 어른
도 계셔야 한다. 그렇지만 세상을 더럽히지 않고 싸움을 일으키지 않으
며 제 몸 하나 추스를 힘만 가지고 그저 어른이 드리운 그늘에 들어가
숨 쉬면서 가까운 이웃과 정겹게 어깨동무하는 것만으로도 세상은 평
화로울 수 있다고 여기기 때문이다.

등 뒤에서 지켜보는 눈길

내가 아닌데 나는 그러지 않았는데 그저 가까이에 있었다는 까닭만으로 다들 내가 그랬다고 여기며 싸늘한 눈총을 보낼 때가 있다. 나보다 더 큰 잘못을 저지른 이들이 멀쩡한데, 곁불 좀 쬐었을 뿐인 나만 밀려나 '왜 나만?' 억울해서 견딜 수 없을 때가 있다. 앞뒤가 꽉 막혀 오도 가도 못 하겠다고 느낄 때가 있다. 무엇이 나를 억누르고 있어서 벗어나려고 해도 벗어날 수 없어 비명을 지르려고 아무리 외쳐도 목소리가 나오지 않을 때가 있다. 내 목소릴 귀담아듣기는 그만두고 듣는 시늉만이라도 해줬으면 좋겠다 싶은데 아무도 돌아보지 않을 때가 있다. 이토록 외딴 섬 같다고 느낄 때마다 곱씹어 새기던 스승이 해주신 말씀이 있다.

어둠 속에서도 빛이 있듯이 아무리 나쁜 처지에 놓일지라도 우리 삶에는 숨은 뜻이 있다. 우리가 요즘 겪고 있는, 직장을 잃고 한데 나앉은 괴로움에 담긴 뜻을 찾아낼 수 있다면, 우리는 다시 일어설 수 있을 것이다. 살아야 할 까닭이 있는 사람은 어떤 형편도 기꺼이 견뎌낼 수 있다.

이 세상을 고통 바다라고 했듯이, 산다는 것은 즐거움과 괴로움이 함께하기 마련이며, 살아남는다는 것은 괴로움 속에서 그 뜻을 찾아내는 일이다.

살아온 길목마다 내 등 뒤에서 나를 속속들이 지켜보는 '눈길'이 있음을 굳게 믿는다. 그 눈길은 이따금 내가 게으름을 피우거나 엉뚱한 생각을 할 때 더욱 뚜렷하게 드러난다. 때로는 꿈속에서 그 목소리가 나를 불러 깨울 때도 있다. 그 눈길은 아직 살아 계시거나 이미 돌아가신 어머니나 아버지일 수도 있고 할머니나 할아버지일 수도 있다. 또는 사람마다 그림자처럼 따르고 있는 수호천사일 수도 있고 하느님이나 부처님일 수도 있다. 무어라 부르든 이름에는 상관없이 그 눈길은 늘 나를, 우리를 지켜보고 있다. 그 눈길은 이 괴로움을 견디기 힘들어 낙담하며 고개를 떨구는 우리 모습이 아니라, 꿋꿋하게 넘어서는 모습을 보고 싶어 할 것이라고 나는 믿는다.

늘 마음에 품고 있던 말씀이라 스승이 하신 말씀과 낱말이나 말투가 달라졌을지 몰라 조심스럽다. 그러나 흐름은 그리 달라지지 않았을 것이라 믿기에 그대로 털어놓는다. 저토록 실감 나게 말씀하는 것으로 보아 스승도 저럴 때가 있었다는 것을 느낄 수 있다.

내게도 등 뒤에서 나를 바라보며 보듬어주는 눈길이 있다. 힘든 일을 겪기에 앞서 품을 나눠주기도 하고, 어려움을 겪고 있을 때 눈길을 보내기도 한다. 어쩌면 늘 나란히 걸어주시는지도 모른다.

살아야 할 까닭을 늘 일러주던 어른이 돌아가시고 나서도 내가 퍽 안쓰러우신 듯하다. 아이 걱정을 할 때면 꿈에 나타나 아이들과 두런두런 이야기를 나누며 아울러 주고, 좋은 뜻을 세워 가는 길에 어울리는 사람들을 아우르지 못해 쩔쩔맬 때 꿈에 목소리로 나타나 쭉 나아가라고 이르기도 하고, 때로는 손사래도 치신다.

꿈을 흔히 환이라고 한다. 환은 헛것, 신기루를 가리키는 말이다. 신기루를 찍은 사진이 있는 것으로 보아 헛것이 아주 헛된 것이 아닐 수 있다는 얘기다.

꿈은 제 마음이 비친 그림자이다. 꿈이, 또는 내 안에서 울려오는 그 소리가 헛것이든 아니든 짚지 않아도 괜찮다. 스승 말씀처럼 나를 지켜보는 그 눈길이 괴로움을 견디기 힘들어 고개를 떨구는 모습이 아니라, 꿋꿋하게 괴로움을 넘어서는 모습을 바란다는 그 한 가지만으로도 숨통이 트인다.

세상이 아무리 힘들고 고되더라도 하소연할 수 있는 곳 하나만 있어도 너끈히 살아낼 수 있다는 말씀이다. 종교가 있는 까닭도 여기에 있다. 그런데 요즘 사람들은 하나둘 그토록 믿어오던 종교를 떠나고 있다.

어쩐 일일까? 너른 품이 그리워 찾아든 종교가 하소연도 받아주지 못할 만큼 옹색해졌기 때문이다. 오아시스인 줄 알고 갔더니 이곳보다 더 바싹 마른 모래가 기다리고 있는 신기루 같아지고 만 셈이다.

종교에 귀의한다는 말은 종교란 언덕에 기댄다는 말이고 그 그늘에 들어가 쉰다는 말이며 그 품에 들어가 안긴다는 말이며 토끼가 목마를 때 달려가 목을 축이는 옹달샘처럼 진리에 마른 목을 축여준다는 말이다. 그런데 종교가 메말라 바닥이 쩍쩍 갈라지다 못해 사막으로 바뀌어 들어가 쉬기는커녕 발을 디딜 수 없을 만큼 뜨겁기만 하니 '어마, 뜨거라!' 하고 떠나는 것이다.

　종교도 품을 내어주지 못하는 세상, 어떻게 살아야 할까? 여기서 고쳐 말해야 하겠다. 종교가 하소연을 받아주지 못할 만큼 품이 좁아진 것이 아니라, 요즘에 그 종교를 아우르고 있다고 나서는 이들이 문제라는 말이다. 예수가 되었건 부처가 되었건 그 어른들이 펴신 뜻이 어찌 세월에 따라 바뀌겠는가. 모든 것이 바뀌는 것이 세상 이치라지만 그분들이 펼친 가르침이 저때 다르고 이때 달라질 수 없다. 그러니 제가 오해받을 만하게 말씀드렸더라도 그 어른들이 펴신 뜻을 오해하지 마시라.

　아무튼, 내가 기댈 수 있을 줄 알고 하소연하려고 찾아갔건만 그걸 참답게 받아주고 아우를 만한 이를 찾아보기 어려울 때 어찌해야 할까.

　모자랄지라도 가까이 있는 이들끼리 어깨동무하며 서로서로 그늘이 되어 품어주며 언덕이 되어주는 길이다. 나도 삶이 버겁고 힘들지만 네 버거움을 귀담아 들어주며 "그랬구나. 그랬었구나." 하면서 네 설움 내 설움을 나누며 울고 웃어주는 사이.

　별것도 아닌 일로 같이 흥분하고 아무것도 아닌 일로 같이 성을 내고, 뻔히 흰소리 친다 싶더라도 "그래, 멋져!" 하며 받아들이는 사이. 제 한 몸 추스르기 버거운 데도 굽은 내 어깨를 다독여줄 때 "너뿐이야. 너밖에 없어." 하고 고마워하면서 힘을 실어주는 사이. 혼자 울면 서러운데 같이 우니 그나마 낫다고 여기며 등 두드려주는 사이. 남이라고 여기던 이를 '너'로 돌려세워 이웃으로 받아들이는 길만이 버겁기 그지없는 이 세상에 오아시스를 이루는 일이 아닐까.

나무 법정 인로왕보살 마하살

'무엇에 이끌려 쓰고 있다.' 글을 쓰다가 이따금 드는 생각이다. 글을 내가 쓰는 것이 아니라, 무엇이 이끌고 나는 쓰기만 한다는 생각이 든다는 말이다.

나는 스승이 오래도록 우리에게 말씀하신 흐름으로 보아 관세음보살을 가장 우러르셨을 것으로 여긴다. 그래서 지장전을 지을 때도 전각이라면 마땅히 스승 뜻에 걸맞은 관음전이어야 한다고 생각했다. 그런데 신도회 살림을 맡은 이들은 지장전을 짓고 영가 위패를 모셔야 한다고 했다.

나는 영가위패를 모시다니 불교가 생각하고 지어가는 펄펄 살아있는 종교여야 하지 기복에 매여서는 안 된다고 하신 스승 뜻에 어긋난다, 우리 절에는 중심을 이루는 법당이 극락전인데 지장전을 또 지으면 겹치는 것이나 다름없다, 그러니 관음전을 짓는 것이 옳다고 말했다.

그랬더니 지장전을 짓고 영가 위패를 모신다고 해야 전각 짓는 돈을 모으기 쉽다는 것이 아닌가.

딱하다.

지장전이 들어선 자리에는 본디 어린이 법당과 직원 숙소가 있었다. 그런데 그 집이 오래되어 곧 무너질 수도 있다는 진단을 받았다. 하는 수 없이 그 집을 허물고 다시 짓지 않으면 안 되었다.

스승은 다시 짓는 김에 어린이 법당과 직원 숙소뿐 아니라 떨어져 있는 화장실 바닥이 갈라지고 무너져 내릴 수 있는 위험이 있으니 2층으로 올려 화장실까지 넣은 조촐한 현대식 건물을 지어라, 그러면 돈도 많이 들어가지 않을 것이라고 말씀했다.

그러나 신도회를 아우르는 이들이 전각을 지어야 돈을 어렵지 않게 모을 수 있다고 우기더니 급기야 지장전을 지어야 사람들이 주머니를 더 잘 열 것이라고 했다. 지장전이 들어선 까닭이다.

듣기 따라서 불편해할 사람이 있는 이 이야기를 꺼낸 까닭은 지장전을 짓고 났을 때 법정 스님 절마저도 건물만 크게 올리는 것을 불사라고 생각하면 어쩌느냐고 걱정한 이들이 적지 않았기 때문이다. 잘못이라면 힘껏 막아서지 못한 나도 벗어날 수 없다.

이번에 스승이 남긴 발자취를 되짚어보면서 아무래도 스승 사상은 관세음보살과 어울린다는 생각이 들었다. 자료가 있을까 싶어 검색을 해봐도 가톨릭 신자로 관음보살상을 조각하려고 오래도록 벼르던 최종태 선생과 인연이 닿아 길상사에 들어선 관세음보살상 얘기 말고는 콕 짚어 닿는 것이 없었다. 그래서 갸웃거리고 있는데 이튿날 아침 책상 위에 놓인 책과 메모지 사이로 삐져나온 맑고 향기롭게 소식지가 눈에 띄었다.

뽑아서 펼친 쪽, 오른쪽 위에 굵은 글씨로 쓰인 '관세음의 노래'가 눈에 들어왔다. 왼쪽 아래에는 "흥미로운 사실은 법정 스님은 찬불가를 직접 작사하기도 했다. 바로 '관세음의 노래'이다."라고 쓰여 있다. 글쓴이는 맑고 향기롭게 홍정근 이사.

삼계의 중생을 천안으로 살피시고
고해의 중생을 천수로써 건지시는
자비하신 관세음보살님께 귀의하오니
저희들의 어린 마음 거두어 주옵소서
나무 구고구난 관세음보살
나무 대자대비 관세음보살

임이여 나투소서 그 모습 보이소서
어두운 이 세상에 그 모습 보이소서
목마른 중생에게 감로수를 내리시고
길잃은 중생에게 바른길을 열으소서
나무 구고구난 관세음보살
나무 대자대비 관세음보살

뭉클했다. 누군가 스승 자취를 드러내 주는 이가 있어 우리는 오래된 새길을 걸을 수 있다. 이 자리를 빌려 홍 이사에게 고맙다고 인사드린다.

스승이 말씀한 "나는 나이고 싶다. 나는 내 식대로 살고 싶다."는 말씀에 내 생각을 덧붙여 절집에서 말하는 '자리이타'를 제대로 하려면 '자리', 나를 이롭게 하여 밑바탕을 튼튼히 하고 나서야 '이타', 이웃을 아우를 수 있다는 말을 하려고 며칠 생각을 다듬고 있었다. 그런데 느닷없이 『서 있는 사람들』 글이 세로로 쓰여 있는 옛 판이 떠올랐다.

그 안에 책을 이야기한 꼭지가 둘이 있었다.

셋째 장 '다래헌 한담' 중간에 있는 '책에 눈이 멀다'를 읽으면서 고개를 끄떡이다가 마지막 장 '출세간' 중간에 들어있는 꼭지 '이 한 권의 책을'을 읽다가 눈이 멎고 가슴이 뛰었다. 다음과 같은 글월이 들어왔기 때문이다.

"보살에게는 남을 구제하는 중생제도가 곧 스스로 이롭게 하는 일이기 때문에 이타가 곧 자리에 연결된다."고 하면서 "우리는 저마다 따로따로 바다 위에 떠 있는 외로운 섬이었다. 그러나 화엄 거울에 비친 우리는 같은 뿌리에서 뻗어 나간 가지임을 직관하게 된다. 이웃이 겪는 일이 내게 상관없는 일이 아니라 내 일임을 확신하기에 이른다."라고 말씀한다.

'너와 나는 떼려야 뗄 수 없이 아끼지 않을 수 없는 사이'라는 말씀으로, 내가 하려는 말을 서툰 걸음마에 견준다면 스승 말씀은 중도, 가온 길을 내디뎌야 하는 까닭을 올곧게 짚어주는말씀이다. '저마다 따로따로 떠 있는 외로운 섬이라고 여기지만, 같은 뿌리에서 뻗어 나간 가지, 모두 한 가지 곧 평등을 가리키는 말이다. 평등에서 벗어난다는 건 네 것을 빼앗는 것으로 마침내 나도 죽이는 일이라는 우레이다. 중도는 사랑이다.

임종을 앞둔 스승을 찾아간 길상사 초대 주지 청학 스님이 필담으로 "생사, 나고 죽음이 있습니까?" 하고 여쭸을 때 힘없는 손으로 "없다." 라고 써주신 어른답게 스승은 여태도 어수룩한 나를 아우르고 계시다.

돌아보면, 쉰 살이 넘도록 일기도 변변하게 써보지 않은 내가 글을 쓰겠다고 나선 것도 스승에게서 비롯했다. 2006년 스승 책을 선배 한 분에게 선물했더니 강원도에 사는 스님이 우리와 무슨 관계가 있다고 책을 주느냐고 뜨악하게 말했다. 아니, 스승이 '우리를 보듬으려고 끊임없이 글도 쓰고, 시민모임 맑고 향기롭게를 만들어 여느 사람들이 제 마음을 다스리고 세상과 자연을 아우를 수 있도록 자리 펴준다는 것을 어떻게 모를 수 있지?' 싶었다. 다사로운 스승 모습을 드러내려는 마음에 그 뒤로 다섯 해를 꼬박 글쓰기 연습을 해서 빚은 책이 『법정 스님 숨결』이다.

아시다시피 스승이 절판할 수 있도록 도와달라고 출판사에 부탁하고 세상을 떠나셨다. '이제 사람들은 앞으로 수십 해 동안 스승 글을 볼 수 없을 것이다. 그렇게 되면 이 좋은 스승 사상이 이어질 수 없겠구나.' 하는 생각이 들었다. 그래서 스승이 가시고 나서 이태 동안 스승과 인연이 있던 분들을 뵙고 인연 이야기를 드러냈다.

그 가운데 농부철학자 윤구병 선생과 도법 스님 두 분을 모시고 여러 해 동안 우리나라 스님들이 풀어낸 부처님 가르침을 우리말로 푸는 일을 했다. 아울러 도법 스님이 '부처님처럼 대화하자.'란 뜻을 세운 모임

'붓다 대화'와 우리는 모두 본디 붓다이니 어렵사리 깨달으려고 할 것 없이 바로 여기서 '붓다로 살자'는 모임에 어울려왔다.

윤구병 선생이 한반도 평화를 가져오려면 우리나라가 영세중립국으로 가야 한다고 말씀하셨다. 그 뜻을 받아 '으라차차영세중립코리아'를 만들어 일하고 있다. 그 줄기에 나라 곳곳에 평화 책이 서른 권 남짓한 세상에서 가장 작은 평화도서관인 '꼬마평화도서관'을 여는 일이 있다. 이제까지 서른여섯 곳에 둥지를 틀었다. 이 모두 스승과 맺은 인연 끄나풀이 뭉게구름처럼 거듭 부풀어 오르는 것이 아닌가 싶다.

나와 관계없는데…… 싶은 일. 전혀 모르는 남이 겪는 일인데…… 싶은데, 내 갈 길이 바쁜데 싶다가도 차마 고개를 돌리기 어려울 때가 있다.

길을 가다가 달음박질하던 아이가 난간에 정강이를 찧는 것을 보면 그 아이보다 내가 더 소스라친다. 아픔을 겪어봤기 때문이기만 할까?

아니다. 두세 살, 서너 살 먹은 아이가 엄마가 음식을 만들다가 칼에 베어 피가 나는 걸 보고, 제가 더 소스라치게 놀라 울음보를 터뜨리는 것은 드문 일이 아니다. 사람은 공감하는 힘을 타고 나기 때문이다.

어째서 사람들은 말하지 않아도 이심전심할 수 있을까. 그저 눈으로 보기만 해도 내가 겪은 것처럼 느낄 수 있을까?

우리 뇌, 골 안에 '미러 뉴런 mirror neuron', 우리말로는 거울 신경세포가 있기 때문이란다. 거울 신경세포는 남이 하는 짓 또는 남이 겪는 일을 보기만 해도 제가 겪을 때와 똑같이 반응하는 세포다.

1996년 원숭이를 놓고 행동신경세포를 연구하던 파르마 대학 연구진이 우연히 거울 신경세포를 발견했다. "사람은 다른 사람이 하는 짓을 베끼면서 새로운 것을 배우고, 남이 하는 짓을 헤아릴 수 있는 것은 다 거울 신경세포 덕분"이라고 한다.

거울 뉴런이란 앞서 스승이 "화엄 거울에 비친 우리는 같은 뿌리에서 뻗어 나간 가지임을⋯⋯."이라고 하셨던 말씀 안에 있는 인드라망 구슬 이야기와 같다.

인드라망 구슬은 그물에 그물코처럼 얽히고설켜 서로서로 비춰 거울 진다. 우리나라 말에는 일찍이 '거울 지다'는 말이 있었다. '되비쳐 보이다.'는 뜻을 가졌는데 사람들이 이웃이 겪는 아픔을 느낄 수 있는 것은 다 '거울 져' 알기 때문이다. 우리 몸에 이미 그런 결이 새겨 있다는 말씀이다.

천둥벌거숭이 같던 내가 붓다살이를 해야 한다면서 '평화는 살림'이란 말머리를 들고 평화놀이를 할 줄 누가 알았겠는가. 스승에 거울 지고, 윤구병 선생에 거울 지고, 도법 스님에게 거울 진 까닭이다. 이토록 나를 여기까지 몰고 온 스승은 내게 더 없는 길라잡이시다. 절집 말로 바꾸면 길을 이끌어주는 인로왕보살.

나무 법정 인로왕보살 마하살!

다 하지 말고 남겨두어라

"컬러테레비는 샀소?"

"아뇨. 아직 못 샀는데요."

"살 거지요?"

"사 주렵니다"

"냉장고는 샀소?"

"냉장고도 사야지요"

"그래요. 그러면 하나만 사고 하나는 남겨두시오"

"어째서요?"

"아, 컬러테레비도 사고 냉장고를 다 사고 나면 다음에는 또 뭣이 사고 싶겠소? 사람 욕망이 그치지 않아 점점 더 사고 싶은 욕심이 커지지 않겠어요. 그러니 둘을 갖고 싶을 때 다 사지 말고 늘 하나 는 남겨두시오"

1980년, 스승 글을 너무 좋아해서 벌교에서 송광사로 신혼여행을 왔다며 불일암을 찾아온 신혼부부와 스승이 나눈 말씀이다.

그때 막 텔레비전 방송이 흑백에서 컬러로 바뀐 끝이라 컬러텔레비전이 있는 집이 드물었다.

적은 것에 기꺼워하라는 말씀.

요즘 신혼살림은 모자라는 것이 없이 다 갖추고 시작하지만, 예전에는 방 한 칸에 솥단지 하나 수저 두 벌로 시작하다시피 했다. 모자라는 가운데 없어서는 안 될 것부터 하나하나 마련하면서 꿈을 채워가는 재미가 쏠쏠했다. 이에 견주면 더할 나위 없이 넉넉한데도 늘 투덜거리는 우리네 모습이 딱하다. 그렇다고 해서 나눠줘야 할 것을 움켜쥐어 도둑질한 부를 두둔하는 말이 아니다. 드잡이하는 데 정신이 팔려 오늘 주어진 소중한 이 삶을 놓쳐서는 안 된다는 말씀이다.

많이 가지고 많이 쓴다고 즐겁고 기꺼운 것이 아니다. 한두 살 나이 들고 머리카락 빛이 하얗게 사위다 보니 모자라는 구석이 많더라도 마음 붙일 곳이 있다면 좋다는 것을 알아가고 있다.

둘이 필요할 때 하나만 사고 하나는 남겨두라는 이 말씀은 하나가 있어야 할 때 둘을 가지면 하나를 가졌을 때 품었던 소중함이 사라진다는 말씀과 결을 같이 하는 말씀이다.

스승은 넉넉하기보다는 모자라는 듯할 때 그것이 지닌 소중함에 마음이 갈 수 있다고 보았다.

우리가 살아가는 데 없어서는 안 될 것이라고 하더라도 늘 거기에 있으면 저도 모르게 그 소중함을 흘려버릴 수 있다. 없으면 삶이 사라질 수밖에 없는 제 몸조차도 그 소중함을 까맣게 잊고 아무거나 먹고 함부로 굴리는 것이 우리다. 그러다가 어디를 다치거나 앓게 되면 그제야 아무렇지도 않았던 몸이 얼마나 고마웠는지 돌아본다.

몸이 아플 때는 앞으로는 게으름피우지 말고 몸 살림 잘해야 하겠다고 굳게 다진다. 그것도 잠깐 어느새 단단하게 쥔 마음이 신발 끈이 헐거워지듯이 스르르 풀리고 만다.

깨달음을 이어가기 어려운 까닭도 이와 같다.

오래전 외환위기를 맞아 사람들이 갈피를 잡지 못하고 어쩔 줄 몰라 하는 우리에게 스승은 이런 이야기를 들려주셨다.

찢어지게 가난해 너무 살기 힘들어하던 선비 한 사람이 저녁마다 향을 사르고 천지신명에게 빌었다. 비가 오나 눈이 오나 바람이 부나 한결같이. 그러기를 여러 달, 하늘에서 소리가 들렸다.

"옥황상제께서 그 정성에 마음이 흔들려 그대가 무엇을 바라는지 듣고 오라고 말씀하셨다. 소원을 일러보라!"

느닷없는 소리에 어리둥절하던 선비는 "소원이랄 것도 없고, 그저 몸이나 가리고 제때 밥걱정하지 않고 산천을 누비며 살았으면 좋겠습니다." 하고 말했다. 그 말에 옥황상제 사신은 "아니, 그것은 하늘나라 신선이나 누릴 수 있는 즐거움이거늘 어찌 그대가 탐하는가. 부자가 되거나 귀해지기를 바란다면 얼마든지 해줄 수 있지만, 그것은 참으로 들어주기 어렵네."라고 했다.

무슨 말씀인가.

소욕지족, 적은 것에 기꺼워하기란 입에 올리기는 그럴싸해도 막상 하려고 들면 부자 되기보다 더 어렵다는 말씀이다. 그토록 맞아들이기 어려운 '적은 것에 기꺼워하며 누리는 삶'을, 외환위기가 찾아와 적은 것에도 기꺼워할 수 있도록 만들어줬으니 욕심을 내려놓고 맑고 담백하게 살라는 말씀이다.

"실컷 먹어라."는 말과 "양껏 먹어라."는 말은 같을까 다를까?

'실컷'은 싫을 때까지 물리도록 먹으라는 말이다. '실컷'은 먹으라는 말 말고도 '울다, 웃다, 놀다'처럼 많은 움직씨와 어울리듯이 쓰이는 폭이 넓다.

이와는 달리 오직 '먹다'는 움직씨하고만 어울리는 '양껏'은 뭘 가리키는 낱말일까? 우리가 흔히 받아들이는 것처럼 배 터지도록 먹으라는 얘기가 아니다. 사전에는 양껏에서 가리키는 '양'이 '헤아릴 량量'이라고 나와 있는데 잘못이다. '양껏'에서 '양'은 '위'를 일컫는 우리말이다. 그러면 '양껏 먹어라.'는 말은 질리도록 실컷 먹으라는 말일까?

아니다. 제 양(위)에 부담이 가지 않도록 알맞게 먹으라는 말씀으로 지나치지 않아야 한다는 데 초점을 두는 말씀이다.

"돈 걱정하지 말고 양껏 먹어라."라고 했다면 배곯지 말라는 얘기지 넘어올 만큼 잔뜩 먹으라는 말이 아니다.

"힘껏 하라."는 말도 있다. 이 말씀 또한 죽을 둥 살 둥 모르게 악착같이 덤비라는 말씀이 아니다. 힘겨워지도록 하지 말고 힘닿는 데까지만 하라는 말씀이다. 그러면 어째서 거꾸로 알려졌을까? '갑'들이 '을'에게 힘을 더 쓰도록 억누르고 몰아붙이려던 각본에서 나온 말이다.

극복, 넘어서라는 말도 다를 바 없다. 극복으로 얻어지는 것은 너절한 상처뿐인 영광이다.

우리나라 사람들은 예로부터 모든 걸 꽉 채워 누리려고 하지 않았다. 달도 차면 기울듯이 '꽉 채워 누리고 나면 도로 기울지 않을까?' 하는 걱정 때문이었다. 술잔도 7부가 차면 밑으로 쏟아지는 계영배를 좋아하고, 큰 소리가 나도록 함부로 웃지도 않고 설움도 늘 삼켰다.

숫자도 꽉 채운 열보다는 덜떨어진 아홉을 좋아한다. 중국 사람들은 쌍십절이라고 해서 10월 10일을 기리지만, 우리나라 사람들은 중양절이라고 해서 9월 9일을 기리는 까닭이다.

사람 사이도 지나치게 가깝기보다는 조금 떨어져 조심해야 아름다운 사이라 받아들였다. 스승도 사람 사이가 너무 가까워지면 이내 범속해지고 만다, '한 가락에 떨면서도 따로 떨어져 있는 거문고처럼' 사람 사이가 알맞게 떨어져 있을 때 그리움과 아쉬움이 고일 겨를이 생긴다고 했다.

요즘도 집을 드나들 때마다 스승 사진에 대고 "다녀오겠습니다.", "잘 다녀왔습니다." 하고 인사를 올린다는 이계진 선생은 차가 있지만, 대중교통을 더 많이 타고 다니고, 새 구두를 사기보다는 오래 신어 발과 하나 된 낡은 구두를 좋아하고, 강연을 부탁하고 강연료를 얼마 드리면 되겠느냐고 묻는 이들에게 "정해진 대로 주십시오." 하고 말씀한다.

한껏 누리려고 하지 않고 되도록 사리려는 몸가짐이요 마음가짐이다.

감나무에 까치밥을 내버려 두는 우리 어르신들 마음처럼, 다 하려 들지 않고, 꽉 채워 누리려고 들지 않고 남겨두기, 꽉 죄지 않고 헐거워지기, 우리가 거듭 이어나가야 할 아름다움이 아닐까.

착한 짓은 받들어 하라

나쁜 짓 하지 말고 착한 짓은 받들어 하시오.

"어떤 것이 도이냐?"는 물음에 나온 답이다. 물었던 사람은 답에 어이없다는 듯이 "그건 세 살배기도 아는 것이 아닙니까?" 하고 비웃는다. 되돌아온 건 "세 살 먹은 아이도 말할 수는 있으나 여든 먹은 늙은이도 하기는 어려운 일"이란 말씀이다.

계를 받는 날(불기 2543년(1999년) 3월 7일) 스승이 해주신 말은 "부디 착하게 살라."는 말씀이었다.

위에 나오는 문답은 중국 당나라 시대 선승 도림 스님이 백거이라는 지방 장관과 나눈 말씀을 스승이 보기로 꺼내든 이야기다. 나무 위에 올라 참선하기를 즐기는 도림 스님을 보고 사람들은 마치 새가 둥지를 틀고 있는 것과 같다고 하여 '새 조鳥'에 '보금자리 과窠'를 써서 조과 스님이라 불렀다.

낙천이라는 자를 가져 흔히 백낙천이라고 하는 백거이는 시인이자 뛰어난 정치가였다.

항주 자사로 내려온 백거이는 가까이에 널리 이름이 알려진 스님이 살고 있다는 소리를 듣고 시험해 볼 양으로 도림 스님이 머무는 절로 찾아간다. 나무 위에 앉아 저를 거들떠보지 않는 스님에게 언짢은 마음을 누르며 묻는다.

"거기서 뭘 하십니까?"

"참선합니다."

"무척 위험해 보입니다."

"허허, 내가 보기엔 그대가 더 위험해 보입니다 그려."

"두 다리로 땅을 디디고 서 있으며 벼슬도 자사에 이른 내가 위험할 까닭이 어디에 있습니까?"

"티끌 같은 세상 지식으로 교만한 마음만 늘어 시달림이 끝이 없고, 탐욕이 쉬지 않고 타오르고 있으니 어찌 위험하지 않겠소?"

스님이 하는 말씀에 할 말을 잃고 잠자코 있던 백거이가 다시 묻는다.

"그렇다면 어떤 길을 가야 합니까?"

"나쁜 짓 하지 말고 착한 짓은 받들어 하시오."

이 말씀을 백거이는 픽 웃으며 받는다.

"그건 세 살배기도 아는 것이 아닙니까?"

"세 살 먹은 아이도 말할 수는 있으나 여든 먹은 늙은이도 하기는 어려운 일이오."

할 말을 잃은 백거이는 무릎을 꿇었다는 얘기다.

이날 스승은 여기저기서 귀동냥으로 주워들은 얘기로 말만 번지르르하게 늘어놓지만, 삶이 따르지 않는 헛똑똑이인 줄 어찌 아셨는지, 법명을 부디 슬기롭고 깊어져서 스스로 빛내라고 '슬기로울 지'에 '빛 광'을 붙여 '지광'이라고 지어주셨다.

사실 이보다 퍽 오래전인 불기 2528(1982)년 6월 조계사에서 계를 받고 '도일'이라는 불명을 받은 적이 있다. '길 도'에 '해 일', 이때도 마찬가지로 어둠에서 벗어나 빛으로 나가라는 말씀을 들었던 것인데 삶이 그에 따르지 못하다 보니 새로 받은 이름도 다를 바 없었다.

날마다 길에 빛을 비추든 슬기로워져서 빛을 내든 하려면 무엇보다 착하게 살아야 한다는 말씀이다.

백거이가 말했듯이 착하게 살아야 한다는 것을 모르는 이는 없다. 그러나 그것이 참다운 앎이 되어 나오도록 하려면 참으로 어질게 살아내지 않으면 안 된다는 말씀이다. 그걸 모르는 사람이 어디에 있느냐고 물을 사람이 적지 않을 것이다.

우리가 머리로 헤아린 대로 참답게 살아왔다면 어찌하여 세상에 싸움과 다툼이 끊이지 않으며 지구는 날마다 살 수 없는 곳으로 망가지고 있을까.

세 살배기도 읊조릴 수 있다는 '나쁜 짓 하지 말고 착한 짓 받들어하기' 말처럼 쉬운 일이 아니다.

삶과 동떨어진 앎이란 아무짝에 쓸데없다. 머리로 헤아린 채 누가 해주겠거니 하거나 그건 내 일이 아니야 하는 사이에 우리 목숨이 가라앉는다.

밥을 명상하다

절집에서 밥을 먹으며 올리는 게송이 공양게이다. 우리나라 절집에는 널리 읽히는 공양게가 두 개가 있다.

"물 한 방울에도 천지 은혜가 스며 있고
곡식 한 톨에도 만 사람 노고 담겨 있습니다.
이 음식으로 이 몸을 길러
몸과 마음을 바로 하고 청정하게 살겠습니다." 하는 흐름이 그 하나이고,

"이 음식이 어디서 왔는고?
내 덕행으론 받기가 부끄럽네.
마음에 온갖 욕심을 버리고,

몸을 보호하는 약으로 알아,

도업을 이루고자 이 공양을 받습니다."라는 결이 다른 하나다.

앞에 있는 게송은 밥이 입에 들어가기까지 누가 어떻게 힘을 모아줬
는지 흐름을 헤아려 풀어 어떤 마음으로 그 밥을 먹어야 할지와 그 밥
을 먹은 내가 어떻게 살아야 할지 바로 알 수 있도록 샅샅이 일러준다.
입에 있는 혀처럼 살갑다.

앞 게송은 누가 먼저 읊었는지 알 수 없으나, 뒤엣것은 대대로 이어
오던 오관게를 스승이 지묵 스님에게 풀어보라고 해서 나온 게송이라
고 하니 두 분이 어울려 빚은 얼굴이다. 본디 한자로 된 글월을 펼쳐보
면 다음과 같다.

"계공다소량피래처 計功多少量彼來處
춘기덕행전결응공 村己德行全缺應供
방심이과탐등위종 防心離過貪等爲宗
정사양약위료형고 正思良藥爲療形枯
위성도업응수차식 爲成道業膺受此食"

다른 것은 크게 다를 바 없는데 첫 줄이 아주 다르다. 본디 말뜻에 가
까우려면 "(이 밥이 놓이기까지 든) 크고 작은 공을 떠올리며 온 곳을 헤아려
보니" 하고 풀어야 할 듯하다. 그런데 어째서 "이 음식이 어디서 왔는
고?" 하고 물음을 던지고 말았을까? "친절이 가장 위대한 종교"라고 하

실 만큼 너나들이 친절해야 누룽결이 한껏 고와질 수 있다고 하셨던 스승이 뜻밖이다. 이토록 불친절한 까닭이 뭘까?

"이 음식이 어디서 왔는고?" 하는 물음에 갸웃거리며 어디서 왔을까를 새겨본다. 농토에서 또는 강가나 바닷가에서 왔구나 하는 생각을 하다가 벼와 같은 낟알을, 배추나 무 같은 남새를, 사과나 배가 나는 나무를 거듭 짚으며 이것이 음식이기에 앞서 한목숨이었음을 떠올린다.

또 저이들이 뿌리를 내리고 살던 흙을 떠올리고 비바람을 몰아다 주는 하늘을 떠올리고 빛살을 쏘여주는 해를 떠올린다. 더불어 농사짓는 이들 그것이 내 입에 들어오기까지 날아다 주고 팔아주며 애쓴 이들이 떠오른다.

'이것을 다 빼고 나면 나라고 하는 것이 있을 수 없겠구나.' 하는 생각이 들었다. 그러면서 '무아'란 따로 떨어진 내가 있을 수 없다는 말이면서 결국 나란 저이들이 없이는 '아무것도 아니라는 말이구나.' 하는 데까지 생각이 미쳤다.

친절하게 알려준 공양게를 먼저 만났더라면 어땠을지를 떠올린다. "물 한 방울에도 천지 은혜가 스며 있고 곡식 한 톨에도 만 사람 노고 담겨 있다."라 하거나 "(이 밥이 놓이기까지 든) 크고 작은 공을 떠올리며 온 곳을 헤아려보니"라고 친절하게 알려줬더라면 그렇게 받아들이고 깊이 생각하지 않았을 것이다. 그랬다면 시시콜콜 요리 짚어보고 조리 살피며 찬찬히 새겨보고 여겨듣지 않았을 테니 낟알 하나 푸성귀 한 닢이 한목숨이었다는 데까지 생각이 미치지 못하고 그저 관념 찌꺼기로 남았을지도 모른다.

앗! 그러고 보니 저 물음이 바로 "네 생각이 무엇이더냐? 네가 여겨들고 새겨들은 바탕에서 짓고 펼친 네 살림을 내놔 봐!"라는 드잡이구나 싶다.

아무리 많은 국을 퍼도 국 맛을 모르는 국자처럼, 뜻도 모르고 사람이 한 말을 따라 읊조리는 앵무새처럼 이웃이 펼쳐놓은 뜻을 뇌이고 있었을지 몰랐을 텐데 하는 데까지 생각이 미치자 소름이 돋는다.

떠먹여 주지 않고 스스로 떠먹도록 하고, 씹어 먹여 주지 않고 스스로 씹는 맛을 느끼도록 하려는 마음 씀이다. 불친절하다고 여겼던 그 말씀에 도탑고 깊은 마음씨가 고스란하다니.

공양게를 들여다보려고 구글에 '공양게'란 글씨를 쳐 넣었더니 15년 전에 불교신문이 펼친 공양게 이야기가 떴다. 제목이 '밥 먹기 전에 공양게를 외웁시다'인데 여기서 이계진 선생이 오래도록 밥을 드실 때 공양게를 해오고 있다는 걸 알았다.

선생은 경기 광주 곤지암 집과 강원 원주 고향집 모두에 '공양게'를 붙여놓고 식구들이 둘러앉아 밥을 먹기에 앞서 비손하고 공양게를 읊는단다. 이 기사에서 이계진 선생은 말씀한다.

"마음을 한곳에 모으는 합장을 하고 공양게를 외우면 음식에 고마운 마음이 생깁니다. 직접 농사도 짓지 않고 고기도 잡지 않았는데 식탁에 오른 음식을 보면 불교 '연기' 사상에 새삼 놀라지요. 음식이 식탁에 오르기까지 거쳤던 손들과 마지막에 음식을 만든 아내에게 고마운 마음마저 듭니다. 고마워하는 마음은 음식을 먹을 만큼만 먹게 해 과식을 없애고 비만을 가져오지도 않아 다이어트한다고 쓸데없는 소비를 할

까닭도 없지요. 또 음식쓰레기도 없애 환경오염도 줄이니 이보다 좋은
일이 어디 있겠어요.”

그저 말없이 밥을 먹기보다 수저를 들기 전에 잠깐 틈을 내어 공양게
를 한다면 자연을 비롯한 이웃 없이는 한순간도 살아갈 수 없다는 것을
느끼지 않을 수 없다.

욕심은 부리는 것이 아니라 버리는 것

아침 예불을 하면서 가만히 앉아 가난을 들여다본다. 가난이란 무엇인가? 사전에는 살림살이가 넉넉하지 못한 것이라고 나와 있다. 있어야 할 것, 살아가는 데 없어서는 안 될 것이 없어 쪼들림이 이어지면 가난하다.

요즘 우리는 어떠한가? 나 어릴 적에 견줘서는 사람들 형편이 피었다고 할 수 있다. 그런데 어째서 사람들이 그때보다 더 헐떡일까? 절대 가난에서는 벗어나 있더라도 상대 가난에 시달리는 이들이 많기 때문이다. 다른 이가 가져가야 할 몫을 가로채 가는 이들이 많다는 이야기다.

스승은 늘 맑은 가난, 내게 주어진 것을 나누고 작고 적은 것에 기꺼워하며 스스로 가난하게 살 수 있어야 누리 결이 맑아진다고 말씀하셨다.

맑은 가난이라고 해서 굶주리고 살라는 말씀은 아니다. 병치레하지 않고 목숨을 이어가는 데 어려움을 겪지 않을 만큼 사는 것을 일컫는 말씀이다. 스승은 "이 세상은 우리 필요에 따르면 넉넉하지만, 탐욕에 따라서는 모자라기 그지없다."란 간디 말씀처럼 살아가는 데 없어서는 안 될 것만 누리고 사는 것이 곧 맑은 가난이라고 말씀했다. 마음을 가다듬고 내 삶을 돌아본다.

2008년, 패션업체 경영자 노릇을 한 지 열여덟 해 만에 옷을 벗었다. 돈을 벌었을지 모르나 유통업체 갑질이 늘어나 좋은 상품을 개발하면 저희 브랜드를 붙여 팔겠다며 싼값에 납품하기를 은근히 억누르다 못해 대놓고 내놓으라고 했다. 약속 어기기를 밥 먹듯이 하는 꼴도 보기 싫었다. 어쩔 수 없이 떠밀리거나 끌려가기 싫었다. 그나마 힘이 있을 때 그만두자고 생각하고 미련 없이 돌아섰다. 새로운 살길을 찾아 나서는 사이 스승이 돌아가시면서 이제껏 당신이 써서 남긴 책을 더는 출판하지 말라는 유언을 남기셨다.

상속, 뜻을 이어받을 곳이 '맑고 향기롭게'였다. 나는 그때 스승이 세운 시민모임 맑고 향기롭게 살림살이를 하고 있는 사람 가운데 하나였다. 스승 유언을 세상에 발표하고 나오면서 그 자리를 내놨다.

절판하고 나면 스승 사상이 이어지기 어렵다는 생각이 들었기 때문이다. 스승과 인연 있는 분들을 가운데는 스승 또래거나 더 나이 든 어른들이 적지 않았다.

스승은 이분들과 어울려 어떤 뜻을 나누셨을까? 이분들이 가시고 나면 스승과 어울리며 하나하나 빚은 소중한 그 인연들이 고스란히 묻히고 말 수도 있겠구나 싶었다.

동아일보 사진기자로 있던 일여 거사와 더불어 이태 동안 스승과 인연이 있는 어른들을 취재했다. 가장 먼저 천주교 장익 주교를 만나고 나서 나와 차를 마시는 자리에서 일여 거사가 한마디 한다.

"거사님, 스승과 인연 있는 어른들과 스승님 삶을 그려내는 일을 밥 벌이하는 사이사이에 하실 생각이세요?"

두렷한 말은 떠오르지 않으나 말씀 줄기는 이와 같았다. 그때 나는 기업강연을 이따금 하면서 몇몇 작은 기업에 경영 코치를 하고 있었다. 전혀 생각지도 못했으나 이치에 닿는 말씀이다. 차를 마시는 둥 마는 둥 하고 집으로 돌아와 아내와 머리를 맞댔다. 얼마 되지 않은 일이지만 한 이태 일을 내려놓아야 할 것 같은데 괜찮겠느냐고. 아내는 선선히 그러라고 했다.

이태 취재를 마치면서 스승 말씀 따라 향기롭게 살지는 못할지라도 맑게 살아야 하겠다는 생각이 들었다. 자연스레 가난에 가까워졌다.

차도 없애고 버스나 전철을 타고 다니면서 운전을 하고 다닐 때 느끼지 못했던 사람 냄새며 이야기 소리와 어울리며 점점 사람이 되어갔다. 벌이에 손을 놓으니 집을 한 칸 한 칸 줄여가며 먹고 살아왔다. 처음에는 씀씀이가 잘 줄어들지 않았다. 그러나 쓸 돈이 없으니 줄이지 않을 도리가 없었다. 차츰 기부금도 줄여야 했다. 요즘 들어서는 십일조 수준을 넘나든다.

모자라도 기꺼우니 그대로 넉넉하다. 청소기 줄을 한 번 플러그에 꽂으면 빼서 다른 데 꽂지 않아도 되는 편안한 삶을 누렸다. 먼지를 빨아들이는 줄이 잘려 테이프로 감아 쓰기를 몇 해 만에 엊그제 선이 없는 청소기를 하나 할부로 마련했다. 그래도 아내는 새것을 쓰지 않고 줄에

테이프를 칭칭 동여맨 옛 청소기를 쓰고 있다. 아직 쓸 만하다면서. 오래도록 같이 지낸 손때 묻은 정 때문일까.

가난을 떠올리는 명상을 마친 아침, SNS를 거닐다가 '가난한 교회'라는 말이 눈에 들어와 얼른 펼쳐봤다. '길상사가 가난한 절이 되었으면 한다.'는 스승 말씀과 겹치기 때문이다. 펼쳐보니 이기우 신부라는 분이 쓴 '번영하는 교회가 되지 말라.'는 말씀이었다.

> 길상사가 가난한 절이 되었으면 합니다. 요즘은 어떤 절이나 교회를 물을 것 없이 신앙인 분수를 까맣게 잊은 채 호사스럽게 꾸미고 흥청거리는 것이 이 시대 유행처럼 되어있습니다. 풍요 속에서는 사람이 병들기 쉽지만, 맑은 가난은 우리 마음을 평화롭게 하고 올바른 정신을 지니게 합니다. 이 길상사가 가난한 절이면서 맑고 향기로운 도량이 되었으면 합니다. 불자들만이 아니라 누구나 부담 없이 드나들면서 마음이 평안하고 슬기로운 삶을 나눌 수 있었으면 합니다.

스승이 길상사 문을 여는 날 하셨던 말씀으로 내 머리에 떠오르는 대로 적바림했다.

이기우 신부 글은 입에 풀칠하기도 힘들 만큼 가난한 과부가 가지고 있던 생활비를 모두 헌금으로 내놨다는 얘기로 문을 연다.

부처님 오시는 길을 밝히려고 가난한 할머니가 구걸하여 등불을 밝혔는데 다른 등불이 다 꺼지고 나서도 끝까지 꺼지지 않았다는 이야기와 결이 같다. 이처럼 마음을 다해 올린 공양을 예수님도 부처님도 찬탄했다.

이기우 신부는 십일조에 담긴 뜻을 이야기하면서 십일조는 본디 이스라엘 열두 지파 가운데 땅을 나눠 받지 못하고 성전에서 일해야 하는 레위 지파에게 나머지 열한 지파가 내야 했던 헌금이었다고 말씀한다.

신명기 14장에, 열한 지파 백성은 한 해에 거둬들인 것 가운데 1/10을 바치고 나머지 9/10로 살았으며, 이렇게 모인 돈 가운데 9/10는 레위 사람들에게 나누어주고 1/10은 사제들에게 나누어주었다고 나와 있단다.

이 신부는 "따라서 교회 살림에는 총수입 1/10만 쓰고, 나머지는 하느님 뜻에 따라 가난한 이들과 복음선포에 써야 한다. 사회 공익동아리들도 수입 1/10 안에서 동아리 살림에 쓰고, 나머지는 동아리를 세운 뜻에 맞춰 사회 공익에 쓰는 것이 원칙"이라고 말씀한다.

"일해서 벌어들인 돈만이 아니라 시간과 재능, 기회와 경험들을 십일조 정신에 맞춰 세상에 돌려드려야 마땅하다."고도 이야기한다. 아울러 프란치스코 교황이 우리나라를 찾았을 때 주교단에게 "번영하는 교회가 되지 말고 가난한 교회가 되라."고 말씀한 뜻이 여기에 있다고 하면서 "가난한 교회가 된다는 것은 부자들이나 중산층을 멀리하거나 가난한 이들만 모인 교회가 되라는 것이 아니라, 얼마를 벌었든지 정성껏 나누어 가난한 교회가 되라."는 것이라고 힘주어 말씀한다.

성철 스님은 절은 불공하기를 가르쳐주는 곳이라고 하셨다. 불공하기를 배우고 나서 세상에 나아가 만나는 이웃을 부처님께 공양 올리듯이 모셔야 한다는 말씀이다.

늘 내 곁에 무엇이 있다면 그건 우주가 내게 널리 나누라고 준 선물이라고 하셨던 스승은, 가톨릭 김수환 추기경님이 길상사 창건 법회에 오셔서 덕담을 나눠준 답례로 이듬해 2월 명동 성당에서 강론했다.

때마침 외환위기를 맞아 온 나라 사람들이 겁을 잔뜩 집어먹으며 떨고 있을 때였다. 스승은 청빈을 경제위기를 넘어서려는 한때 방편이 아니라 두고두고 생활규범으로 삼아야 한다면서 다음과 같은 말씀을 하셨다.

절제된 미덕인 청빈은 그저 맑은 가난이 아니라 나누어 가진다는 뜻입니다. '탐貪 자'는 조개 패貝' 위에 '이제 금今'를 씁니다. '빈貧 자'는 조개 패 위에 '나눌 분分'자를 씁니다.

손에 쥔 화폐를 나누는 것이 청빈입니다. 청빈이라는 말, 가난이라는 말은 나누어 갖는다는 뜻입니다.

사람들에게 만약 가난이 없었다면 나누어 가지는 것을 몰랐을 것입니다. 내가 가난을 겪어 봄으로써 이웃이 겪는 어려움에 눈을 돌리게 됩니다.

프란치스코 성인 말씀을 빌리자면 가난은 우리 자신을 떨어뜨리는 것이 아니라 들어 올리는 것입니다. 어려운 처지에 있는 이웃과 나누어 가질 때 그것은 우리 자신을 높이 들어 올리는 것입니다.

제 먹이를 나눠 '가난해'진다면 그대로 맑고 향기로울 수밖에 없다.

'욕심은 부리는 것이 아니라 버리는 것'이라는 스승 말씀 따라 이제라도 움켜쥔 손을 펴고 흥청망청 써 대는 소비자라는 말을 듣지 않기를.

죽음을 명상하다

해가 바뀌면 노인들은 한 살이 줄어들고 젊은이들은 한 살이 늘어 납니다. 한번 돌이켜 보십시오. 저마다, 줄어드는 쪽인지 늘어나는 쪽인지. 오늘 영가 길상화는 어느 쪽입니까. 줄어드는 쪽입니까? 늘어나는 쪽입니까? 해가 바뀌어도 그 나이가 줄어들지도 늘어나 지도 않는 사람이 있습니다. 누구이겠습니까?

오늘 이 자리에 모인 불자들은 해가 바뀌더라도 나이가 줄어들거나 늘어나지 않는 사람이 되어야 합니다. 그러려면 제가 있는 그 자리 를 바로 지금 그 자리를 낱낱이 살피면서 늘 깨어있어야 합니다.

우리가 이 세상에 태어난 건 마치 텅 빈 허공 중에 문득 한 조각 구 름이 일어난 것 같고 죽음이란 그 한 조각 구름이 사라진 것과 같 다고 했습니다. 그렇지만 구름은 실체가 없습니다. 우리가 나고 죽 는 일 또한 이런 것입니다. 그러나 홀로 그 무엇이 있어서 늘 두렷하게 밝습니다. 그것은 지극히 고요하고 잠잠해서 나고 죽음이 따르지 않습니다.

죽음은 끝이 아니라 새로운 시작이라고 생각하십시오. 무량겁을 두고 되풀이해 온 것이 이와 같은 중생 살림살이입니다. 잎이 지고 나면 그 자리에 반드시 새움이 돋아납니다. 이것이 우주 율동이고 생명질서입니다.

오늘 49재를 맞이한 길상화 영가는 이 도리를 뚜렷이 아십시오. 이런 도리를 알게 되면 나고 죽는 일에 아랑곳하지 않게 될 것입니다. 마치 과일에 씨앗이 박혀있듯이 죽음 안에 새 삶이 있고, 살아 있는 그 속에 죽음이 들어있더란 사실을 명심해야 합니다. 우리가 한 생애를 두고 사는 법을 배워가듯이 죽음도 배워야 합니다.

길상사를 보시한 길상화 보살 49재에서 스승이 남긴 영가 법문을 간추려 모셨다. 스승은 저 말씀 끝에 그 자리에 함께한 우리에게 "이게 남 일이 아니"라고 하시며 이 영가 법문에서 삶과 죽음이 지닌 뜻이 무엇인지 배워야 한다고 말씀했다.

구름은 정체가 무엇일까? 다 알다시피 물이다. 내나 강에서 흐르던 물이 햇볕을 받아 김이 되어 올라가거나 쌀에 붓고 밥을 하던 물이 김으로 바뀌어 날아 올라가 '구름'이 되었다. 구름이 많이 뭉쳐 무거워지면 땅으로 떨어지는데 이것은 구름이라고 하지 않고 '비'라고 한다. 그런데 이 빗방울이 땅에 떨어지면 '물'이라고 부른다.

탈을 바꿔 쓴 물을 '김'이라 부르다가 '구름'이라 하고, 무게를 견디지 못하고 떨어지는 걸 '비'라 하다가 땅에 떨어지니 도로 '물'이라고 부르더니 겨울이 되어 기온이 떨어져 꽁꽁 어니 '얼음'이라 한다.

그러다가 봄이 와서 날이 풀려 얼음이 녹은 다시 '물'이라 부르듯이 사람이 죽고 사는 것도 그럴 뿐 나이를 먹고 말고 할 수 있는 것이 아니라는 말씀이다.

'바닷물결이 칠 때 튕겨 오른 물방울이 도로 바다로 떨어지면 죽었다고 해야 하느냐?'며 되묻는 말씀도 마찬가지다. 모두 죽살이, 죽고 사는 일을 드러낸 말로 흐름이 있을 뿐, '삶과 죽음'이라고 할 만한 것이 없다는 말씀이다.

어떤 사람이 나이아가라 폭포에 갔다. 같이 간 동무에게 "저게 나이아가라 폭포야!" 하고 손가락질하는 순간, 그곳을 지나던 물은 이미 거기에 없다. 우리는 무엇을 폭포라고 부르는가? 물을 가리키는가? 언덕을 가리키는가? 그저 이름이 나이아가라 폭포일 뿐이다. 삶이란 흐름뿐이다.

"같은 강물에 발을 두 번 적실 수 없다."는 말을 남긴 헤라클레이토스는 "사람은 죽음을 살고 삶을 죽는다."라고 하면서 "죽는 것들은 죽지 않는 것이며 죽지 않는 것은 죽는 것이다. 하나가 살아 있다는 것은 다른 것이 '죽음'을 가리키며, 또한 죽는 것은 다른 것이 '살아남'을 일컫는다."라고도 했다.

이 나이 먹도록 이 목숨 하나 이어오는 데 얼마나 많은 목숨이 바쳐졌던가. 이 하나가 이날까지 살아 있다는 것은 다른 것들이 그만큼 죽어갔다는 뜻이다. 그래서 죽은 것들은 죽지 않은 것이라는 말이다. 그러니 여태 죽지 않은 이 몸은 죽은 목숨이 켜켜이 쌓여 이룬 것이니 죽은 것이나 다름없다.

살아있는 것과 죽은 것, 깨어 있는 것과 잠들어 있는 것, 젊은 것과 늙은 것 모두가 이것이 탈바꿈한 저것이기에 가릴 수 없다.

흐르는 물이 흐르며 서로 자리를 바꾸지만, 그 흐름 결은 거듭 이어지고 있으니 죽살이, 죽고 사는 것이 다르지 않다.

이런 말씀을 듣고 죽음을 두려워하지 않을 수 있다면 얼마나 좋을까? 죽음이 두려운 까닭이 어디 있을까? 죽음이 죽음이 아니라는 이야기를 아무리 나눠도 머리로 헤아릴 수 있을 뿐 죽어서 겪어보기 전에는 알 수 있는 것이 아니다. 둘레둘레 둘러봐도 죽었다 살아온 사람은 없기에 죽고 나서 어찌 되는지 알 수 없다. 죽음이 뭔지 확인할 길이 없어 두렵다.

스승은 2003년 소설가 최인호와 만났을 때 "우리는 모두 언젠가는 죽는다는 사실을 받아들여야 하는 것처럼, 우리는 모두 고독할 수밖에 없다는 사실을 받아들여야 한다."고 말씀했다. 아울러 "사람들은 때로 외로울 수 있어야" 하며 나아가, "탐구하는 노력이 끝나면 사람은 그때부터 늙고 죽음이 시작된다."고 짚으면서, "죽음을 받아들이고 난 사람은 기량이, 폭이 훨씬 커지고, 사물을 보는 눈도 훨씬 깊어진다."고 말씀했다.

그러나 이런 말씀을 아무리 들어도 사람은 반드시 죽는다는 얘기가 도무지 와 닿지 않는다. 교통사고가 날 뻔하든지 큰일을 겪고 나야 비로소 죽음이 그리 멀리 있지 않구나 하고 알아차린다. 그조차 그때뿐 조금 지나면 또 까맣게 잊어버리고 만다.

포크 가수 '루던 웨인라이트 3세'는 '지구에 마지막 남은 사람(Last Man on Earth)'에서 이렇게 노래한다. "우리는 함께 살아가며 홀로 죽는 법을 배운다."

홀로 죽는 법을 제대로 배울 수 있다면 덜 두려울지도 모른다.

우리가 살아가면서 늘 둘레에 사람이 있어도 외롭다고 느낄 때가 적지 않다. 그런데 죽음이라는 알지도 못하는 길을, 혼자 갈 수밖에 없다니 어찌 두렵지 않으리.

잠깐 뒤에 어떤 일이 벌어질지도 모르는데 죽은 뒤에 일을 어찌 알 수 있을까. 살아오면서 이리되면 어쩌지 저리되면 어쩌지 하며 때로는 두려움에 떨며 걸음을 내디디지 못하고 머뭇거렸던 때가 많았다. 환갑을 넘긴 지도 여러 해가 지나 어느새 일흔을 앞두고 보니 생각했던 것만큼 두려워할 일이 생기지 않았다. '제대로 살아가기에도 힘이 부쳐 허우적거리는데 죽음까지 떠올려야 할까?' 싶은데 스승은 죽음도 미리 배워둬야 한다고 말씀했다. 살아있을 때 미리미리 어떻게 죽을 것인지 생각하지 않고 있다가 갑작스레 죽음이 닥치면 몰아치는 두려움을 감당하기 어려울 수 있어서 그러셨을 것이다.

> 살 만큼 살다가 명이 다해 가게 되면 병원에 실려 가지 않고 평소 살던 집에서 조용히 죽음을 맞이하는 것이 지혜로운 선택일 것이다. 이미 사그라지는 잿불 같은 목숨인데 약물을 주사하거나 산소호흡기를 들이대어 연명의술에 의존하는 것은 당사자에게는 커다란 고통이 될 것이다.

사람에게는 저마다 고유한 삶이 있듯이 죽음도 그 사람다운 죽음을 고를 수 있도록 이웃들은 거들고 지켜보아야 한다. 그러려면 우리가 일찍부터 삶을 배우듯이 죽음도 미리 배워둬야 할 것이다. 언젠가는 우리 자신이 맞이해야 할 엄숙한 사실이기 때문이다.

누구나 갈 수밖에 없는 길. 떠날 때 뜻대로 갈 수 있도록 미리미리 어떻게 죽을지 식구들과 뜻을 맞춰 놓아야 한다는 말씀이다.

비껴갈 수 없는 죽음이다. 진시황은 죽지 않고 살기를 바랐다지만 죽을 수도 없는 삶이란 끔찍할 것이다. 빛이 빛날 수 있는 건 어둠이 받쳐주기 때문이다. 죽음이 받쳐주지 않는 삶도 마찬가지. 죽어야 해서, 죽을 수밖에 없기에 삶이 더없이 애틋하고 아까우며 아름답다.

오스트레일리아에서 말기 환자들을 돌보던 간호사 브로니 웨어는 저마다 다르게 살아온 사람들이 놀랍게도 죽기 전에 비슷비슷하게 뉘우친다고 한다. 가장 큰 뉘우침이 "다른 사람 기대에 따라 살지 말고, 스스로 참답게 살 용기가 있었더라면……." 하는 것이란다. 두 번째는 '일 좀 덜 하고 더 누렸더라면…….' 둘레 사람들과 어울리며 제대로 누리지 못한 것을 뉘우쳤다. 세 번째는 "성내지 말았더라면……." 치미는 부아를 잘 다스리지 못한 것을 뉘우쳤다. 그리고 사람들은 숨을 거두기 전에서야 '오랜 동무를 더 챙겼더라면…….' 하고 가슴 치며 보고 싶어 했으나 막상 수소문할 길이 없어 발을 구른 이들이 많았다는데.

사람들은 대부분 더 크게 웃고 활기차게 살았더라면 좋았을 것이라며 뉘우치며 세상을 떠났단다.

늘그막에 아인슈타인은 죽음을 어떻게 생각하느냐는 물음에 '더는 모차르트를 들을 수 없는 것'이라고 했다는데, 언제 죽을지 알 수 없는 죽음은 저승사자에게 맡기기로 하고, 스승이 즐겨듣던 바흐 무반주 모음곡이나 누려야겠다.

불타는 아마존을 지켜보며

　아마존이 불타고 있다. 지구별에 사는 우리가 마시는 산소 20%를 샘솟게 하는 '허파' 브라질 아마존 밀림이 한 달 가까이 불타고 있다. 1분마다 축구장 하나 반이 불에 타 사라지고 있단다.

　'불타는 아마존'이라는 말머리를 들고 명상에 든다.

　뜻 있는 사람들이 "아마존 생물 다양성을 이어가고 숲을 살리려고 지갑을 열겠다."며 나서고, G7 정상회의에서도 불을 끄는 데 2,000만 달러를 지원하겠다고 나선다.

　뜻밖에 브라질 대통령이 드세게 손사래 친다.

　"누구를 도울 때 거저 도와주는 걸 보셨습니까? 다른 나라가 왜 아마존에 눈독을 들이는 겁니까? 뭘 바랍니까?"

　주권 침해라며 되받아 퉁긴다.

　그러나 브라질원주민협회(APIB) 대표 '소냐 과자자라Sônia Guajajara'는 지난 2019년 12월 6일, 50만 명이 참가한 기후비상행진에서 브라질 대통령을 비판하고, 국제사회가 관심을 기울여 달라고 하소연했다.

"여러분 도움이 절실합니다. 보우소나루 브라질 대통령이 저지르는 짓은 브라질만이 겪어야 하는 문제가 아니라, 온 세계가 함께 겪어야 하는 문제입니다. 아마존은 불타고 있으며, 아마존을 지키려고 싸우는 이들은 모질게 죽임당하고 있습니다. 열대우림은 지난날보다 훨씬 더 위험에 빠졌습니다. 우리가 살 수 있는 별이 지구 말고 없듯이, 우리에겐 다른 길이 없습니다. 지난 500년 동안 거듭 이어온 이 싸움에 우리는 모두 싸움꾼입니다. 여러분 모두가 이 싸움에 없어서는 안 될 사람들입니다."

이번 화재로 아마존 생태계 20%가 망가졌단다. 무너져 내리는 것은 세계에서 가장 큰 열대우림이자 커다란 허파만은 아니다. 지구온난화를 늦출 버팀목 가운데 하나인 아마존을 지키려고 몸부림치는 원주민 목숨과 보금자리도 모질게 무너뜨리고 있다. '환경 위기와 인권위기'가 한꺼번에 몰아치고 있다는 얘기다.

영리한 바이러스는 임자몸(숙주)을 죽이지 않는다는데 사람이 어찌 이리 어리석을 수 있을까.

스승은 『아름다운 마무리』 '인디언의 지혜에 귀를 기울이자'에서 다음과 같은 말씀을 길어 올리셨다.

2000년 인디언 부족회의에서는 '미국에게 주는 성명서'를 채택했다. 거기에 이런 구절이 있다.

"생명을 가진 모든 것들을 존중할 때만이 그대들은 성장할 수 있다. 어머니 대지를 사랑하고 존중하기를 기도드린다. 대지는 인간 생존의 원천이다. 이다음에 올 여행자들을 위해 이 대지를 더 괴롭히는 것을 막아야 한다.

물과 공기와 흙과 나무와 숲, 식물과 동물들을 보존하라. 한정된 자원을 함부로 쓰고 버려서는 안 된다. 보존을 최우선으로 삼아야 한다. 위대한 정령은 우리에게 이 대지를 소유하라고 준 것이 아니라 잘 보살피라고 맡긴 것이다. 우리가 대지를 보살필 때 대지 또한 우리를 보살필 것이다. 서로 다른 것들이 평화롭게 공존할 수 있는 법을 배우게 되기를 우리는 기도드린다."

우리는 태어나서 죽을 때까지 숨을 쉰다. 그러나 이토록 숨을 내쉬고 들이마셔서 우리 몸에 들어오는 것이 어떤 것인지 제대로 짚어보려고 하는 사람이 드물다. 우리가 내쉬고 들이마시는 숨이 어디서 오는지 알려고도 하지 않는다. 우리가 산소라고 부르는 숨은 푸나무에서 온다. 그런데 나무는 우리에게 숨만 주는 것이 아니다. 스승께서 꼭 읽어보라고 하셨던 책 『나무를 안아보았나요』를 쓴 조안 말루프는 나무가 내뿜는 화학 분자는 코로만 들어가는 것이 아니다, 우리 허파 깊숙이 들어가기도 하고 어떤 분자들은 핏속으로 녹아 들어갈 수도 있다, 우리가 숲을 거닐면서 향기로운 그 공기를 들이마실 때 나무와 숲은 우리 몸을 이룬다고 말씀한다.

며칠 전 불일암에 다녀왔다. …… 30여 년 전 이 암자를 지을 때 심어 놓은 나무들의 정정한 모습을 볼 때마다 뿌듯한 생각이 차오른다. 후박나무, 태산목, 은행나무, 굴거리와 벽오동들이 마음껏 허공으로 뻗어가는 그 기상이 믿음직스럽다. 사람은 늙어 가는데 나무들은 정정하게 자란다. 사람이 가고 난 뒤에도 이 나무들은 대지 위에 꿋꿋하게 서 있을 것이다. 내 마음을 전하기 위해 한 아름이 된 후박나무를 안아 주었다.

스승이 『아름다운 마무리』 '자신에게 알맞은 땅을'에서 하신 말씀이다. 사람이 가고 난 뒤에도 꿋꿋하게 서 있을 나무를 안고 당신 마음을 알렸다는 말씀에 뭉클했다. 자연을 보호해야 한다는 말에 "누가 누구를 보호할 수 있다는 말이냐? 보존할 수는 있어도 사람이 자연을 보호할 수는 없다."며 딱 잘라 말씀하셨던 스승을 떠올리며 어른다움을 곱씹어 새길 수 있었기 때문이다.

사람들은 오래도록 나무늘보가 게을러터져 아무짝에도 쓸모없다고 손가락질해댔다. 참으로 나무늘보는 아무짝에 쓸모없는 짐승일까?

어떤 것이든 태어난 데는 그만한 까닭이 있다.

우리가 쓸데없이 귀찮게 굴기만 하는 것도 모자라 해롭기까지 하다며 보는 족족 잡아 죽이는 파리나 모기도 벌이 사라지고 있는 요즘, 꽃가루를 옮기는 데 없어서는 안 될 전령사라고 한다. 하물며 나무늘보쓸모를 누가 가릴 수 있을까.

대놓고 말하면 나무늘보는 우리보다 슬기롭다. 움직임이 없다고 느낄 만큼 느릿느릿 움직이는 것은 스스로 살길을 찾아 오래도록 몸부림친 끝에 나온 발명품이다. 나무 위에서 살며 나뭇잎을 먹어야 살아갈 수 있는 나무늘보. 나무와 나무 사이를 오가다 보면 목숨앗이 눈길을 벗어나기 어렵다.

이렇게 가다 보면 나무늘보가 모두 지구에서 사라질 수밖에 없을지도 모른다며 몸서리친다. 어떻게 해야 할까 한걱정하던 나무늘보들은 이대로 대가 끊기도록 내버려 둘 수 없다며 스스로 운명을 바꾸겠다고 나선다.

길은 두 가지. 하나는 번개처럼 빨리 움직여 목숨앗이 발톱에서 벗어나는 길이고, 다른 길은 아주 천천히 움직여서 움직임이 눈에 띄지 않는 길이다.

나무늘보는 느릿느릿 움직이며 살아가는 길을 골랐다. 가장 먼저 해야 할 일이 체온 낮추기였다.

사람을 비롯한 젖먹이동물류는 체온이 높다. 그런데 높은 체온을 이어가려면 많이 먹어야 한다. 문제는 많이 먹으려니 움직임이 많아질 수밖에 없고 그러면 목숨앗이 표적이 된다.

나무 위에서 사는 원숭이 체온이 평균 38℃인 것으로 보아 나무늘보도 그에 가깝거나 적어도 사람체온에 버금갔을 것이다. 그런데 나무늘보는 오랜 세월, 몸부림치며 체온을 평균 32.7℃, 둘레 환경에 따라서는 24℃까지 낮출 수 있도록 탈바꿈했다. 하루 먹이는 나뭇잎 세 개를 먹고 똥은 일주일에 한 번 누며 덜 먹고 덜 쓰는 소욕지족을 이뤘다. 이러기까지 어려움은 없었을까?

평균체온이 36.5℃ 안팎인 사람은 체온이 1℃ 낮아지면 면역력이 30% 떨어진다. 아울러 추위를 느끼고 힘살이 긴장하며 핏줄이 오그라들어 피돌기가 제대로 이뤄지지 않아 숨쉬기에 어려움을 겪는다.

낮은 체온이 오래 이어지면 손이 떨리다가 급기야 걸음걸이가 흔들리고 가벼운 착란 증상도 나타난다. 저체온증이다.

생물공학을 연구하는 인하대 김은기 박사는 "저체온증은 체온이 섭씨 35도 이하로 떨어지면서 일어난다. 체온이 27도까지 떨어지면 염통이 불규칙하게 뛰어 결국 멎을 수밖에 없고, 심장마비가 일어나고 5분 뒤부터 뇌세포는 산소가 모자라 죽어간다. 김은기 박사는 "몸에 열이 나는 것도 문제지만 저체온이야말로 목숨과 바로 잇닿은 초응급 상황"이라고 한다. 체온이 떨어지면 하릴없이 죽어갈 수밖에 없다는 말씀이다.

나무늘보가 오래도록 사람을 비롯해 따뜻한 피를 가진 짐승과 같은 체온을 이어왔다고 봤을 때 체온 낮추기란 목숨을 건 모험이 아닐 수 없다.

만약 나무늘보가 목숨앗이보다 더 빠르게 탈바꿈을 하려 들었다면 어떤 일이 벌어졌을까? 체온을 더 끌어올려야 했을 테니 먹이를 더 많이 먹을 수밖에 없었을 것이다. 그랬다면 지구 목숨줄인 아마존 열대 숲이 사라졌을지도 모른다. 열대 숲이 사라지면 먹잇감이 사라진 나무늘보도 살아남을 수 없었을 것이다.

숨 가쁘게 부지런 떨며 어수선하게 사는 것을 내려놓고 덜 먹어 숲을 덜 망가뜨리고 깊이 명상하며 삶을 한껏 누리는 슬기로운 나무늘보 그대로 신선이다.

세상에서 가장 넘기 힘든 벽이 '저'라는 벽이다. 더 자세히 말하면 '제 욕구' 그 가운데서 식탐, 먹을 것을 탐하는 욕구를 넘는 것이 어렵다.

또 하나 남보다 나아 보이려고 하는 욕구가 있다. 나아 보이려는 욕구를 한눈에 드러낼 수 있는 것이 남보다 빠르다는 것이다. 그것을 내려놓기란 참 어려운 일이다. 더구나 그걸 내려놓으려고 죽을 고비를 수없이 넘어야 한다면 그 길을 가려는 사람이 있을까? 여러 대에 걸쳐 그일을 해낸 나무늘보가 다시 보이는 아침이다.

우리는 함께 살아가며
홀로 죽는 법을 배운다

,

넷째 마디

헤
아
리
다

생각은 숨어 있는 말이요 말은 드러난 생각이다

"생각은 숨어 있는 말이요 말은 드러난 생각이다."

스승 말씀을 엮은 『간다 봐라』(김영사/이경)에 나오는 말씀이다. 스승은 아끼는 이들에게는 늘 글을 쓰라고 말씀할 만큼 글을 쓰는 이들을 좋아했다. 비릿한 말씀 하기를 싫어하는 스승은 누구에게 무엇을 부탁하는 일이 드물다. 그러나 여럿이 나눠봤으면 하는 좋은 글 원고 뭉치를 손수 출판사에 가져다주고 책을 묶으라고도 했다. 스물여섯 살에 스승을 처음 만나, 스승을 모시고 목욕탕에 갈 만큼 가까이 지냈던 여수에서 평생을 나무를 다루는 일을 해온 여수 나무꾼 위재춘 선생이 펴낸 『산다는 것은(샘터)』과 『자네 삶은 어떤가(샘터)』, 법정 찻잔을 빚은 도예가 김기철 선생이 쓴 수필집 『꽃은 흙에서 핀다(샘터)』가 그것이다. 이 가운데 생각과 말을 얘기하는 말씀을 나눈다.

생각에는 세 가지가 있다

想　생각을 형상으로 만들어 이미지화하는 것

思　생각의 대상을 사랑하고 미워하는 선택 행위

念　현재 이 순간에 대상의 본질을 꿰뚫어 직관하는 것

　　생각이 지혜로 바뀌는 길을

　　念이라고 한다

제목은 '생각 세 가지 형'으로 위재춘 선생이 읊은 『자네 삶은 어떤가』에 나오는 말씀이다. 슬기로워지려면 본바탕에 깊이 파고들어 꿰뚫어 볼 수 있어야 한다는 이야기다. 이어지는 '화살과 말'이라는 시에는

숲에서 어떤 이가 화살을 쏘았다

늦가을 가시덤불 속에서

그 화살을 찾아냈다

무심히 어떤 이가 한마디 했다

세월이 물같이 지난 후

한 사람의 가슴속에 그 말이 박혀 있었다

쏜 화살이 어디에 있는지 찾지 않더라도 한참 뒤에 어떤 사람 눈에 띌 수 있듯이, 무심코 말을 던진 사람은 까맣게 잊고 말더라도 그 말에 상처 입어 두고두고 앓는 사람이 있을 수 있다는 말씀이다. 내가 어떤 뜻을 품고 말을 했든지 듣는 이가 아파한다면 그 말은 화살이나 다름없

다. 거꾸로 따뜻하게 보듬는 말이나 기를 돋우는 말, 곱씹을수록 마음에 남는 말이라면 두고두고 힘이 된다.

부처님이 말씀하셨다.

참사람들은 말씀한다.
옹글게 말씀한 것은 으뜸이라고. 이것이 첫째이다.
옹근 흐름 결(법)을 말하고
옹근 흐름 결에서 벗어난 것은 말하지 말라. 이것이 둘째이다.
할 말은 하고 못 할 말은 하지 말라. 이것이 셋째이다.
참은 말하고 거짓은 말하지 말라. 이것이 넷째이다
- 숫타니파타 450

사람은 태어나면서
입안에 도끼를 가지고 나온다.
어수룩한 이는 말을 함부로 해
그 도끼로 저를 찍고야 만다
- 숫타니파타 657

부처님은 누군가를 타이를 때에도 다음과 같이 말씀하셨다.

먼저, 얘기할만한 때를 가려서 말하고, 알맞지 않을 때는 입을 열지 않는다.

둘째, 온 마음을 기울여 말하고 거짓되게 말하지 않는다.

셋째, 부드러운 말씨로 얘기하고 거친 말을 쓰지 않는다.

넷째, 뜻깊은 일만 이야기하고 쓸데없는 얘기는 하지 않는다.

다섯째, 어진 마음으로 얘기하고 성난 마음으로 하지 않아야 한다.

김기철 선생 책 『꽃은 흙에서 핀다』 '우리나라와 한국'이란 꼭지에는 우리말을 살려 써야 한다는 얘기가 나온다. 거기서 몇 말씀 길어 올리면

"나는 어느 사이 순수한 우리말을 좋아하게 되었다. '감사합니다.' 보다는 '고맙습니다.'가 푸근하게 와 닿는다. …… 우리나라도 국제 교류가 활발해지고 세계가 한 마을처럼 좁아져서 그런지는 몰라도 우리나라를 우리 입으로 말할 때 한국이란 소리를 입버릇처럼 하는 것을 흔히 듣게 된다. 그런데 나는 '우리'라는 말을 특히 좋아한다. 우리나라, 우리 집, 우리 엄마, 우리 동네, 우리 민족, 우리 문화 등 그 어감이 주는 아늑하고 따뜻한 뜻은 얼마나 위안이 되는지 모른다. 그런데 말끝마다 한국이 한국인이 한국 농촌이 한국 상품이 어떻고 저떻고 하면서 마치 자기는 딴 세상 인물인 양 초연한 태도로 판정을 내리듯 떠드는 사람이 늘고 있는 데는 속이 상한다. 더구나 눈살이 찌푸려지는 것은 외국을 문지방 넘나들듯 하면서 세상 돌아가는 사정을 통달한 듯한 지도층이라는 사람 입에서 끊임없이 한국 할 때 역겹지 않을 수 없다. 물론 우리나라라고 해서 곤란할 때가 있는 것을 모르는 바는 아니다. 외국에서 외국인을

상대할 때와 같은 특별한 경우에야 어쩔 수 없겠다. 그러나 한 식
구 한 형제 같은 제 나라 사람들을 앉혀놓고 말끝마다 들먹이는 것
은 아무리 우정을 가지고 받아들이려 해도 적어도 나에게는 못마
땅한 현상이다."

말투가 좀 다를 뿐 법정 스님 말씀이라고 해도 그대로 받아들일 수 있
을 만큼 올곧은 말씀이다. 스승은 『무소유』 '미리 쓰는 유서'에서 내생에
도 다시 한반도에 태어나고 싶다면서 "누가 뭐라 한대도 모국어에 대한
애착 때문에 나는 이 나라를 버릴 수 없다."고 하셨던 만큼 김기철 선생
이 쓴 '우리나라와 한국'이란 꼭지를 읽으며 입이 벙그셨을 것 같다.

내가 글을 쓰게 된 까닭은 2006년에 류시화 선생이 엮은 스승 잠언
집 『살아있는 것은 다 행복하라』를 선배 한 분에게 드렸더니, 선배가
"강원도 산골짜기에 홀로 사는 스님이 우리와 무슨 관계가 있다고 이분
이 쓴 책을 자꾸 주느냐?"고 떠름하니 물었기 때문이다.

처음에는 나도 그분 말씀이 떨떠름했다. '하도 사람들이 찾아들어 하
는 수 없이 강원도 오두막으로 떠밀려 가서 그 연세에 홀로 자취하는
어른. 먼 거리를 손수 운전해서 서울 나들이를 마다하지 않으면서 우리
를 일깨우는 어른인데 어떻게?' 싶어 말을 잇지 못했다.

뒤에 돌이켜보니 저분이 저렇게 말하는 건 스승을 깊이 알지 못하기
때문이었다. '어떻게 하면 참다운 스승 모습을 알려줄 수 있을까?' 궁리
끝에 책을 써서 알기로 마음을 굳혔다. 그러나 50대 중반에 이르도록
일기조차 써본 적이 없던 나로서는 턱도 없는 생각이었다.

그래도 그때부터 네 해가 넘도록 글쓰기를 연습해 다사로운 법정 스님 모습을 담아낸 『법정 스님 숨결』을 펴냈다. 참다운 스승 모습을 제대로 담아내기에는 글솜씨를 비롯해 불교를 헤아리는 데에도 모자라기 그지없었다. 그래도 당시 길상사 주지로 계시던 덕현 스님이 들고 간 글을 병상에서 몇 꼭지 읽어보신 스승은 애썼다고 말씀하셨다고 한다. 엉성하고 어설프기 그지없었으나 글쓰기에 한 걸음 내디딘 턱없는 용기에 한 말씀 보태주셨을 것이다.

이와 같은 인연이 없었더라면 글을 쓸 엄두조차 내지 못했을 내가 우리말을 살려 쓰는 까닭은 그럴듯하고 뚜렷한 믿음이 서 있어서 그런 것이 아니다. 초등학교밖에 나오지 않은 나는 어려운 한자를 읽을 수 없었다. 더구나 내가 초등학교에 다닐 때 딱 몇 해 한글전용 교육을 했다. 그렇다 보니 첫 책이 우리 말결이 잘 살아있다는 소리를 듣게 되어 그 뒤로 더욱 사전에서 낱말을 찾아보며 우리말 쓰기에 빠져들었다.

불교 또한 남들처럼 절에 찾아가 스님 법문을 듣거나 불교대학을 다니지 않고 책으로 만났다. 그때는 몰랐는데 뒤에 알고 보니 그 중심에 스승이 풀어낸 『불교성전(동국역경원)』이 있다. 머리말에 다음과 같은 말씀이 있다.

> 불타가 신앙이나 예배 대상이 아니라 길을 가리키는 길잡이였음
> 을 상기할 때, 그분 목소리는 뿌리내리지 못하고 끝없이 방황하는
> 현대의 정신적인 유랑민들에게 영혼의 모음(母音)이 될 것이다.
> 불타의 불법정신은 인간의 자각에 있었다. 그러므로 들어서 이해

할 수 없는 설법은 무의미하다. 어떻게 하면 보다 쉽고 바르게 지혜와 자비의 뜻을 전달할 것인가, 이것은 곧 불타의 설법정신과 직결된다. 그 많은 대장경 안에서 샅샅이 가려내어 한정된 지면에 옮기는 작업은 실로 산을 헐어 금을 캐기보다 더 어려운 일이었다. 그리고 불교용어에 익숙지 않은 일반 독자에게 저항 없이 읽혀야 한다는 것이 이 성전을 만든 우리들의 염원이다.

척 보아도 스승 말씀이라는 것을 어렵지 않게 알 수 있다. 스승은 의사가 환자 증상에 따라 처방을 내리듯이, 듣는 사람에 알맞은 말을 해 준 것이 부처님 설법 정신이다, 당신은 귀족 사회 말을 써 왔으면서도, 민중들이 흔히 쓰는 마가다 사투리로써 진리를 말씀했다는 것은 놓치지 말아야 한다고 말씀했다. '율장 소품'에도 "여래가 한 말을 우아한 산스크리트로 고쳐서는 안 된다. 너희들은 이제까지 여래가 써온 말을 배우고 익혀야 한다."고 나온다. 아무리 좋은 뜻을 담아 말을 할지라도 알아들을 수 없다면 생각이 없는 것과 다를 바 없어 아무짝에 쓸모가 없다는 말씀이다.

생각을 잘 드러내려면 말은 무엇보다 듣는 사람이 알아듣기 쉽도록 해야 한다. 어떻게 해야 할까? 스승은 생각을 벼리려면 글쓰기를 해야 한다고 말씀한다. "생각을 체에 거르는 일이다. 말이나 스치는 생각은 바로 어디론가 날아가 버리지만, 글로 쓰다 보면 새로운 생각이 떠오른다. 글은 무엇보다 생각을 가다듬을 수 있다. 그래서 글쓰기는 나를 찾아가는 기도나 다름없다."라고 했다. 또한 "말이라는 게 참 허망해. 내

뜻은 그게 아니었는데 듣는 사람마다 다 제 처지에서 헤아려 듣거든. 또 말을 하다 보면 어느새 삼천포로 빠지기 쉽고. 그래서 나는 말하는 게 별로야. 그렇지만 글은 달라요. 글을 쓰노라면 생각이 가다듬어지고 틀림없는 목소리를 낼 수 있거든. 그러니까 글은 200프로라도 책임지 겠지만 말은 책임 못 져."라고 하셨다.

이런 말씀을 한 어른답게 스승은 길상사에서 법문하실 때마다 가다 듬은 생각이 담긴 원고지를 들고 오셨다. 생각을 제대로 가다듬으려면, 글쓰기라는 체에 생각 걸러내기를 쉬지 않아야 하는 까닭을 몸소 보여 주셨다. 나는 이 바탕에서 글을 쓰면서 내 얼결을 다듬어왔으며 강연할 때 빼곡한 원고 뭉치를 들고 나가야 마음 놓인다.

낡은 말을 벗고 새 말을 입으려면

내생에도 다시 한반도에 태어나고 싶다. 누가 뭐라 한대도 모국어에 대한 애착 때문에 나는 이 나라를 버릴 수 없다. 다시 출가수행자가 되어 금생에 못다 한 일들을 하고 싶다.

스승이 '미리 쓰는 유서' 맨 끝에 적바림해 놓은 말씀이다.

우리 기억으로는 스승은 어떤 말씀을 하시고 그대로 하지 않은 적이 없다. 그래서 사람들은 입 모아 말과 삶이 어긋남 없이 살다 가셨다거나 글과 짓이 어김없이 살다 가셨다고 말한다.

이와 같은 어른이셨기에 "내생에도 다신 한반도에 태어나고 싶다."고 하신 말씀이 빈말이 아님을 알 수 있다. 더욱이 모국어, 우리나라 말을 아끼고 사랑하기에 이 나라를 버릴 수 없다고 하셨던 어른이니 우리말이 그리워서라도 이 땅에 다시 오지 않으실까 싶다.

스승이 이 나라 이 땅에 다시 오셔서 말을 배운다면 전보다 결 고운 우리말을 배울 수 있을까? 슬프게도 아닐 것 같다. 요즘 이리 찢기고 저리 차이는 게 우리말이요 하도 줄여놔서 몇몇 사람만 알고 다른 사람은 들어도 눈만 멀뚱멀뚱 뜨고 있어야 할지도 모른다. 어쩌면 말하는 이나 듣는 이 모두 뭔 말인지 모르고 하고 듣는 일이 벌어지지 않을까 두렵다.

무명 영화감독 스티븐 스필버그가 1975년, 집채만 한 식인상어를 뒤쫓는 공포영화 '조스'로 '차일드 헤럴드 순례 Childe Harold's Pilgrimage' 시를 내놓고 "아침에 눈을 떠 보니 유명해졌다."고 했던 시인 바이런처럼 단번에 으뜸가는 영화감독으로 발돋움한다. 그러나 도중에 접어야 하나 갈등할 만큼 영화를 만들기가 녹록지 않았다.

스필버그는 조스를 만드는 데 제작비 대부분을 집어넣었는데, 정작 촬영에 나서서는 조스가 제대로 움직이지 않았다.

전통괴물영화에서는 주인공으로 나타나는 괴물이 화면 가운데 잡힌다. 그래서 괴물을 섬세하게 잘 만들어야 했다. 컴퓨터그래픽이 없었을 때라 소품을 정교하게 잘 만드는 것이 더욱 중요했다. 그런데 빠뜨릴 수 없는 소품인 조스가 제대로 움직이지 않아 쓸모없어진 것이다.

스필버그는 돈이 떨어져 다시 만들 수도 없고 시간에 쫓겨 영화를 서둘러 마쳐야만 하는, 나갈 수도 물러설 수도 없는 처지에 놓인다. 고민에 고민을 거듭하던 스필버그, "이럴 때 알프레드 히치콕이라면 어떻게 했을까?" 혼잣말했다. 그러자 놀랍게도 '사이코'를 비롯해 히치콕이 만든 영화들이 줄줄이 떠올랐다.

히치콕이 감독한 영화에서 범죄자는 거의 화면에 드러나지 않는다.

듣기만 해도 몸이 오금이 저리고 오줌을 지릴 것 같은 음악에 맞춰 범 죄자 모습이 살짝 스치기만 해도 보는 이들은 무서워 어쩔 줄 모르며 영화에 더욱 빠져들고 만다.

여기서 힌트를 얻은 스필버그는 상어가 나오지 않는 상어 영화를 떠 올린다. 오금이 저릴 만큼 무서운 음악에 맞춰 등지느러미만 슬쩍 보이 는 상어를 보며 사람들에게 몸이 오그라드는 느낌에 휩싸였다. 이에 힘 입은 영화 조스 흥행은 폭발했다.

스승이라면 우리 말결이 어지러워지는 이 세상을 맞아 어떻게 하실 까. 히치콕을 떠올려 지느러미만 슬쩍 보이는 상어를 그려내 위기에서 벗어나 바이런 못지않게 아침에 눈을 떠보니 유명해진 스필버그만큼은 아니더라도 언저리 때리기라도 하려면 어떻게 해야 할까?

졸속주의가 낳기 마련인 부실과 단명을 이제 우리가 할 신성한 불 사에만은 제발 되풀이하지 말자는 말이다. 만약 오늘 이 땅에 부처 님이 출현해서 말씀하신다면 어떠한 말씀을 어떻게 하실까? 한말 식(韓末式) 사고로써 그 시절에 쓰던 한어식(韓語式)으로 말씀을 하실 까? 아니면 지금의 우리 귀에 익은 우리말을 쓰실까?

철 지난 옷을 언제까지고 걸치고 있으려는 고집은 이제 웃음거리 밖에 낳을 것이 없다.

겨울이 지나가면 봄철이 온다는 이 엄연한 우주질서를 이제는 더 외면할 수가 없는 것이다. 이 새로운 계절 앞에서 그만 낡은 옷을 벗어 던지고 새 옷으로 갈아입지 않으려는가?

알려지지 않은 스승 글(60~70년대)을 묶은 책 『낡은 옷을 벗어라』에 나오는 '낡은 옷을 벗어라' 꼭지를 마치는 글이다. "만약 오늘 이 땅에 부처님이 출현해서 말씀하신다면 어떠한 말씀을 어떻게 하실까?" 하는 말씀에 소스라쳤다. 내가 들고 있는 말머리가 "부처님이 우리나라 사람이라면 어떻게 말씀하셨을까?"이기 때문이다.

스승은 이 꼭지를 열면서 아직도 사람들이 착각하는 '한글'과 '우리말'이 다르다는 말씀을 콕 짚는다.

새로 나올 경전의 명칭을 『한글대장경』이라고 하기로 거의 결정된 모양이다. 이것을 두고 역경원 측에서는 신중을 기해 많은 시간을 들여 널리 묻고 생각한 것을 알고 있다. 진리 앞에서 겸손이란 일종의 악이라는 의지를 가지고 여기서 다시 한번 말해야겠다.

'한글'이란 우리나라 글자의 이름에 지나지 않는다. 로마 글자를 '알파벳'이라 하고 일본에서 쓰는 글자를 '가나'라고 하듯이-.

그러므로 '한글대장경'이라는 말은 마치 '가나대장경', '알파벳대장경'이란 말처럼 당치도 않은 웃음거리다. 우리말로 번역한 셰익스피어 전집을 두고 '한글셰익스피어 전집'이란 말을 과문한 탓인지 몰라도 아직 들어보지 못했다.

'한글불교사전'이란 책 광고도 역시 들어보지 못했다. 그래서 나는 일찍이 우리말로 옮겨진 대장경이기 때문에 그냥 '대장경'이라고만 하자고 했다. 밋밋한 맨머리가 좀 안 되어 삿갓 같은 거라도 굳이 필요하다면 '우리말대장경'이라고 하자고 했다.

그런데 이것을 외국말로 번역할 때는 곤란하지 않느냐고 한다는 말을 들었는데 어떻게 외국인을 표준해서 이름을 지을 것인가? 이를테면 '똘똘이'라는 이름을 외국인을 위해서 '존슨'이나 '카스트로'라고 하자는 말인가? 다시 한번 고려해볼 일이다. 이름이 잘못된다는 것은 내용 못지않게 치명적인 실수일 테니까.

참으로 날카로운 말씀이 아닐 수 없다. 역경원에서 많은 시간을 들여 널리 물었다 하더라도 진리 앞에서 겸손이란, 악 가운데 하나라는 뜻으로 여겨 여기서 다시 한번 말해야겠다고 말씀한 것으로 보아 스승이 대장경 이름을 무엇으로 달아야 할지 뜻을 모으는 자리에서 그래서는 안된다고 드세게 짚고 나섰으나 뜻을 이루지 못한 것 같다.

검색해보니 『한글대장경』이라고 이름 붙인 경전이 여러 가지가 뜬다. 이를 보고 알만한 이들은 불교계에 사람이 없다고 받아들였을 것이다. 안타까운 일이 아닐 수 없다.

가운데 서서 번역을 아우르셨을 스승은 남달리 안타까움이 깊었을 것이다. 이 대목에서 '아, 스승도 실패하셨구나!' 좌절하셨을 수도 있었겠구나 싶었다.

여태도 한글과 우리말 그러니까 한국말이 다르다는 것을 제대로 헤아리는 사람이 드물다. "I love you."를 한글로 적으면 "아이 러브 유"다. 우리 겨레말, 배달말로 옮기려면 "사랑해."라고 해야 한다. '木'을 '목'이라고 하면 한글로 적은 것이고 '나무'라고 해야 우리말이다. '道伴'을 '도반'이라고 하면 한글로 쓴 것이고, '길동무' 또는 '길벗'이라고 해야 우리말이라는 말씀이다.

내가 군법회를 하면서 이따금 군인들과 함께 노래하던 발원문이 있다. '이산혜연선사발원문'이 그것인데 불교사회연구소 연구원으로 있는 고명석 선생이 얼마 전에 '이산교연선사발원문'이라고 밝혔다. 전에도 이따금 그런 주장을 펴는 이들이 있었는데 얘기 바람을 일으켜 잘못되었다면 바로 잡아야 한다.

온갖법문 다배워서 모두통달 하옵거든
......
모진질병 돌적에는 약풀되어 치료하고
흉년드는 세상에는 쌀이되어 구제하되
여러중생 이익한일 한가진들 빼오리까

발원문 가운데 나를 뭉클하게 만든 글월이다. 뜻은 말할 것도 없이 운율이 딱딱 맞도록 네 글자로 묶었으니 그대로 예술이다.

발원문을 우리말로 하면 굳게 마음을 다지는 '다짐글'이다. 약초라고 하기 쉬운데 그렇게 하지 않고 약풀이라고 풀어쓴 데서 풀어쓴 어른 정성이 보인다. 모진 병이 돌면 약풀이 되어 고쳐주고, 농사를 망치면 쌀이 되어 살리겠다니 가볍게 흘려들을 말씀이 아니다.

이 말씀을 곱씹어본 뒤론 풀 한 포기 쌀 한 톨이 예사롭지 않게 보인다. 저렇게 풀어놓지 않고

수학일체법문 실개통달

......

질열세이현위약초 구료침아

기근시이화작도량 제제빈뇌

라고 한글로만 적어놨더라면 나 같은 이가 어떻게 이 '다짐글'이 좋
다면서 군인들과 어울려 읊을 수 있었을까. 우리 말결이 살아나야 마음
결이 살아난다.

1964년 동국역경원을 세워 초대원장을 지낸 운허 스님이 저토록 풀
어내셨다고 한다. 본글(원작)을 넘어서는 번역이라면서 사실상 운허 스
님 작품이라고 해야 한다고 이야기한 이가 많다.

말씀드리기 무척 조심스러우나 스승이 동국역경원을 세우기 전부터
운허 스님과 함께 우리말로 푸는 일을 도맡아 하고, 역경원을 세울 때
우리말 풀이를 할 수 있는 스님들을 뽑았다는 것으로 보아 저 다짐글을
풀 때 함께 하셨다고 봐야 하지 않을까. 왜냐하면, 스승이 풀어썼다고
알려진 오관게와 천수경을 풀어쓸 때 지묵 스님이 거든 것으로 보아 어
림할 수 있는 일이다.

거룩한 부처님께 귀의합니다.

거룩한 가르침에 귀의합니다.

거룩한 스님들께 귀의합니다.

절집에서 흔히 부르는 이 삼귀의는 최영철 선생이 풀어쓴 말씀에 곡을 붙인 것이다.

그러나 스승은 다음과 같이 풀어내셨다.

지극한 마음으로 거룩한 부처님께 귀의합니다.
지극한 마음으로 위 없는 가르침에 귀의합니다.
지극한 마음으로 청정한 승가에 귀의합니다.

나는 여기서 '위 없는 가르침'이라는 말씀이 가장 깊이 와 닿았다. 스승이 풀어낸 삼귀의를 우리말로 더 풀어내고 싶어 다음과 같이 풀었다.

온 마음으로 거룩한 부처님 품에 들어섭니다.
온 마음으로 위없는 가르침 품에 들어섭니다.
온 마음으로 맑디맑은 승가 품에 들어섭니다.

그런데 『벼리는 불교가 궁금해』라는 아이들에게 불교를 알려주는 책을 펴면서 편집자가 '위 없다'는 말을 잘 알아듣지 못하는 아이도 있을 수 있지 않겠느냐며 '소중한'이라고 쓰면 좋겠다고 했다.

그 책을 펴낸 까닭이 어떤 뜻을 옳게 드러내려고 하는 데 있지 않고 널리 불교를 알리려는 데 있었다. 그래서 편집자 말씀이 뜻깊다고 받아들여 "온 마음으로 소중한 가르침 품에 들어섭니다."로 했다.

맨 끝에 오는 '들어섭니다.'도 처음에는 '듭니다.'로 풀었다. 그러나 '귀의합니다.'에 젖어 있는 사람들이 '듭니다.'보다는 '들어섭니다.'가 더 가깝게 받아들이지 않을까 싶어 바꾼 것이다.

글을 쓰는 이들이라면 누구라도 앞뒤에 놓이는 글월 얼개에 따라 '사람들이'라고 해야 할지 '사람들은'이라고 하는 것이 읽는 이가 더 잘 받아들일지를 놓고 쓰고 지우기를 되풀이할 것이다.

이 글 한 꼭지 쓰면서 말광(사전)을 들쳤다 놓기를 십여 번 넘도록 했다. 하물며 번역에 있어서랴.

본디 글을 쓴 이가 어떤 뜻에서 이 말을 했는지 알 수 없으나 앞뒤 줄기를 훑으면서 그이가 말한 뜻을 거듭 헤아리지 않을 수 없었을 것이다. 그래도 결 고운 우리말로 바꿔내야만 우리나라 사람들이 즐거이 읽고 좋은 삶을 누릴 수 있다는 뜻을 떠올리며 시린 눈을 비벼가면서 번역하지 않았을까.

스승 말씀 따라 낡은 말을 벗고 새 말을 입으려면 어떻게 해야 할지 이리 짚고 저리 따지며 생각하다가 담아두고 싶은 말이 떠올랐다.

"어수룩하고 슬기로움은 많이 배우고 말고 하는 데서 갈리는 게 아니라, 생각을 깊이 하느냐 마느냐에서 갈린다. 선정(명상)에 드는 까닭은 주의 깊게 까닭을 살펴 짚으려는 데 있다."

침묵이 받쳐주지 않는 말은 소음

술과 말은 익어야 한다
술은 숙성기간이 지나야 좋은 술이 되고
말은 침묵이라는 숙성기간을 거쳐야
향기로운 말이 된다.

제목이 '술과 말'인 이 글은 법정 스님이 좋은 글이라고 여겨 몸소 출판사에 원고를 가져다주어 태어난 『자네 삶은 어떤가』에 나오는 말씀이다.

말을 침묵에서 익힌다는 이 말씀을 들으면서 서예나 한국화에서 여백, 붓이 가지 않는 빈 데가 주는 아름다움을 떠올렸다.

말은 한 사람의 입에서 나오지만, 천 사람 만 사람의 귀로 들어간다. 그래서 발 없는 말이 천 리 간다고 하지 않는가. 신앙생활을 하는 사람은 누구누구 할 것 없이 말수가 적어야 한다. 생각대로 불쑥불쑥 나오려는 말을 안으로 꿀꺽꿀꺽 삭일 줄 알아야 한다.

스승이 쓰신 『텅 빈 충만』 '불란서 여배우'란 꼭지에 나오는 말씀이다. 나처럼 나서기를 좋아하는 사람이 깊이 새겨야 할 말씀이 아닐 수 없다.

우리는 이 말을 하면 이로울 것이라는 바탕에서 처음에는 조심조심 생각하면서 말을 한다. 그러나 말을 하다 보면 말이 마치 고삐 풀린 망아지 널뛰듯 하면서 다른 사람 허물을 드러내 흉볼 때가 적지 않다. 조심성이 없어지는 것은 말이 생각 속도를 따라가지 못하기 때문이다.

스승은 말수가 적도록, 나오려는 말을 삭일 줄 알아야 슬기로워질 수 있다, 남을 비난하는 것은 지난날 잣대로 오늘을 재려고 드는 것이라고 말씀한다.

"그 사람 내면에서 무슨 일이 일어나는지 아무도 모른다. 사람은 강물처럼 흐르는 존재다. 날마다 똑같은 사람이 아니다. 그러므로 함부로 심판할 수 없다. 우리가 어떤 판단을 내렸을 때 그는 이미 딴사람이 되어 있을 수도 있다. 말로써 비난하는 버릇을 버려야 우리 안에서 사랑하는 힘이 자란다. 지혜와 자비가 그 움을 틔운다."고 말씀하면서 "절에 가면 삼합이라고 쓴 표지가 큰방에 붙어 있는데, 입을 세 번 꿰매라는 뜻이다. 말을 삼가라는 교훈이다. 그래야 쓸데없는 헛소리를 덜 하게 되고 안으로 말이 여물게 된다."라고도 하셨다.

그래서 절집에서는 묵언 수행을 한다. 묵언이란 말하지 않는 것이다. 이박삼일에서 사박오일 짧은 기간 출가하는 재가자들이 하는 묵언 수행은 길어봤자 며칠이지만 스님들은 석 달 안거 내내 묵언을 하기도 한다.

묵언 수행을 하는 까닭은 입을 다물고 귀를 여는 데 있다.

스승은 또 "침묵을 배경 삼지 않는 말은 소음이나 다를 바 없다."라고 했다. 말에 쉼표가 있는 까닭이다.

입을 다물 사이가 없으면 생각이 고일 겨를이 없고, 생각이 받쳐주기도 전에 튀어나온 말은 쓸모 있는 말이 별로 없다.

입을 다물어야 한다는 말을 하다 보니 삼일 혁명 100주년을 맞아 한 해 동안 나라 곳곳을 걷던 은빛순례단 다짐이 떠올랐다.

억눌림에서 벗어나 빛을 찾았다는 광복 역사는 분단 역사와 나란히 간다. 우리는 제대로 된 독립, 따로 서기와 제대로 제빛을 드러낸 적이 없다고 뉘우치는 예순이 넘은 사람들이, 한반도 평화 만들기란 깃발을 들고 걸으면서 거듭한 다짐이 '귀는 열고 입은 닫겠다.'는 것이었다.

해방을 맞은 우리는 품은 뜻과는 달리 남북으로 나뉘어 어리석은 이념 갈등에 휩싸여 서로 원수로 여겨왔습니다. 그런 가운데서도 온 국민이 흘린 피와 땀에 힘입어 경제발전을 이루고 민주주의를 이뤄냈다고 기뻐했습니다. 그러나 속내를 들춰보면 오순도순 살지 못하고 집단과 개인 이기주의에 빠져, 내 편 네 편으로 나뉘어 내 것만 챙기느라 '우리'를 조각조각 흩어놓았습니다. 빈부격차와 지역갈등 골이 깊어졌습니다.

돌이켜보면 우리는 입만 있고 귀가 없었습니다. 이제 귀는 열고 입은 닫으려고 합니다.

…… 보수와 진보가 셈을 풀고 마주 앉아 네 옳음을 받아들여 서로 살리도록 애쓰겠습니다. 비판과 반대보다 새로운 결을 내놓도록 힘쓰겠습니다.

…… 걷고 또 걷고 듣고 또 들으면서, 나라 살리려고 하나 됐던 삼일정신을 되살리겠습니다.

2018년 이 땅이 전쟁 소용돌이에 휘말릴지도 모른다는 두려움이 가득할 때 '한반도 평화만들기 은빛순례를 떠나며 올리는 다짐'에서 조금 모셨다.

글을 우리말로 벼려낸 것은 나였지만, 여러 어른 뜻을 모아 빚어 더욱 뜻이 깊다.

저 뒤로 내게 주어진 말머리는 입을 닫고 귀는 여는 것이다.

귀담아듣기란 마음을 기울여 참답게 듣는 것을 가리킨다.

말을 줄여 생각이 고인 바탕에서 빚은 말씀만이 마음을 흔들 수 있다.

참다운 말결은 그대로 정성

"문명인들은 뭐든지 글로 적으며, 그래서 늘 종이를 갖고 다닌다. 오래 기억하려고 그렇게 하는 것도 아니다. 워싱턴에는 그이들이 우리 인디언들에게 했던 약속을 적바림한 서류가 산더미처럼 쌓여 있지만, 그 사람들 가운데 누구 하나 그걸 기억하려고 하지 않는다. 인디언은 종이에 적지 않는다. 진실이 담긴 말은 그이 가슴에 깊이 스며들어 영원히 기억된다. 인디언은 결코 그것을 잊어버리는 일이 없다. 그러나 문명인들은 일단 서류를 잃어버렸다 하면 아무 일도 하지 못한다."

오클라라 수우 족 추장 '네 자루 총'이 백인과 인디언 삶이 어떻게 다른가를 이야기한다. 네즈 페르세 족 추장 '고산지대로 달려가는 천둥'도 다음과 같이 말한다.

"진심이 담겨 있지 않은 '좋은 말'은 오래가지 못하는 법이다. 좋은 말이 죽은 사람을 살려내지 못한다. 문명인들은 말만 늘어놓고 아름다운 말에 매혹되기만 할 뿐 그대로 살지 않는다. 아무런 결과도 없는 '말뿐인 말들'에 나는 지쳤다. 그 많은 좋은 말들과 지켜지지 않는 약속을 생각할 때마다 내 가슴에는 찬바람이 분다. 세상에는 말할 자격이 없는 사람들이 너무도 많은 말을 떠들어대고 있다."

스승은 인디언들이 이와 같은 말을 한 까닭은 백인들이 번번이 배신했기 때문이라고 말씀했다.

사람들은 어떻게 하면 말을 잘할 수 있을까를 늘 고민한다.

말을 잘한다는 것은 알맹이를 이루는 뜻이 좋고, 그 뜻을 믿을 수 있을 때 할 수 있는 말이다. 그런데 사람들은 흔히 말이 지닌 무게를 알맹이에 두기보다는 기술에 힘을 싣는다.

말이 비단결처럼 매끄럽다고 해도 알맹이가 없다면 어떨까? 가도 가도 끝이 없는 사막에서 오아시스가 보여 한달음에 달려가 보니 아무것도 없는 신기루가 헛되듯이, 들을 때 달콤하지만 돌아서 짚어보면 뭔 말을 했는지 남는 게 없다면 말에 놀아나고 만 셈이다.

인디언들은 아메리카를 차지하려고 밀어닥친 유럽인들이 한 말, 서류로 만들어 서로 서명한 것을 지킬 줄 알았다. 그러나 약속이 어그러지고 난 뒤로 인디언들은 유럽에서 온 사람들이 콩으로 메주를 쑨다고 해도 믿기 어려웠을 것이다.

믿음이란 말한 사람이 말한 뜻대로 이루어질 때 비로소 일어나는 것으로 미리 알 수 없다. 신뢰라는 말은 '믿을 신信'과 '힘입을 뢰賴'가 모여 이룬 낱말로 사람 말을 믿으면 이에 힘입어 이로워진다는 말이다. 그런데 그 믿음이 번번이 깨지자 '아무런 결과도 없는 말뿐인 말들에 지쳤다.'며 가슴 치는 것이다.

현대를 사는 문명인들이 하는 말도 믿기 어렵기는 마찬가지다. 뭐든지 먼저 찔러 대보고 아니면 말고 식이다. 사정이 이러하다 보니 '팩트 체크'라고 해서 어떤 말이 사실인지를 가려 짚는 꼭지가 여럿 나와 있다. 그런데도 사람들은 무슨 얘기를 믿어야 할지 몰라 갈피를 잡지 못하고 있다.

스승을 가까이서 겪은 이들은 입 모아 말한다. 언행일치, 필행일치를 하고 간 분이라고. 말씀한 대로 글에 쓴 대로 살다 가셨다는 이야기이다. 이계진 선생 같은 분은 스승은 언행근치 하셨다고 말씀하기도 한다. 당신이 보기에 스승은 말씀한 대로 살다가 가신 것이 틀림없으나 스승을 늘 따라다니며 보지 않았으니 잘라 말씀드리기 조심스럽다는 이야기다.

큰 스승을 가까이서 모시는 이들은 말씀 하나 움직임 하나가 이토록 조심스럽다. 아나운서와 국회의원을 한 이계진 선생은 농부가 이듬해 봄에 모낼 볍씨를 가릴 때 옹근 것만 골라 담듯이, 말을 잘 가리고 벼려서 결 고이 하는 분이다.

이계진 선생이 2019년 월간 금강 11·12월호에서 『부처님의 밥맛』이라는 책을 새김질하여 읽어주는 것을 봤다. 그런데 이 책과 헤밍웨이가 쓴 『노인과 바다』를 꺼내 들고 편집부에다가 책을 알아서 고르라며 선택권을 넘겼다. 『부처님의 밥맛』이 KBS 아나운서 선배 이규항 선생이 공들여 펴낸 작품이기 때문이다.

나 같았으면 『노인과 바다』가 아무리 무상을 그린 작품일지라도 줄

거리를 뻔히 아는 작품이니 미뤄두고, 『부처님의 밥맛』은 부처님이 깨달은 중도를 숫자 '0'과 밥맛에 견줘 조곤조곤 풀어내는 새 작품이니 깊이 생각하지 않고 『부처님의 밥맛』을 다뤘을 것이다. 그런데 당신이 작가와 가깝다며 선택권을 편집부에 넘기다니 놀랍다.

다행히 편집부가 『부처님의 밥맛』을 골라준 덕분에 부처님이 누렸던 맨밥, 맹물이 지닌 맛을 한껏 누릴 수 있었다.

우리 어머니들은 장독대나 물독대에 맹물 한 그릇 떠올리며 바깥식구들이 탈 없이 돌아오기를 빌고, 부뚜막에 맹물 한 그릇이나 맨밥 한 그릇을 올려놓고 뒤주에 쌀 떨어지는 일이 없도록 빌었다. 또 혼인하는 가시버시도 맹물을 앞에 놓고 검은 머리가 파뿌리 되도록 아끼며 살겠다고 다짐했다. 맨밥이 벌거벗은 참밥이요 맹물은 감추고 가릴 것이 없이 고스란히 드러낸 참물이기 때문이다.

생각을 벼린 끝에 나온 도타운 말투, 참다운 말결은 그대로 정성이다.

사람은 책을 만들고

2007년 환경재단은 '세상을 밝게 만든 사람 100인'에 사람이 아닌 '물건'을 올렸다. 내로라하는 사람들 사이에 어깨를 나란히 한 것은 '광화문 글판'이다. 2008년에는 한글문화연대가 '우리말 사랑꾼'으로 뽑기도 했다.

글귀는 힘든 사람들 등을 두드려주는 얼거리가 많았다. 외환위기로 사람들이 어깻죽지를 늘어뜨리고 있을 때는 고은 시인한테 일부러 부탁해 받은 다음 글을

모여서 숲이 된다
나무 하나하나 죽이지 않고 숲이 된다
그 숲의 시절로 우리는 간다

세월호 참사를 겪은 바로 다음 달에는 정호승 시 '풍경달다'를 내걸었다.

먼 데서 바람 불어와 풍경 소리 들리면

보고 싶은 내 마음이 찾아간 줄 알아라

1991년부터 이제까지 오래도록 하루하루 도시에서 가까스로 버티는 우리 가슴을 적셔주고 있는 광화문 글판은 이력서 학력란에 늘 '學力'이라고 적은 초등학교도 나오지 못한 남자가 내놓은 뜻이란다.

어려서 병치레하기 바빠 비록 초등학교 문턱도 밟아보지 못했으나 어마어마하게 많은 책을 읽어 밑절미를 튼튼하게 만든 사람, 바로 교보문고를 세운 신영호 선생이다.

이이는 "사람은 책을 만들고, 책은 사람을 만든다."는 신념 하나로 둘레 사람들 반대를 무릅쓰고 종로 1가 1번지 금싸라기 같은 땅에 책방을 세운다.

이 사통팔달, 한국 제일의 목에 방황하는 청소년을 위한 멍석을 깔아줍시다. 와서 사람과 만나고, 책과 만나고, 지혜와 만나고, 희망과 만나게 합시다.

이곳에 와서 책을, 서서 보려면 서서 보고, 기대서 보려면 기대서 보고, 앉아서 보려면 앉아서 보고, 베껴 가려면 베껴 가고, 반나절 보고 가려면 반나절 보고, 온종일 보고 싶으면 온종일 보고, 그리고 다시 제자리에 꽂아놓고 사지 않아도 되고, 사고 싶으면 사 들고 가도 좋습니다.

교보문고를 세운 신용호 선생이 남긴 말이다. 태어나면서부터 병치레라는 병치레는 안 해본 것이 드물 만큼 했던 나는 그래도 신용호 선생보다는 나았다. 초등학교는 마치고 배움이 끊겼으니. 그런 내가 다른 사람들과 어울려 얘기하면서 그리 크게 밀리지 않은 밑바탕 힘은 책 읽기였다. 이렇게 글을 쓸 수 있는 것도 모두 책 읽기에서 비롯했다.

스승 책을 읽지 않았더라면 스승이 빚은 길상사에 갔을 리 없고 가지 않았더라면 책 쓸 엄두도 내지 못했을 것이다.

신용호 선생이 가진 신념이 내게는 뒤집어야 어울린다.

"책은 사람을 만들고 사람은 책을 만든다."라고.

저녁을 바라볼 때는 마치 하루가 거기서 죽어가듯이 바라보라. 그리고 아침을 바라볼 때는 마치 만물이 거기서 태어나듯이 바라보라. 그대 눈에 비치는 것이 순간마다 새롭기를, 현자란 모든 것에 경탄하는 이이다.

앙드레 지드가 쓴 『지상의 양식』에 나오는 말씀이다. 이 책을 보지 않았더라면 어찌 해넘이를 보면서 깊이 고개숙일 수 있었을 것이며, 아스라이 밝아오는 아침을 한껏 누릴 수 있었으랴 싶다.

이번에 스승 말씀을 되새기면서 새삼 놀랐다.

내가 아무 생각 없이 쓰던 말씀 씨앗이 그동안 스승이 남긴 말씀 안에 고스란했기 때문이다. 스승 말씀을 들어 몸에 새겨진 것이 나도 모르는 새에 드러나고 있다니 놀라지 않을 수 없었다. 향을 쌌던 종이에는 그 향이 떠나고 난 뒤에도 오래도록 향내가 난다고 했던가.

　　지난 초봄, 볼일이 있어 남쪽에 내려갔다가 저잣거리에서 우연히
　　아는 스님을 보았다. 만난 것이 아니라 본 것이다. 이 스님은 내가
　　불일암 시절부터 가까이 지낸 사이인데 몇 해 전 길상사를 거쳐 간
　　뒤로는 그 거처도, 소식도 전혀 들을 수 없었다. 내 마음 한구석에
　　는 그 스님의 맑은 모습이 꽃향기처럼 지금도 남아 있다.
　　나는 남의 차에 탄 채 지나가는 길이고, 그 스님은 길가에서 걸망
　　을 메고 누군가를 기다리는 모습이었다. 순간 반가워서 차를 멈추
　　게 했다가 내리지 않고 그대로 지나쳤다. 제 거처를 알리지 않고
　　호젓하게 지내고자 하는 수행자를 불쑥 만나는 것은 아무래도 폐
　　가 될 것 같아서였다.

　『아름다운 마무리』 '책다운 책' 첫머리에 나오는 스승 말씀이다. 부담
을 지우지 않으려는 마음 씀이 다가오는 말씀이 아닐 수 없다. 알 수 없
는 일이지만 스승이 말씀하는 이 스님은 내 생각에는 황선 스님이 아닐
까 싶다. 송광사에서 산문밖에 나가지 않는 천일기도를 두 차례나 치르
고 길상사에 와서 살면서 꽃밭을 열심히 가꾸던 황선 스님.
　황선 스님이 길상사에 사실 때 두 번 찾아갔다. 한 번은 스님이 부르
셔서 한 번은 내가 찾아뵙겠다고 했다. 처음 찾아갔을 때는 여름날이었
는데 아무것도 없이 말끔한 방에 물이 담긴 하얀 도자기에 떠 있는 꽃
세 송이가 반겼다. 그리고 가을에 찾아갔는데 곱다라니 물든 단풍 일곱

잎이 방바닥에 누워 손을 맞았다.

길상사 2대 주지인 지관 스님이 떠나고 나서 스승은 황선 스님에게 주지를 맡아달라고 했다. 거듭 손사래 치던 황선 스님, 법문을 하지 않겠다는 조건으로 주지를 맡는다. 부처님 말씀을 오롯이 알리려면 한 사람 한 사람 마주 앉아 놓인 처지에 따라 말씀을 나눠야 한다는 생각에서였다.

황선 스님과 마주 앉은 두 차례 자리 한 번에 하나씩 얻어서 돌아왔다.

'무엇을 하겠다고 뜻을 냈으면 거듭 이어가야 한다. 이어가지 못할 형편이라면 내 대신 이어갈 사람을 앉혀 놓아야 한다. 그럴 수 없으면 아예 발을 내디디지 말아야 한다.'는 것과 '극복하려고 몸부림치지 말라, 제힘을 넘어선 무엇을 이루려고 안간힘을 써서 이룬 것은 상처뿐인 영광이 아니라 마음 깊이 상처만 남을 뿐'이라는 말씀이다. 겉으로 무엇을 이뤘다 한들 평정을 잃은 마음에 남아 있을 것이 무엇이 있겠느냐는 얘기다.

사람들은 흔히 힘껏 한다는 말을 오해하고는 죽을 둥 살 둥 모르고 치달아 제힘을 넘어서는 것으로 받아들인다. 아니다. 힘껏 한다는 말은 힘에 부치지 않은 한도 안에서 아낌없이 쏟는 것을 가리킨다. 무엇을 이루고 죽으면 무슨 소용인가.

스승은 이와 같은 황선 스님이 사는 곳도 알리지 않았을 때는 그만한 까닭이 있을 것이다 싶어 아는 체하지 않고 돌아섰을 것이다. 어디까지나 내 생각일 뿐 스승이 말씀한 스님이 황선 스님인지 알 길은 없다.

스승은 2006년 봄, 책을 기리는 '책의 날'을 맞아 교보문고에서 책 이야기 나누셨다. 스승은 이 자리에서 "우리 삶에 영향을 끼치는 것이 여럿 있으나 그 가운데 책이 주는 영향이 가장 크다."고 말씀하면서 "책은 자신을 바로 세우고 세상을 보는 눈을 뜨게 한다."고 하셨다. 책을 가려서 읽어야 한다, 읽고 나서 남에게 읽어보라고 자신 있게 권할 수 있는 책이 좋은 책이라고 말씀한 스승은 "두 번 읽을 가치가 없는 책은 한 번 읽을 가치도 없다."고 했다. 아울러 읽을 때마다 새롭게 배울 수 있고, 삶의 의미와 기쁨을 안겨주는 책이 수명이 긴 책이라고 하면서 책을 가까이하면서도 책으로부터 자유로워야 한다고 말씀했다.

지나온 자취를 되돌아보니, 책 읽는 즐거움이 없었다면 무슨 재미로 살았을까 싶다. '책에는 길이 있다.'는 말이 있는데 독서인이라면 누구나 공감할 교훈이다. 학교 교육도 따지고 보면 책 읽는 훈련이다. 책을 읽으면서 눈이 열리고 귀가 뜨인다.

『아름다운 마무리』 맨 마지막을 꾸민 '책에 읽히지 말라'에 나오는 말씀이다. 스승은 이 꼭지에서 "인간 형성에 도움이 되지 않는 독서(지식이나 정보)는 더 물을 것도 없이 사람에게 해롭다고 하면서 다음과 본보기를 꺼내든다.

육조 혜능 스님 회상에 『법화경』을 독송하기 7년이나 되는 한 스님이 있었는데, 그는 경전을 그저 읽고 외웠을 뿐 바른 진리 근원에 이르지 못했다. 이런 경우 경전 자체에 허물이 있는 것이 아니라 경전을 읽는 그 사람 태도에 문제가 있는 것이다. 먼저 마음의 안정이 없으면 경전에 담긴 뜻을 제대로 이해할 수 없다. 그리고 경전의 가르침을 제 삶으로 받아들이지 않으면, 설령 『팔만대장경』을 죄다 외울지라도 아무 의미가 없다.

놓쳐서는 안 될 말씀이다. 스승이 부처님오신날에 오늘은 부처님이 오신 날이 아니라 부처님이 오시는 날이라고 거듭 말씀하는 까닭이 이 말씀에 다 담겨 있다. 건성건성 읽어서 줄줄 다 외우고 누구에게 좔좔 풀어서 말을 번드르르해도 삶이 되어 나오지 않는 앎이란 알음알이에 지나지 않는다고 하는 말씀이다. 스승은 거듭 말씀한다. 이렇게 읽는 것은 책을 읽는 것이 아니라 책에 읽히는 것이라고. 주객이 바뀌면 책을 읽는 의미가 없다는 드잡이다.

새봄, 내 책상 위에 책 두 권이 놓여 있다. 프랭크 스마이드의 『산의 영혼』과 팔덴 갸초의 『가둘 수 없는 영혼』이다. 프랭크 스마이드는 영국 등산가이며 저술가인데 그는 등산을 운동이나 도전으로 생각하지 않고 명상하기 위한 산책이라고 한다. 그는 산을 걷는 명상가이다.

팔덴 갸초는 티베트 라마승인데 중국이 티베트를 침략한 뒤 30년 동안 그가 겪은 고난의 기록이다. 그는 어떤 고난에도 스승과 영혼의 가르침을 저버리지 않고 강인한 정신력을 지켰다. 그에게는 감옥이 사원이고 족쇄와 수갑이 경전이었다.

역시 '책에 읽히지 말라'에 나오는 말씀이다. 여기서 무엇보다 '등산을 운동이나 도전으로 여기지 않고 명상하려는 산책'이라는 말이 확 와 닿았다. 황선 스님 말씀처럼 뭘 넘어서야 하겠다고 쓰는 안간힘은 두고두고 상처로 남는다. 넘어서려 하지 말고 이제 여기서 바로 누리는 것이 바로 명상이다. 팔덴 갸초 스님은 『가둘 수 없는 영혼』에서 당신을 가두고 고문하는 중국 사람을 미워하게 될까 봐 두려웠다고 했다. 선정(명상)에 들어야 하는 까닭이다.

스승이 마지막까지 가지고 계시던 책은 모두 여섯 권이다. 돌아가시고 나서 어떤 책이 남아 있는지 알려지지 않았을 수도 있었을 텐데 세상에 밝혀진 까닭이 있다.

스승은 1971년 '미리 쓰는 유서'에서 "평생에 즐겨 읽던 책이 내 머리맡에 몇 권 남는다면, 아침저녁으로 '신문이요!' 하고 나를 찾아주는 그 꼬마에게 주고 싶다."라고 쓰셨다.

그 꼬마는 스승이 봉은사 다래헌에 사실 때 경내 심부름을 하던 아이다. 그런데 스승이 돌아가시면서 남긴 유언에 "머리맡에 남아 있는 책을 내게 신문을 배달한 사람에게 전하여 주면 고맙겠다."라고 하셨다.

덕분에 온 나라 사람들이 스승 머리맡에 남은 책이 『벽암록』, 『선시』, 『월든』, 『생텍쥐페리의 위대한 모색』, 『선학의 황금시대』 그리고 『예언자』라는 것을 알게 된다.

『예언자』는 레바논 시인이자 화가인 칼릴 지브란(Kahlil Gibran, 1883~1931)이 쓴 책이다. 불서 세 권과 소로우가 오두막 살림 이야기를 남긴 『월든』, 그리고 어린 왕자를 즐겨 읽으셨던 스승이 『생텍쥐페리의 위대한 모색』를 남겨뒀다는 것은 다른 분들도 그럴 만하다고 고개를 끄덕일 것이다. 예언자는 어쩐 일로 끝까지 남을 수 있었을까? .

『예언자』는 사랑 문답으로 시작한다. 이어 결혼, 고통, 우정을 이야기하다가 먹고 마시고 입는 일상이야기로 나아간다. 사랑을 다루는 꼭지에선 "사랑은 사랑 말고는 아무것도 주지 않으며 사랑 말고는 아무것도 바라지 않고, 사랑은 소유하지도 소유 당할 수도 없으며, 사랑은 그저 사랑으로 넉넉할 뿐"이라고 하고, 혼인을 다루는 꼭지에서는 "서로 사랑하라, 그러나 사랑에 매이지는 말라. 차라리 그대들 영혼 기슭 사이에 일렁이는 바다를 두어라. 함께 노래하고 춤추며 즐거워하되 따로 있도록 하라. 마치 현악기 줄들이 한 노랫가락을 울릴지라도 줄은 따로 떨어져 있듯이."라고 얘기한다.

아이를 다루는 꼭지에선 "그대가 낳은 아이라고, 그대 아이는 아니다. 그이들은 스스로 열망하는 생명 아들이요 딸이다. 그이들은 그대를 거쳐 왔으나 그대에게 온 것이 아니다. 그러므로 비록 그이들이 그대와 더불어 있더라도 그이들이 그대 소유물은 아니다."라 한다.

아무리 생각해도 책에 길이 있다.

소리 내어 읽으면 영혼을 맑힌다

소리 내어 읽으면 영혼을 맑힌다
책장을 펼치면 귓속으로 들여오는
거룩한 말씀 한 자락
그 무엇으로도 망가뜨릴 수 없는
영원한 빛이 되리라

스승이 펴낸 『그물에 걸리지 않는 바람처럼』 겉을 두르는 띠지 앞에
나오는 말씀 자락이다. 띠지 뒤를 꾸민 말씀은 다음과 같다.

몇 번이고 읽고 싶고
만나고 싶어지는
삶을 바꾸고 사람을 바꾸고
앞날을 바꿀 감동 어린 말

잘 자란 나무처럼
곧고 맑은 정신을 만난다

　스승은 이 책 머리말 '마음으로 읽는 불교 경전'에서 경전을 읽을 때 상황과 심경을 경전 형식에 얽매이지 않고 신앙생활을 하는 사람들에게 자유롭게 하신 말씀이라 풀어놓는다. 아울러 이 책을 읽는 이들에게 경전은 눈으로 읽지 말라, 제 목소리로 두런두런 소리 내어 읽을 때 그 메아리가 영혼에까지 울린다고 말씀한다.

　글이 말이 되려면 소리 내어 읽어야 한다. 눈으로 읽으면 머리로 받아들일 수밖에 없다. 소리 내어 읽어야 머리뿐 아니라 몸에 켜켜이 쌓인다.

　우리는 흔히 골(뇌)이 중요하다고 말한다. 그러나 골이 헤아린 대로 살아내는 건 몸이다. 받아들인 뜻이 머리뿐 아니라 몸에 새겨질 때 눈빛으로 손짓과 발짓을 비롯해 몸짓으로 뜻을 살릴 수 있다.

　귀로 듣는 소리 명상 못지않게 소리 내어 읽거나 말하는 소리 명상을 해야 하는 까닭이다.

　소리 명상을 하는 데 있어 빠뜨릴 수 없는 것이 운율이다.

　그런데 불자들은 대체로 경전을 잘 읽지 않는다고 알려져 왔다. 경전이 대부분 한자로 된 탓에 한문을 공부한 이들이 아니고서는 가까이하기에는 너무 먼 당신이기 때문이다. 그러나 1990년대에 들어서면서 부처님 목소리가 생생하게 담긴 빨리어 경전을 우리말로 풀어낸 것들이 하나둘 나타나더니 2000년대 초반 전재성 박사가 디가니까야를 비롯한 니까야를 완역해 내놓았다. 이어서 각묵 스님과 대림 스님이 뜻을 모아 니까야를 펴냈다. 그러면서 재가불자들 사이에서 부처님 말씀이 스펀지에 물 스며들 듯이 가만가만 살살 여울지고 있다.

불경은 부처님이 제자들에게 하신 말씀을 제자들이 함께 외워 이어 오다가 뒷날 적바림한 것이다. 그래서 요새 나온 책처럼 책상머리에 앉 아 문법에 맞춰 써서 남긴 글이 아니라, 입에서 입으로 이어온 입말이 어서 말씀한 분 숨결이 고스란하다. 그런 말씀을 입을 꾹 닫고 앉아 눈 으로만 읽는다면, 말씀으로 다가오지 않는다. 눈으로 받아들여 머리에 고인 것은 메마른 지식에 그치고 만다. 그러나 크게 소리 내어 읽으면 뼛속 깊이 스미고 가슴 깊이 울린다.

눈으로 읽기가 머리에 끼워 넣기라면 소리 내어 읽기는 몸에 새김이 다. 더구나 입에서 입으로 이어온 부처님 말씀은 본디 운율을 넣어 읊 던 시 가락이었으니 긴 시를 읊듯이 읽어 내려가다 보면 시대를 거슬러 부처님 법석에 앉아 듣거나 경전 결집을 할 때 그 자리에 앉아 있는 것 같은 느낌이 들 때가 적지 않다.

불경을 소리 내어 읊다가 옛 어른들이 아이들에게 『천자문』을 비롯한 『동몽선습』이나 모든 책을 읽힐 때 소리 내어 읽도록 한 까닭을 알았다.

절집에는 여럿이 어울려 불경을 입 모아 읊는 전통이 이어져 왔다. 예불에 참석한 불자는 누구라도 이와 같은 경험이 있을 것이다.

전에는 경전이 모두 한자로 되어 있어 무슨 말씀인지 알지도 못하고 그 저 앵무새처럼 따라 외웠을 뿐이나 요즘에는 우리말로 풀어낸 반야심경 이나 천수경, 무상게를 읊다 보니 신바람이 절로 난다. 특히 초기경전 니까야는 부처님 말씀을 고스란히 옮긴 것이기에 소리 내어 읊다 보면 부처님이 조곤조곤 말을 건네시는 것 같은 착각에 곧잘 빠지곤 한다.

길동무들과 돌아가면서 한 꼭지씩 읽는 것으로 시작해 기어이는 함께 읊는데, 처음에는 엇박자가 나지만 머잖아 서로 호흡이 딱딱 맞는다. 마치 반딧불이 수천 마리가 처음에는 서로 엇갈려 반짝이다가 기어이는 모두 한꺼번에 번쩍이는 것처럼.

어울려 읽다 보면 길동무 목을 빌려 나오는 부처님과 제자들 목소리에 빠져들어 시간 가는 줄 모른다. 그럴 뿐 아니라 경전을 소리 내어 조곤조곤 낮은 목소리로 읽어 내려가면 부처님이 거룩한 어른이라기보다 이웃 할아버지처럼 가깝게 여겨진다.

디가니까야 『대반열반경』에서 부처님은 "아난다여, 허리가 걸리는구나. 누어야겠다."고 하신다. 또는 "아난다여, 가사를 네 겹으로 접어서 깔아다오. 아난다여, 피곤하구나. 나는 좀 앉아야겠다."고 말씀한다.

늙고 마른 몸으로 바닥에 앉거나 누우니 몸이 배기셨는지 두툼하게 깔개를 만들어달라고 하는 모습이 눈에 선하다. 이어 "아난다여, 물을 좀 떠다 다오. 목이 마르구나." 하고 말씀한다. 이 대목에서는 '늙으니 입이 자주 마르시구나.' 하고 실감이 난다.

이처럼 소리 내어 읽다 보면 눈으로 읽을 때 스쳐 지나가던 대목들이 말씀으로 다가온다.

"어떤 종교 경전이든지 경전은 소리 내어 읽어야 합니다. 그저 눈으로 스치지만 말고 소리 내어 읽을 때 그 울림에 신비한 기운이 스며 있어 그 말씀을 한 분 목소리를 들을 수 있습니다."

2006년 교보문고 강남에서 열린 '책의 날에 책을 말하다'에서 스승이 하신 말씀이다.

찰리 채플린이 움직이는 사진, 영화를 처음 만들면서 스스로 감탄해 마지않았다. '사람들이 이걸 보면 빵! 터져나갈 거야.' 기대감에 잔뜩 부풀어 개봉했다. 그런데 사람들 반응은 겨우 "예, 좋아요."였다.

맥이 풀린 채플린은 '아니 대체 왜 이래? 뜨뜻미지근하다니, 사람들이 다 제 정신이 아닌 거 아냐?' 실망이 이만저만이 아니었다. 그러나 어쩌랴.

무엇이 잘못됐는지 골똘히 생각하던 찰리 채플린, 영화를 다시 만들었다. 그렇게 빚은 작품이 '모던타임즈'이다. 결과는 어땠을까?

사람들 반응이 터져나갔다. 대사를 넣었느냐고? 아니다. 아직 사람 목소리를 넣을 실력은 없을 때라서 배경 음악만 깔았다. 그랬을 뿐인데 사람들은 "찰리 채플린!"을 열광했다.

소리에는 울림이 따른다. 찰리 채플린 얘기는 서정록 선생이 쓴 『잃어버린 지혜, 듣기』에서 모셨다. 같은 책에서 서정록 선생은 만트라(진언)는 흔히 말하듯 되풀이하는 데서 그 힘이 길러진다고 했다. 떠올릴 수 있도록 되풀이하고, 우리 본디 마음자리를 깨우치려고 천 번 만 번 되풀이하는 것으로 만트라는 온몸과 마음, 넋에 울림을 준다고 말씀했다.

경전을 읊다 보면 세포 하나하나가 살아나는 것을 느낄 수 있다. 경전을 입으로 소리 내어 읽어 귀가 열리고 뼛속까지 떨려 들어온 것이 삶으로 울려 퍼지는 기적을 누리는 요즘, 경전이 맛있다.

일을 명상하다

'우리에게 일은 무엇이며 어울려 일하는 이웃은 내게 무엇인가?' 이런 생각을 하면서 일을 하거나 일터를 꾸리는 사람이 얼마나 될까?

오랜 병치레를 떨치고 사회와 맞닥뜨린 10대 후반. 굶어 죽지 않고 제 앞가림하고 살려니 일자리를 찾지 못하면 장사라도 해야 한다는 생각뿐이었다.

중학교에 입학하고 얼마 지나지 않아 가슴막염을 앓아 휴학했다. 이듬해 봄, 다시 1학년이 되었으나 석 달 만에 병이 도져 학교를 그만뒀다. 한 해를 거르고 동무들이 고등학교에 들어가던 해 또 중학교에 들어갔으나 석 달 만에 그만둬야 했다.

병치레를 마치고 나니 몸무게 47kg에 세 살 때 소아마비를 앓아 오른쪽 다리를 저는 몸뿐이었다. 몸이 허약한 것보다 다리를 저는 것이 더 큰 문제였다. 공사장에서 잔심부름이나 허드렛일을 하려고 해도 다리를 절다 미끄러지거나 높은 데서 떨어지면 뒷감당하기 힘들다고 고개를 흔들었다. 몸 쓰는 일터만이 아니라 머리 쓰는 일터도 찾기 힘들기는 마찬가지였다.

때마침 만화책 뒤에서 만화가 지망생을 찾는다는 글을 봤다. 병치레하면서 가장 가까이한 게 만화책이다. 취미랄 것까지는 아니더라도 할 일이 없다 보니 만화는 퍽 따라 그렸다. 서툴긴 하지만 '옳다구나!' 싶었다. 만화를 몇 컷 베껴 그려 부쳤다. 소식이 왔다. 짐을 싸 들고 오라고.

처음 간 내게 처음 주어진 일은 흑백 만화 검은 칠하는 일이었다. 집집이 텔레비전이 없을 만큼 볼거리가 마땅치 않아 어른·아이 가릴 것 없이 만화를 보던 때라 일거리가 밀려 잠잘 새도 없었다.

병을 떨쳐내고 얼마 되지 않았을 때라 힘이 부쳤다. 멀리 있는 뒷간에 가려고 쪽마루에 걸터앉아 신발을 신다 말고 코 골기 일쑤였다.

일주일 만에 손을 들고 심부름 나온 길에 집으로 전화를 했다. 어머니에게 긴한 일이 있으니 집에 다녀가라는 전보를 쳐달라고 했다. 전보를 받자마자 줄행랑. 첫 도전은 그렇게 무참히 깨졌다.

집으로 돌아온 나는 경동시장에 나가 홍시 한 궤짝을 사다 팔려고 나섰다. 길음시장 가는 길 외진 곳에 똬리를 틀었다. 목이라고 할 수 없을 만큼 외진 데다가 모자를 푹 눌러쓰고 고개마저 수그리고 웅크리고 앉아 있는 내 물건을 사줄 사람은 없었다. 사흘 동안 한 개도 팔지 못하고 물러섰다. 두 번째 실패.

그대로 주저앉을 수는 없었다.

고물상에 가서 바퀴 두 개를 사다가 조그만 손수레를 짰다. 모판을 올리고 엿과 땅콩을 받아다가 초등학교 정문에서 멀찌막이 떨어진 데에 자리 잡았다. 문 앞에는 이미 터를 잡은 사람이 있었기에. 장사는 잘 되었을까? 그럴 리가. 그래도 드문드문 사주는 이들이 있었다. 손님은 주로 코흘리개 아이들이었다. 여기서도 처음 사흘은 고개도 들지 못했다. 나흘째가 되니 비로소 둘레둘레 돌아볼 겨를을 찾았다.

그런데 먼발치 담 귀퉁이에 서서 손가락을 빼물고 땅콩이나 엿을 사먹는 아이들을 물끄러미 바라보는 아이가 눈에 들어왔다.

손짓으로 불러서 엿가락 두 개와 땅콩 한 줌을 쥐여주고는 아무에게도 말하지 말고 혼자서 살짝 먹으라고 했다. 거저 줬다는 얘기가 퍼지면 돈을 주고 사 먹던 아이들도 다 달려들어 손을 내밀지도 모른다는 생각이 들어서 그랬다.

웬걸, 한 시간도 되지 않아 아이들이 새까맣게 몰려들어 손을 내민다. 일주일을 넘기지 못하고 또 망했다.

사회에 내디딘 첫걸음부터 엉키고 만 까닭은 어디에 있을까?

어째서 일을 해야 하는지 하는 까닭은 말할 것도 없이, 내가 그 일을 할 수 있는 바탕을 갖췄는지 짚어볼 생각도 하지 않을 만큼, 아무런 마련도 없이 어설피 달려든 탓이다.

일을 제대로 할 줄 모르거나 손을 대는 일마다 옹글게 일궈나가지 못하는 사람들은 이처럼 마련을 제대로 하지 못했기 때문이다. 흔한 말로 지피지기하지 못한 탓이다.

'지피'란 저쪽 그러니까 일, 장사로 치면 손님이다.

저쪽이 참으로 바라는 것이 무엇인지 아는 것이 '지피'다.

'지기'란 이쪽 그러니까 내가 그 일을 할 만한 깜냥을 갖추었는지 살피는 일이다.

'지피지기면 백전불태'에서 가리키는 백전불태란 백번 붙어도 물러서지 않을 수 있다는 말이다. 사람들은 이 말을 백번 싸워 한 번도 지지 않는다고 받아들인다. 그런가? 잘 새겨보라.

저쪽과 내가 서로를 잘 안다면 싸움이 날 리 없다. 서로 잘 알아 서로 힘을 주고받을 사이가 바로 동무, 같은 일을 꾀하며 어깨동무하는 사이가 된다. 조그만 악어와 악어새 사이를 떠올려 보면 금세 알 수 있을 것이다.

이따금 다툴 일이 생겨도 그쪽이 하는 말을 귀담아듣고 그러는 까닭을 헤아려 '아, 너는 그래서 그랬구나. 나는 이래서 이렇게 말했던 건데 알고 보니 서로 잘살아 보려고 생각했던 거네.' 하거나 '네 생각과 내 생각이 다르구나. 그건 그럴 수도 있겠어. 그럼 이제 어떻게 할까? 네가 내놓은 생각과 내 생각 말고 또 다른 수는 없을까?' 하며 서로가 상대 뜻이 거슬린다고 받아들이지 않고 다시 머리를 맞대다 보면 앙금이 생길 틈이 없다. 가볍게 뜻이 어긋난다고 하더라도 싸울 일은 없다는 말이다.

이른 봄 잎을 맺기도 전에 꽃을 피우는 나무들이 있다. 눈 속에서 고개를 내미는 매화나 복수초, 아직 아무것도 깨어나지 않았을 것 같은 산에 분홍빛깔 물을 들이는 진달래, 봄을 반긴다는 영춘화 그리고 대부분 남쪽으로 기우는 꽃들과 달리 북쪽을 바라본다는 목련 따위가 그것이다.

전라도 사람들은 이 꽃들을 가리켜 싸가지 없는 꽃이라며 우스갯소리 한다.

싹수 없다는 뜻으로 싹이 트기 전에 꽃부터 피운다는 뜻이다. 이 꽃들을 보며 마련도 없이 서둘러 꽃을 피웠다고 손가락질해서는 안 된다. 봄을 맞아 서둘러 꽃을 피우려고 한 해 앞서 잎을 돋우며 부지런히 제 앞가림해온 나무들이다. 이처럼 마련되어 있는 삶은 어떤 것일까? 스승이 남긴 말씀 결을 따라가 본다.

"우리에게 주어진 직업은 그것이 한낱 생계를 위한 방편이나 수단이 아니라 사는 소재임을 알아야 한다. 그 일을 통해 아름다운 사람 관계를 이루고 자기 자신을 알차게 만들어 가야 한다. 그 사람이 그 일을 하지만, 또한 그 일이 그 사람을 만들기도 한다. 그러니 남을 위한 일이 어디 있겠는가. 모두가 내 일이고 내 몫이다."

어른 스님은 그 꼭지에서 윤오영이 쓴 '방망이를 깎던 노인' 이야기를 하세요. 방망이를 깎아달라고 주문한 손님이 차 시간에 쫓겨 더 깎지 않아도 좋다며 대충 달라고 하니까 다른 데 가서 사라며 안 팔겠다고 내뱉는 고집쟁이 영감님 이야기인데요. 스님은 비록 그 영감님이 길가에 앉아 방망이를 깎고 있을망정, 자기 일에 긍지를 가질 수 있게 된 데는 일이 생활 방편이 아니라 목적이며 삶 그 자체라고 여기기 때문이라고 하셨어요. 스님은 사람 사회 균형과 조화를 위해 저마다 몫몫이 주어진 일이 있다며, '천직을 가진 사람은 꽃처럼 날마다 새롭게 피어나 자신이 하는 일을 통해 날로 성숙해 간다. 자신이 하는 일에 애착과 긍지를 지니고 전심전력을 기울여 꾸준히 하면 그 일이 바로 천직이 아니겠느냐'고 말씀하셨어요. 그 말씀은 마치 스님께 직접 들은 듯이 귓가에 생생해요.

스승과 인연 맺은 이들을 만나 스님 자취를 더듬으며 빚은 책 『가슴이 부르는 만남』 '나석정 편'에 나오는 말씀이다.

스승은 '직업인가 천직인가' 방망이를 깎는 노인 말씀 아래에서 일본 작가가 쓴 '마지막 손님' 이야기를 꺼냈다. 춘추암이라는 과자가게에서 네 해째 일하는 열아홉 살 게이코라는 아가씨 이야기다.

눈이 내리는 겨울밤 가게 문을 닫고 큰길로 나섰을 때 지붕 위에까지 쌓인 자동차 한 대가 어느 집을 찾는 듯 멈칫멈칫 지나갔다. 게이코가 혹시나 해서 돌아보니 제가 일하는 가게 앞에 멈춘다. 게이코가 달려가 자동차 창을 두드리자 창문이 열렸다.

운전대에 앉아 있는 사내가 말했다. 어머니가 암으로 오랫동안 병상에 계셨는데 앞으로 남은 삶이 하루 이틀이란 말을 오늘 아침 의사에게 들었다. 어머니에게 뭐 잡숫고 싶은 것이 있느냐고 여쭈니 "전에 오오쓰에 있는 춘추암이란 과자가게에서 만든 과자가 무척 맛있더라. 그걸 한 번 더 먹고 싶구나." 하셨다. "제가 사 올 테니 기다리세요." 하고 집을 나왔지만, 때마침 눈이 내려 고속도로에 차들이 밀리는 바람에 밤이 늦고 말았다. 그런데 이미 가게 문이 닫혀 어쩔 줄 몰라 하던 참이다.

이 말을 들은 게이코는 가게 문을 열고 환자가 먹을 만한 과자를 골랐다. 손님이 값을 치르려 하자 게이코는 과잣값을 받을 수 없다고 말한다. 고개를 갸웃거리는 손님에게, "이 세상을 떠나는 마지막 길 우리 가게 과자를 잡숫고 싶다는 손님께 드리는 모처럼 저희 마음이니까요."라고 한다.

문밖에 나가 눈 오는 밤이니까 운전을 조심하며 돌아가시라고 보내드리고 가게로 돌아온 게이코. 제 지갑에서 돈을 꺼내 돈 통에 넣는다. 코트를 사려고 꼬박꼬박 모아 온 그 돈에서.

스승은 게이코는 일터에서 '조그만 가게임을 부끄러워하지 말라. 그 조그만 그대 가게에 아름다운 사람 마음을 가득 채우자.'라는 이 말을 손님을 맞이할 때마다 고스란히 채워갔다고 말씀했다.

글을 마치며 "그 사람이 그 일을 하지만, 또한 그 일이 그 사람을 만들기도 한다. 그러니 남을 위한 일이 어디 있겠는가. 모두가 내 일이고 내 몫"이라고 한 스승 말씀은 현대를 사는 우리가 내남없이 깊이 새겨야 할 말씀이 아닐까.

일터를 명상하다

사람이 살아가려면 일을 하지 않을 수 없다. 먹고 사는 일은 살아있는 모든 목숨붙이가 짊어진 짐이다.

우리에게 일터란 무엇이며 그 일터를 어떻게 가꾸어야 할까? 내가 농부였다면 직접 우리를 먹여 살리는 거룩한 논밭을 바탕으로 말씀드렸으련만 안타깝게도 나는 손에 흙을 묻히지 않고 살아가는 가방끈 짧은 책상물림이다. 이른바 농부 등쳐먹고 살아온 '도시내기'다. 하는 수 없이 나와 다를 바 없이 도시를 바탕에 두어 일터를 여는 기업 이야기를 하려고 한다.

스승은 『무소유』 '녹은 그 쇠를 먹는다'에서 직장에서 대인관계를 잘 이루지 못해 갈등을 빚을 때 먼저 제 마음을 다스려야 한다고 말씀한다. 아울러 미움에 휩싸이면 마치 녹이 그 쇠를 먹는 것처럼 스스로 녹슬고 만다고 말씀한다.

직장에서 대인관계처럼 중요한 몫은 없을 것이다. 모르긴 해도, 정든 직장을 그만두게 될 때, 그 원인 중에 얼마쯤은 바로 이 대인관계도 있지 않을까 싶다.

어째서 똑같은 사람인데 어느 놈은 곱고 어느 놈은 미울까. 종교 측면에서 보면 전생에 얽힌 사연들이 조명되어야 하겠지만, 상식 세계에서 보더라도 무언가 그럴만한 꼬투리가 있을 것이다. 원인 없는 결과란 없는 법이니까.

그렇다 하더라도 직장이 '외나무다리'가 되어서는 안 된다. 우선 같은 일터에서 만나게 된 인연에 고마워해야 할 것 같다.

…… 아니꼬운 일이 있더라도 내 마음을 나 스스로 돌이킬 수밖에 없다. 남을 미워하면 저쪽이 미워지는 게 아니라 내 마음이 미워진다. 아니꼬운 생각이나 미운 생각을 지니고 살아간다면, 그 피해자는 누구도 아닌 바로 나 자신이다. 하루하루를 그렇게 살아간다면 내 인생 자체가 얼룩지고 만다.

…… 미워하는 것도 내 마음이고, 좋아하는 것도 내 마음에 달린 것이다. "화엄경"에서 일체유심조라고 한 것도 바로 이 뜻이다.

그 어떠한 수도나 수양이라 할지라도 이 마음을 떠나서는 있을 수 없다. 그것은 마음이 모든 일의 근본이 되기 때문이다.

〈법구경〉에는 이런 비유도 나온다.

"녹은 쇠에서 생긴 것인데 점점 그 쇠를 먹어버린다."

이와 같이 마음씨가 그늘지면 그 사람 자신이 녹슬고 만다는 뜻이다.

어떤 사람이라도 직장생활을 하면서 윗사람 눈에 나고 싶은 사람은 없으며 동료나 아랫사람과 갈등을 빚고 싶은 사람도 없을 것이다. 그러나 사람마다 뜻이 다르고 좋아하는 것이 다 다르기에 어긋날 수밖에 없다.

사실 어긋나는 것은 그 사람과 내가 아니라 그 사람이 편 뜻과 내가 내놓은 뜻이다. 그런데 그 사람이 어긋나는 사람이라고 받아들이고 나면 미움이나 원망이 그 사람이나 그 사람이 편 뜻에 손뼉 치는 사람에게 쏟아진다.

이런 마음이 들 때는 잠깐 입으로 "후" 하고 숨을 길게 내쉬어 보라. 숨이 다 빠져나갔다고 여기면 입을 다물라. 그러면 저도 모르게 숨이 들어와 찰 것이다. 그렇게 하기를 서너 차례 되풀이하라. 그다음에 다루는 사안이나 쟁점과 사람을 떼어놓고 생각해보라.

말은 쉬운데 말처럼 쉽지 않다고? 맞는 말씀이다. 그리 쉬우면 얼마나 좋겠는가. 어렵다고 맥없이 물러서서는 안 된다. 그렇게 하지 않고는 살아갈 수 없기 때문이다.

마땅하다고 여기는 일을 억지로 해야 한다. 억지로 하지 않고는 길이 들지 않는다. 길이 몸에 들어 길과 몸이 하나 되어야 물러서지 않고 한결같이 그 길을 갈 수 있다.

어떤 일을 겪을 때 제 마음을 먼저 살피고, 어울리는 이웃을 아우르라는 스승 말씀처럼 명상에 들 때 가장 밑바탕에 깔아야 하는 마음이 바로 회심, 돌이켜 보는 마음이다.

백지장도 맞들어야 가볍고 손뼉이 마주쳐야 소리가 난다. 그렇듯이 일터를 꾸리는 이들이 화음을 이루려면 어떻게 해야 할까?

아침에 일을 시작하기에 앞서 3분에서 5분쯤 모두 모여 우리가 뜻을 모아 일을 하는 까닭을 되새기고 어려움이 있더라도 서로 다독이겠다는 명상을 한다. 일을 마칠 때도 마찬가지로 하루를 돌아보며 함께 해서 고마웠다는 명상을 한다.

그런다고 뭐가 달라지겠어? 하는 비웃는 이가 있을지도 모른다. 그래도 꿋꿋이 이어가야 한다. 가다 보면 뜻하지 않은 좋은 열매가 달릴 것이라 믿으며.

> 배움터와 일터가 서로 살림터인 줄 아는 우리는, 바르게 배우고 거둬들인 것을 어울리는 그대와 세상에 고루 돌아가도록 하겠습니다. 맡은 일이 벼슬이 아닌 줄 아는 우리는, 더불어 배우고 일하는 그대를 도두보겠습니다.

『벼리는 불교가 궁금해』 닫는 글 '평화누리살림'에 나오는 '배움터와 일터를 옹글게 꾸려가겠습니다'에 나오는 말씀이다.

일하기에 앞서 하는 명상에 이 같은 다짐을 넣어도 좋을 것이다.

스승은 『물소리 바람소리』 '운문사의 자매들에게'에서 글도 배우지만 행도 배워 익혀야 하는데 행은 도량이 아니고서는 제대로 배우고 익히기가 어렵다고 말씀한다. 함이 없는 헤아림은 공허하기 쉽고, 헤아림이 따르지 않는 함 또한 줏대도 원칙도 없이 덮어놓고 하는데 떨어질 위험이 있다고 짚으셨다. 해행일여解行一如, 헤아림에는 반드시 함이 따라야 한다는 믿음이 굳게 서야 한다고도 하셨다. 이 말씀 끝에 바로 잇달아 '쓸모 있는 공부를 하라.'고 일깨우셨다.

> 일단 배운 것은 그대로 제 것으로 수용되어 생활화하고 인격화되어야 합니다. 한번 배운 것은 남에게 가르쳐 보일 수 있어야 합니다. 사오 년 또는 오륙 년 걸쳐 소정의 과정을 마치고 나서도 벙어리가 된다면 배우는 의미는 전혀 없습니다. 배운 것을 밑천으로 법문도 할 수 있어야 하고, 또한 사유를 거쳐 제 것으로 재창조도 할 수 있어야 합니다. 부디 용처가 있는 공부를 하십시오.

배운 것을 머릿속에만 담아둬서는 아무짝에 쓸모없다는 말씀이다. 가르칠 수 있을 만큼 삶으로 녹여내고, 나아가 깊이 삭여 제 뜻으로 바꿔낼 때 비로소 그 공부가 제구실한다는 우레다.

배움은 머리로 헤아리는 데서 끝나는 것이 아니라 몸에 익혀 삶으로 녹아 나올 때 비로소 이뤄질 수 있다. 삶이 되어 나오지 않는 것을 앎이라 할 수 없다. 이 바탕에서 일터를 어떻게 꾸려야 할지 짚어보자.

> '사원이 주인, 사원에게 감동을'이란 창업 이념으로 70살이 정년이고, 육아 휴직은 세 해(몇 번이라도)나 쓸 수 있으며, 연간 140일을 쉬어 일본 상장기업(120일) 가운데 가장 길고, 업무시간 7시간 15분으로 일본 노동기준법보다 45분이나 짧고, 모든 직원을 해마다 일본 여행을 하도록 하며, 다섯 해에 한 번은 해외여행을 보내주는 회사가 있다.

직원이 모두 해외여행을 떠날 때는 물건을 납품하거나 물건을 가져가야 할 거래처에 창고 열쇠를 내주는 회사. 어떤 회사일까? 바로 일본 중소기업 미라이공업이다.

회사가 보유한 특허만 8,000개가 넘고, 65살 먹은 평사원 연평균 수입이 700만 엔으로 월급도 기후현 공무원보다 많으며, 업계와 지역 평균보다 훨씬 높다. 성과주의도 없이 연공서열인 미라이공업에는 없는 것도 많다.

출퇴근기록기나 유니폼이 없고, 사장 명령은 물론 잔업도 없다. 업무 할당량도 없으며 '해고'나 '비정규직'이란 낱말이 아예 없다. 이제는 흙으로 돌아간 창업자 야마다 회장에게 직원을 뽑는 남다른 기준도 없었다.

91년 상장할 때 이름 적힌 쪽지를 선풍기를 틀어 가장 멀리 날아가는 쪽지부터 공장장을 시키고 이어 부장 그보다 덜 날아간 이름을 가진 이에게 과장을 달아줬다. 그 뒤에는 그 과에 있는 사람 이름을 써 붙인 볼펜을 굴려 맨 위에 이름이 올라오는 사람을 과장으로 뽑기도 했다. 그런데도 샐러리맨 천국이라는 별명이 붙었다니?

젊어서 연극을 했다는 야마다 회장은 "나는 무대에서 인생을 배웠다. 막이 오르면 연기는 배우에게 맡겨야 한다. 그렇지 않으면 배우는 자라지 못하고 배우가 자라지 못하면 연극은 망한다. 기업도 마찬가지. 막이 오르면 경영자는 사원이라는 배우에게 모두 맡겨야 한다."라고 했다.

불교닷컴 "변택주의 섬기는 리더가 여는 보살피아드" '구조조정, 비정규직이 없는 회사'에 나오는 말씀을 간추렸다.

선풍기 바람을 쐬거나 볼펜을 굴려 간부를 추리다니 말만 들어서는 실감이 가지 않는다. 만화에나 나올 수 있는 일터라 받아들이기 쉽다. 그러나 엄연히 현실에 있는 회사이다.

나는 "막이 오르면 연기는 배우에게 맡겨야 한다."는 말이 참 좋다. 스스로 알아서 하라는 말인데 이 말보다 더 무서운 경고는 없다. 일일이 간섭을 하면 나는 네가 시키는 대로 했다고 발뺌할 수 있지만, 알아서 하라고 하면 도망갈 길이 없다. 죽자고 덤비는 도리밖에는.

그런가 하면 윗사람에게 덤벼도 괜찮다고 받아들이는 회사도 있다.

어느 기업 연구소 연구원이 신제품을 개발한다. 시제품을 본 경영진은 관심을 보이기는커녕 "내년에 다시 왔을 때 이 제품을 연구소에서 다시는 보고 싶지 않다."고 말한다. 그런데 그만두기는커녕 몰래 그 일을 계속한다. 그 제품을 찾는 손님이 반드시 있을 것으로 생각했기 때문이다. 이 연구원은 휴가 때 시제품을 싣고 지방을 돌며 제품을 좋아하는 숨은 손님들을 찾아낸다. 휴렛팩커드(HP) 사에서 일어난 일이다.

한 해 뒤 이 회사 공동 창업자이자 사장인 데이비드 팩커드가 다시 그 연구소를 찾았을 때 공장에서는 그 제품을 생산하고 있었다.

팩커드가 성을 벌컥 내며 "내가 하지 말라고 했을 텐데"라고 한다.

개발자 척 하우스는 이렇게 능친다.

"아닙니다. 말씀하신 대로 그 제품은 연구소에는 없습니다. 생산라인에 있죠."

이 제품은 효자 상품이 된다.

몇 해 뒤, 팩커드 사장은 척 하우스에게 기술자 의무를 넘어선 비범한 불복종'에 고마워하며 메달을 준다.

뒷날 척 하우스는 이렇게 돌아본다.

"내가 반항하거나 외고집을 부리려고 했던 것은 아니다. HP가 성공하기를 간절히 바랐을 뿐이다. 이 일로 일자리를 잃을 것이란 생각이 전혀 들지 않았다."

여기서 놓치지 말아야 할 것이 있다.

"이 일로 일자리를 잃을 것이란 생각이 전혀 들지 않았다."라는 말이다. 내가 어떤 뜻을 내거나 어떤 짓을 하더라도 무시당하고 질책받거나 잘리지 않을 것이라고 믿지 못하면 나올 수 없는 말씀이다.

데이비드 팩커드가 관리자들에게 남긴 말에서 팩커드가 어떤 뜻을 가지고 직원을 아울렀는지 알 수 있다.

"종업원들은 돈을 벌려고 일합니다. 그것뿐일까요? 우리는 이 사람들이 가치 있는 일을 이루고 있다고 느끼기에 일을 하고 있다는 사실도 깨달아야 합니다. 첫 번째 우리가 해야 할 의무는 이 사람들이 가치 있는 일을 하고 있다는 것을 알리는 것입니다."

자, 우리 함께 일터를 꾸려 아우르는 사람이 어떤 마음 바탕을 지녀야 할지 새겨봤다.

막을 올리기에 앞서 우리는 어떤 바탕을 마련해야 할까.

외로움을 명상하다

2000년대 초, 길상사를 찾은 작가 최인호가 법정 스님에게 묻는다.

"어수룩한 물음입니다만, 스님도 외로움을 느낄 때가 있으신가요?"
"그러면요. 사람은 때로 외로울 수 있어야 합니다. 외로움을 모르면
삶이 무디어져요. 하지만 외로움에 갇혀 있으면 침체되지요. 외로움은
옆구리로 스쳐 지나가는 마른 바람 같은 것이라고 할까요. 그런 바람을
쐬면 사람이 맑아집니다."

스승은 외로움을 옆구리로 스쳐 가는 바람 같아 그 바람을 쐬면 사람
이 맑아진다고 선뜻 말씀하셨지만, 제 살길 찾느라 바쁜 사람들 사이에
끼어 사는 우리는 그렇게 여길 수 있기는커녕 견디기마저 어렵다.
여느 사람들은 외로움이라고 하면 나이 든 사람 몫이라고 여길 만큼
젊은이에게는 어울리지 않는 낱말로 받아들인다. 그런데 이와는 결이

다른 조사가 나와 눈길을 끈다.

영국 BBC 방송이 영국 대학교 세 군데 연구자들과 손잡고 전 세계 5만 5천 명에게 외로움 온라인 설문조사를 했다. 그 결과 75살이 넘는 늙은이는 27%만이 자주 외로움을 느낀다고 얘기했으나 16살에서 24살 사이에 있는 젊은이는 무려 40%가 자주 외로움을 느낀다고 했다.

나이가 들면서 외로움을 더 잘 삭이기 때문일까? 그건 아니란다. 언제 가장 외롭더냐는 물음에 나이와 관계없이 '젊었을 때'라고 했단다. 짚어보니 '젊을 때' 더 그리움이 컸던 것 같다.

그리움이란 곁에 있기를 바라는 어떤 이나 어떤 것이 없을 때 올라오는 느낌이다. 곁에 있기를 바라는 사람이 곁에 없다고 여기는 이는 그렇지 않은 이에 견줘 외로움이 크다. 더구나 10대 중반에서 20대 중반까지는 바깥으로 벗어나가며 자라야 하는 때로 둘레에 사람이 많아도 더 많기를 바란다. 같은 외로움이라 할지라도 더 크게 받아들일 수밖에 없는 까닭이다.

16살에서 24살 사이는 학교를 떠나 삶을 즐기고 누릴 수 있는 겨를이 주어져 커다랗게 탈바꿈해야 하는 때다. 어려서부터 함께 자란 동무와 헤어지거나 어버이 품을 떠나 새로운 세계에 뛰어들어 낯선 이웃과 어울리려고 몸부림쳐야 하는 때다. 제 앞가림하는 길을 찾아 어쩔 수 없이 떠나온 어버이 품과 헤어진 벗을 그리워하다 보면 외로움이 끝 간데 없이 치달을 수밖에 없다.

외로움이 잦아들었다가 다시 일어나기를 되풀이한다면 문제라고 보기 어렵다. 그러나 수그러들지 않고 거듭 이어진다면 걱정거리다. 외로움이 끊임없이 이어진다면 살아갈 의욕을 잃고 몸도 고달프기 그지없다. 외로움이 한 해 넘도록 이어지면 우울증에 걸릴 확률도 높다.

사회성은 다른 사람이 지닌 감정을 헤아리고 그에 알맞게 사이를 풀어가는 것을 가리킨다.

연구진은 사회성을 가늠하려고 피험자들에게 사람 얼굴 또는 눈을 보여주며 그 얼굴이나 눈빛에 담긴 감정을 어림해 보도록 한다. 그런데 연구결과 외로움을 자주 느끼는 사람들과 그렇지 않은 사람 사이에 큰 차이가 없었다고 했다. 외로움을 자주 느끼는 사람들은 사회성보다는 신경증, 살면서 맞닥뜨린 어려움에서 느끼는 불안이 크다는 것이다.

연구진은 공감하는 힘도 두 가지로 쟀다.

하나는 말벌에 쏘이거나 불에 델 때와 같이 몸으로 겪는 아픔을 공감하는 힘이고, 다른 하나는 왕따를 당하거나 파티에 초대받지 못했을 때처럼 마음으로 겪는 쓰라림을 공감하는 힘이었다.

결과는 어땠을까?

외롭다고 느끼는 사람과 그렇지 않은 사람은 다른 사람이 몸이 아파 느끼는 괴로움을 공감하는 데는 큰 차이가 없었다. 그러나 외로움을 자주 느끼는 사람들은 그렇지 않은 사람들에 견줘 마음고생하는 이들을 더 깊이 공감했다.

외로움은 마음으로 느끼는 것이기에 외로움을 잘 타는 사람일수록 다른 사람들이 마음에 입은 상처에 더 깊이 공감하는 것이다. 외로움을 많이 타는 이들 사회성이 높다는 말이다.

지난해 초 영국 메이 총리가 외로움을 아우를 장관을 새로 임명했다고 한다.

영국 적십자사 조사에 따르면 영국사람 6,500만 명 가운데 900만 명이 외로움을 느낀다고 했다. 늙은이 가운데 360만 명은 텔레비전을 가장 가까운 '동반자'로 꼽았다. 16살에서 24살 사이 젊은이들도 절반 가까이가 외로움을 견디기 어려워 상담을 받은 적이 있다고 했다.

외로움은 하루 담배 15개비를 피우는 것과 같이 몸에 해로우며, 비만보다도 위험하다는 연구결과도 있다.

몇 해 전에 삼성경제연구소가 내놓은 '대한민국 직장인 행복도 조사'에서도 '외로움'이 걸림돌이라고 했다.

'행복한 직장인'은 '불행한 직장인'보다 업무 자신감이 11%나 더 높게 나타났는데, 바로 '외로움'이 변수였단다.

'행복한 직장인'은 직장 안에서 흉허물을 터놓으며 가깝게 지내는 사람이 평균 3.3명인데 '불행한 직장인'은 그 절반밖에 되지 않는 1.7명이었다. 또 '행복한 직장인' 가운데 68%는 회사 안이나 바깥에서 동아리에 들어가 어울리고 있었다. 그러나 '불행한 직장인'은 이 또한 절반 수준에 그쳤다.

사람은 어째서 외로움을 느낄까?

사회심리학과 뇌과학을 이어 사람 마음을 헤아리는 새로운 길을 펼친 사회신경과학자 존 카시오포는 사람들이 외로움을 느끼도록 진화했다고 믿는다.

날카로운 이빨이나 발톱, 빠르고 튼튼한 네 다리를 가지지 못하고 두다리로 휘청휘청 걸으며 살아야 하는 사람이 살아남으려면 다른 이들과 힘을 모으지 않으면 안 되었다. 하는 수 없이 '외로움'을 유전자에 새겨 넣었다는 말이다. 외로움이 새로운 동무를 찾아 나서는 바탕 힘이란 얘기다.

이토록 우리를 살려온 외로움이 이제는 관리하지 않으면 안 될 질병으로 받아들인다. 어떤 사람은 외로움이 새로운 돌림병이라고까지 말한다.

단 식구(1인) 가정이 늘어나고 있다. 그나마 시골은 마을이 열려 있어 덜 하지만 집에 들어가 문을 걸어 닫으면 바깥과 단절되고 마는 도시에 사는 단 식구는 고립될 수밖에 없다.

그런데 복지 제도를 비롯해 우리네 삶은 혼인하여 가정을 꾸리는 데 초점을 둔다. 그나마 다행스러운 건 홀로 견디기 힘든 외로움을 반려동물이나 SNS가 메우고 있다. 일상이 온라인 동무, 드라마 주인공, 개와 고양이 같은 반려동물과 맺는 사이로 바뀌어 간다는 얘기다.

그런데 학자들은 이것만으로 외로움을 메울 수 없다고 한다. 사람과 사람이 주고받으며 이뤄야 할 사이는 어떤 것으로도 메울 수 없다는 것이다.

대인관계를 SNS로 바꾼 사람 가운데 54%가 깊은 우울증을 겪었단다. 그럴 수밖에 없을까? 드라마 주인공과 말을 나누거나 만화 덕후가 되는 것은 그럴 수도 있겠다. 그러나 반려동물은 나와 온기를 나누고 온라인 동무는 뜻을 주고받을 수 있는 참다운 사람을 가려 가까이 어울린다면 얼마든지 숨결을 나눌 수 있지 않을까.

조계산 자락에 있는 불일암에 살다가 강원도 오두막으로 들어가 사셨던 스승은 이끼를 비롯한 푸나무, 다람쥐와 토끼, 하다못해 벽에 걸린 그림과도 두런두런 말씀을 나누면서 홀로 사는 즐거움을 누리셨다.

이처럼 누구를 만나느냐에 따라 외로움을 삭일 수 있고 없고 하는 문제가 아니다. 마음 문을 닫아걸고 담을 높이 쌓으면 그대로 감옥이다. 굳게 마음 문을 걸어 잠갔다면 예수님이나 부처님이 오셔도 열기 어렵다.

시간을 명상하다

시간은 우리에게 무엇일까?

시간에 매어 살지 않을 수 없을까?

우리는 언제부터 시간을 떠올리며 살았을까?

간 시간은 내게 무엇이며 올 시간은 또 무엇일까?

시간이 참으로 있기나 할까?

시간 하면 떠오르는 궁금증이다. 모르긴 해도 사람들이 시간에 매어 시간에 쫓기며 살아온 날이 그리 오래되지는 않았다고 생각한다. 시간을 재기 시작한 것은 산업혁명이 일어나고 사람들이 공장으로 일하러 가면서부터이다. 사람들이 물고기를 잡거나 농사를 지어 먹고 사는 자영업자에서 일터에 나가 일을 해야 하는 노동자로 바뀌면서부터라는 말씀이다.

노동자들이 '9 to 5', 아홉 시에서 다섯 시까지 쉴 틈 없이 일하도록 하려고 공장에 시계를 들어다 놓기 시작하면서 우리 머릿속에 시간이

들어앉았다. 시간에 매이게 된 까닭이다.

우리나라에서는 이보다 한참 뒤인 60년대 산업사회로 발을 내디디면서 시간이 우리를 휘두르기 시작한다.

우리나라가 산업사회로 들어가도록 한 으뜸 공신 가운데 하나로 미국 트럭운전사에서 해운 사업가로 탈바꿈한 말콤 맥린을 꼽는다.

트럭운전사 말콤 맥린은 항구까지 짐을 실어나르면서 트럭에 달린 컨테이너에 실린 짐을 부두에 내렸다가 다시 배에 싣는 것을 지켜보다가 '아예 컨테이너째로 배에 싣도록 하면 어떨까?' 하는 데 생각이 미친다. 이 생각 하나가 세계산업사를 다시 쓰도록 만든다.

그전까지는 해상 운송비 가운데 절반이 인건비였다. 선박에 저마다 다른 모양과 무게를 가진 화물을 실으려면 항구 노동자 수백 명이 달라붙어도 며칠에서 길게는 몇 주가 걸렸다. 그만큼 해운산업은 사람 손이 없이는 돌아갈 수 없는 산업이었다.

화물을 잃어버리거나 부서지는 일도 잦았다. 태평양을 건너는 데 드는 돈보다 항구에서 짐을 싣고 내리는 데 들어가는 돈이 더 많이 들곤 했다. 그러던 운송비가 똑같이 규격을 갖춰 만든 컨테이너에 제품을 만든 곳에서부터 트레일러에 싣고 와서 부두에 짐을 부리지 않고 컨테이너째로 화물선에 싣다 보니 운임이 6분의 1로 떨어졌다. 그 덕분에 산업사회로 들어간 우리나라, 맥린이 컨테이너째 배에 싣는다는 생각을 하지 않아서 우리나라 산업이 이토록 발전하지 않았더라면 어땠을까? 산업발달로 우리가 얻은 건 무엇이며 잃은 건 무엇일까?

얻은 것은 돈과 편리함 그리고 소비를 미덕 삼아 얻은 이름, 소비자다. 그렇게 빚은 것이 태워버리기도 힘든 쓰레기 더미들이다.

잃어버린 건 '조용한 아침의 나라' 금수강산, 비단에 수를 놓은 것처럼 아름다운 산천을 비롯해 인정 어리고 인심 좋은 마음 결이다.

"바쁘다, 바빠!"

토끼답게 총총거리며 살아온 우리네 살림을 돌아본다. 우리는 늘 허둥지둥하면서 하루 밥 세 끼 먹고 살기가 어찌 이토록 고달프냐고 넋두리한다. 고달픔이 하늘에서 뚝 떨어졌을까? 아니다. 산업사회를 이루는 데 힘 보탰다고 나대던 나를 비롯한 우리 어른들이 잘못 살아온 탓이다.

'더 높이 더 멀리 더 빨리' 치달으면서 으스대던 그대는, 나는 행복한가.

우리는 늘 시간에 쫓겨 살아간다. 시간이란 무엇인가? 사람이 만들어 놓은 금 같은 것이다. 겉으로 드러난 물리 시간은 분명히 있다. 물리 시간이 있어야 공동생활에 질서가 잡힌다. 그러나 물리 시간과 심리, 마음으로 느끼는 시간은 성질이 다르다. 불안과 두려움은 심리 시간을 부추겨 저 스스로 몰아세우는 데서 온다. 물리 시간과는 상관없이 혼자 가만히 있는데 불안해하고, 두려워하는 경우가 있다. 이것은 심리 시간을 감당하지 못해서 그런 것이다. 사람은 심리 시간에 쫓기는 데서 자유로울 수 있어야 한다. 물리 시간은 주어진 것으로 내가 어쩌지 못하는 시간이다. 그러나 심리 시간은 스스로 이끌 수 있다. 흔히 '인간성이 소멸하여 간다. 사람 감성이 사라져 간다.'라고 말하는데, 자연과 교감을 나누지 못하면 저도 모르게 감성이 녹슬고, 인간성이 메말라 간다. 살아있는 미라가 될 수밖에 없다.

스승이 2006년 봄 법석에서 나눠주신 말씀이다. 시간에 쫓기다 못해 마음이 지어낸 시간(심리 시간)에서도 쫓기고 있는 우리에게 거기서 벗어나야 한다며 드잡이하는 스승은 우리가 편치 않고 조마조마하며 애달파하는 대부분이 마음이라는 허깨비가 지어낸 시간에 내몰리는 데서 오는 것이라고 말씀한다. 이어 아프리카 탐험대 짐꾼으로 따라나선 아프리카 사람들이 탐험대가 사흘 동안 쉬지도 못하게 하고 거듭 서둘러 나가자 주저앉아 꼼짝도 하지 않았다는 보기를 든다. 탐험가가 잘 가다가 주저앉아 가지 않는 까닭을 말해보라고 구슬리니까 이 사람들은 "우리는 이곳까지 제대로 쉬지도 않고 너무 빨리 왔다. 우리 영혼이 우리를 따라올 시간을 주려면 기다려야만 한다."고 말한다. 탐험가가 이끄는 대로 허둥대며 쫓기듯이 길을 헤쳐 오느라 영혼이 따라올 겨를을 주지 못했다는 얘기다.

스승은 이 이야기에 속도와 효율성만 내세우다 영혼을 잃고 만 현대인 모습이 고스란하다면서 시간에 쫓겨 몹시 서두를 때 또는 재촉받을 때 안정을 잃는다, 제한속도 시속 100㎞로 달려야 할 구간을 140㎞나 150㎞로 달리면 연료만 많이 쓰게 되는 것이 아니라, 저도 모르게 들뜨게 되어 본의 아니게 사고를 일으키지 않느냐고 짚는다.

기계가 아닌 사람은 감성을 지녔기에 차분히 생각하면서 돌아볼 겨를을 가져야 하는데, 거듭 쫓기다 보니 기가 빠져 아무것도 할 수 없게 된다는 말씀이다.

나는 사람이 살면서 보다 편리하려고 시간을 만들어냈는데 그 만든 시간에 얽매여 스스로 옥죄고 있다고 여긴다.

시간이 본디 있던 것이든 사람이 만든 발명품이든 가릴 것 없이, 시간은 누리는 사람이 임자이다. 시간에 쫓기는 사람은 시간을 누리기는 커녕 떠밀려 산다. 시간을 누리려면 시간에 쫓기지 말고 시간을 거느려야 한다. 거느린다는 말은 그늘을 드리운다는 말에 나왔다. 나무가 뿌리를 깊이 내리고 줄기를 튼튼하게 세워 잎이 우거져야 넓은 그늘을 드리울 수 있듯이 사람도 속사람 뿌리를 깊이 내리고 줄기를 튼튼히 세워 참다운 기운을 드리워야 시간을 참답게 거느릴 수 있다. 그때 비로소 시간을 한껏 누릴 수 있다.

스승은 스승 말씀을 듣고 굴뚝 신심이 일어나 어제는 그 절, 오늘은 이 절을 끊임없이 찾아다니는 대도행 보살에게 "마음에 등을 달아야지 그게 무슨 소용이냐?"면서 "보살님, 그렇게 바삐 다니다 보면 극락을 지나치고 말아요. 쉬엄쉬엄 다니다가 극락이 보이면 싹 들어가야지. 지나치고 나서 가슴 쳐봐야 다 헛짓"이라며 우스갯소리 삼아 말씀했다. 그래도 그때뿐 조금 지나면 또 까먹고 부처님오신날 이 절 저 절에 등을 다느라 온 나라를 다니다가 마지막에 송광사에 왔다는 대도행 보살.

어이없어하던 스승은 "제발 나 좀 봐서라도 기도 그만 다녀요. 보살이 먼저 성불해서 가부좌 탁 틀고 앉아 있으면 그 앞에서 절을 해야 하는 내가 얼마나 죽을 맛이겠소." 하는 우스갯소리를 보탰다.

그저 우스갯소리로만 들었는데 시간이 흐르고 되새겨보니 바삐 쫓겨 살면 참다운 삶을 잃어버린다는 진정 어린 충고다. 극락이 무엇인가?

으뜸가는 즐거움이다. 그런데 참다운 즐거움을 누릴 겨를을 차버리며 어디를 그렇게 쏘다니고 있느냐는 말씀이다. 이제 여기서 누리지 못하는 즐거움을 어디에 가서 찾으려느냐는 준엄한 일깨움이 아닐 수 없다.

'우리에게 시간은 무엇일까?' 하는 물음은 '나는 누구인가? 무엇하려고 여기 있는가?' 하는 물음이나 다름없다.

나는 시간이란 것이 있거나 말거나 삶은 누려야 참답다고 새긴다. 그대는 시간을 뭐라고 받아들이겠으며 삶은 또 어떻게 새기겠는가?

시간을 살리다

새해가 벌써 한 달 아흐레가 지났습니다. 세월이 덧없다는 소리를
실감합니다. 지나가는 세월을 두고 옛사람들은 전광석화와 같다고
했습니다. 번개나 부싯돌에 불이 번쩍이는 것처럼 몹시도 짧음에
견준 말씀입니다. 실제로 시간이 덧없음을 깊이 체험했기 때문에
나온 표현입니다. 저는 평소 시간이 덧없음을 관념으로 알아 건성
으로 받아들였습니다. 그런데 지난겨울 눈병을 앓으며 시간을 새
롭게 인식했습니다. 안약 처방을 받았는데 한 시간 간격으로 넣어
야 했습니다. 안약 넣는 시간을 챙기다 보니 한 시간이 어찌나 빠
르던지 모래를 손에 쥐었을 때 손가락 사이로 모래가 빠져나가는
것처럼 술술 빠져나갔습니다.

그동안 관념으로만 시간이 덧없음을 인식했으나 막상 내 몸으로
부딪쳐보니 그토록 재빠르게 빠져나갈 수가 없었습니다. 순간 정
신이 번쩍 들었습니다. 남은 시간 잔고를 생각하게 되었습니다.

시간이 덧없음은 노년에만 해당하지 않습니다. 남녀노소 누구에게나 똑같이 스물네 시간이 주어지고 또 쏜살같이 빠져나갑니다. 순간순간이 얼마나 엄숙한지, 순간을 어떻게 맞이하며 살고 있는지 깊이 살펴봐야 합니다.

일일일야 만사만생이라고 했습니다. 하룻밤과 하룻낮에 만 번 죽고 만 번 산다는 뜻입니다. 우리는 그 시간 속에서 살기도 하고 죽기도 합니다. 친구를 만나 유익하고 정다웠다면 시간을 살린 것입니다. 쓸데없는 소리나 하고 남 흉이나 보면서 시간을 보냈다면 그것은 시간을 죽인 것입니다. 주어진 시간을 잘 쓴다면 시간을 살리는 것이 되는 것이고, 무가치하게 흘려보내면 시간을 죽이는 것이 됩니다.

2009년 겨울 안거 해제 법석에서 스승이 남긴 말씀이다. 그리고 또 열 해가 지났다.

이제는 나도 어떤 얘기로도 늙음을 덮을 수 없는 나이가 되었다. 그동안 죽여온 시간을 돌아보면 아찔하다.

스승은 평소 해가 바뀌면 젊은이는 나이를 먹고 늙은이는 나이가 줄어들며 수행자는 나이를 먹지 않는다고 말씀했다. 어째서 수행자는 나이를 먹지 않는다고 말씀하셨을까? '나'랄 것이 없이 순간순간 흐름만 있는 줄 알고 난 이가 나이를 들먹인다는 건 말이 되지 않는다는 말씀이다. 참다운 수행자라면 그때 그곳에 몸담아지는 대로 만나는 이웃과 어울려 주어진 시간을 잘 살려야 한다는 말씀이다. 잘 살리는 것이란 말씀을 흘려듣지 말고 짚어봐야 한다. 살리는 것을 이름씨로 바꾸면 살림이다. 살림은 죽임에 맞서는 말로 어떤 것보다 사랑을 앞세우는 낱말이다.

"친구를 만나 유익하고 정다웠다면 시간을 살린 것"이라는 말씀을 살펴본다. 스승은 시간을 살렸다고 말씀했지만, 곱씹어보면 만난 이웃과 나를 한꺼번에 살렸다는 말씀이다. 거꾸로 "쓸데없는 소리나 하고 남흉이나 보면서 시간을 보냈다면 그것은 시간을 죽인 것"이라는 말씀도 시간보다는 이웃과 나를 살리지 못했다는 말씀이다.

사람들은 스승을 떠올릴 때 무소유를 떠올리곤 한다. 그러나 나는 스승이 가장 많이 하셨던 말씀이 사랑이라고 받아들인다.

스승은 틈날 때마다 "자비심이 부처이고 하느님입니다. 사랑이 없으면 아무것도 아닙니다. 사랑에서 슬기로움이 움틉니다. 신앙생활을 하는 뜻은 거기에 있습니다."라고 하셨다. 어떤 때는 "부처님은 어디서 오시느냐?"고 묻고 바로 "자비심에서 오십니다." 하고 답을 내놓으셨다.

사랑은 하느님이나 예수님, 부처님만 낼 수 있는 것이 아니다. 누구라도 사랑 어린 마음을 낸다면, 세상 어느 곳에도 사랑이 그득할 것이다.

스승은 스승 말씀 가운데 아이들이 들어도 좋겠다고 여겨지는 글을 간추려 다듬어 책으로 펴내기도 했다. 『법정 스님이 들려주는 참 맑은 이야기』와 『법정 스님이 들려주는 참 좋은 이야기』 그것이다. 그 가운데 『참 맑은 이야기』에 나오는 자비심 이야기를 나눈다.

'자비심이 곧 부처님'이라는 말이 있습니다. 이는 '하느님은 곧 사랑이다.'라는 말과 다름없습니다. 그러나 사람이 사랑을 사람에게만 베풀어지는 것으로 그친다면 그렇게 고귀할 것까지는 없습니다. 사람 아닌 미미한 생물에까지 그 사랑이 나뉘어야 비로소 그것이 정말 고귀한 것입니다.

사람에게 베풀 사랑도 모자란 판국에 다른 생물을 생각할 여유가 어디 있느냐고 대드는 사람에게는 같은 사람인 처지이면서도 나는 할 말이 없습니다. 그러나 미미한 생물까지 사랑하는 일이 옳으냐 그르냐 하며 가치의식마저 없다면, 아무리 잘나고 멋진 사람이라도 그는 사람다운 사람이라고 하기는 어려울 것입니다.

다분히 개인체험일뿐이지만, '모든 살아있는 생명을 죽이지 않겠다.'는 불교 계율 하나만으로도 나는 불교도가 된 것이 얼마나 고맙고 다행한가를 느낄 때가 더러 있습니다.

같은 책에서 스승은 "내가 믿는 종교만 으뜸이라고 생각하는 독단만 넘어설 수 있다면 모든 종교를 하나로 보는 경지에 이를 수 있다."고 말씀한다.

시간을 명상한다면서 시간 이야기는 몇 마디 나누지 않고 어째서 사랑 이야기만 늘어놓느냐며 눈을 부라릴 분이 계실지도 모른다.

돌아보라, 사랑이 없는 시간은 죽은 시간일 수밖에 없다. 시간을 살리는 길은 이웃을 사랑 어린 눈길로 바라보고 따뜻한 손길로 보듬는 데서 열린다.

이제 하지 않으면

즉시현금 갱무시절 卽時現今 更無時節
이제 바로 할 때이지 이제보다 좋은 날은 다시 없다.

임제 선사 어록에서 좋아하는 한 구절 '즉시현금 갱무시절'이라고
쓴 족자를 걸어 놓으니 낯설기만 하던 방이 조금은 익숙해졌다.
바로 이제이지 다시 시절은 없다는 말. 한번 지나가 버린 날을 되
씹거나 아직 오지도 않은 앞날에 마음을 두지 말고, 바로 이제 그
자리에서 힘껏 살라는 이 말씀과 만날 때마다 나는 기운이 솟는다.
우리가 사는 것은 바로 이제 여기다. 이 자리에서 순간순간을 저답
게 힘을 쏟아 살 수 있다면, 그 어떤 일 앞에서라도 우리는 절대 뉘
우치지 않을 삶을 보낼 수 있을 것이다.

스승 말씀인데 늘 마음에 담아두고 새기던 말씀이라 스승이 하신 말

씀과 똑같다고 할 수 없다. 담은 뜻은 크게 다르지 않으리라고 보아 어디서 만난 말씀인지 애써 찾으려고 하지 않았다.

아, 스승은 제가 쓴 '이제'라는 말을 쓰지 않고 '지금'이라고 하셨으나 이제라는 말결이 내게는 더 정겹게 들리는 탓에 바꿔 썼음을 밝힌다.

성미가 깔끔하지 못해 무엇이든지 뭉그적거리는 내 속을 꿰뚫어 보셨을까 싶을 만큼 스승은 늘 "이제가 그때이지, 언제를 또 기다리려고 하느냐?"며 흔드셨다.

지나간 '이제'를 우리는 '어제'나 '그제' 또는 '저제'라 부른다. 그러니까 어제나 그제, 저제는 사라져서 이제는 없다.

우리는 아예 없던 것을 떠올릴 수 없다. 그게 뭔지 모르기 때문에 그래서 없다는 말은 있다가 없어진 것을 가리키는 말이다.

우리는 없어진 것이나 없어진 곳을 떠올릴 수는 있다. 그러나 돌이킬 수 없다.

그리움이 애틋한 까닭은 돌아갈 수 없기 때문이다.

어제는 아무리 그리워해도 돌아갈 수 없는 노릇이지만 주어진 이제는 누릴 수 있다. 누리는 순간 바로 어제로 돌아간다. 그러니 이제 한껏 누려야 한다.

내가 살아 있다면 살아있는 때는 '이제', 내가 살아있는 곳은 '여기'다.

유영모 선생은 "이어 이어 내려와서 여기가 된 것이다. 하느님이 나를 이어주고 나는 하느님과 이어지고 다시 이어 이어 여기 온 것이 나라는 것을 생각한다. 어머니 뱃속에서 나올 때도 이제 나왔고 운명할 때도 이제 숨을 걷는다고 한다."고 하면서 "이제는 참 신비이다. 우리가 알 수 있을 것 같은 신비가 이제이다. 그 이제에 목숨을 태우는 우리 인생은 역시 이제가 해결되지 않는 한 신비이다. 이제, 숨 쉬는 이는 한 숨이 들어가면 살고 뱉으면 죽는다. 영원히 숨을 뱉거나 그치면 죽는다. 이 찰나에 구십생사(九十生死)가 있다는 인도 사상은 분명히 신비 사상일 것이다. 이제라도 '이'할 때 이제는 이른 것이다. '이'할 때 실상은 이미 과거가 된다. 누가 물어도 대답할 수 있는 것이 이제이다. 이 이제를 타고 가는 목숨이다. '이'가 거듭됨이 영원이다."라고 말씀했다.

이 말씀과 같이 이제 우리는 번갯불이 번쩍하는 '이' 틈에만 산다. 그러나 여기는 움직이지 않는다고 받아들여 흔들리지 않을 것이라 믿으며 마음 놓는다. 그런가? 우리가 디디고 있는 땅이나 들어앉아 있는 방도 거듭 떨리며 흔들린다.

이 글을 KTX를 타고 가면서 다듬고 있다. 책을 읽고 갈 때와는 다르게 몹시 흔들리다 못해 떨린다고 느낀다. 이만큼은 아니지만, 우리가 사는 이 땅이며 집은 눈에 띄지 않게 또는 눈에 띄게 삭아 무너져 내리고 있다. 여기는 무너져 내리고 일어나는 틈새에 잠깐 있다. 그래서 여기는 다시 없는 곳이요 이제는 더없는 때다.

바로 이제 여기에서 한껏 누리려면 어떻게 해야 할까?

서두를수록 더 자주 더 많이 놓친다. 쓱 둘러보고 어떤 걸 누리는 게 좋을지 깊이 생각한 끝에 '이거다!' 싶은 걸 골라 느릿느릿 한껏 맛을 보며 깊이 누려야 한다.

나는 운전면허를 따고 스무 해 남짓한 동안 해외에 나갈 때 말고는 어디에 가든지 차를 몰고 다녔다. 다리를 저는 탓에 걷기를 꺼렸기 때문이다.

열 해 전, 구두를 만드는 장인이었으나 사고로 오른손을 잃어 의욕을 잃고 술에 절어 살다가 '이래선 안 되겠다.' 싶어 한 손으로 구두 만들기를 거듭해 장애인 구두 장인으로 거듭난 남궁정부 선생을 인터뷰했다.

세 살 때 소아마비를 앓아 오른 다리를 저는 나는 그보다 몇 해 전 남궁 선생을 찾아가 왼발과 오른발 높낮이가 다른 구두를 맞춰 신었다. 그동안 그 구두 굽을 한 번밖에 갈지 않았다.

까닭을 묻는 선생에게 '운동화를 즐겨 신는 탓이 크다. 그러나 늘 차를 몰고 다니는 나는 건물 지하에 차를 세우고 엘리베이터로 오르내리기에 굽이 닳을 겨를이 없었다.'고 했다.

이때 선생은 "지금은 괜찮은데……." 하고 뒷말을 삼킨다.

삼킨 말씀이 무엇이었을까?

"걸어 다녀도 나이가 들면 다릿심이 빠지는데"란 말씀으로 헤아렸다.

인터뷰를 마치고 나오면서 아내에게 전화했다. 이러저러한 일이 있어 차를 팔겠다고 조심스레 말을 건넸다. 두 말도 하지 않고 선선히 그러라고 했다.

나중에 아이들이나 이웃은 뭐 그렇게까지 해야 했느냐며 차를 꼭 써야 할 때도 없지 않을 텐데 세워놓고 버스나 지하철을 타고 다닐 수도 있지 않겠느냐고 했다.

나는 남한테는 야박할지 몰라도 스스로에겐 넉넉하기 그지없다. 서둘러 차를 팔지 않았더라면 너무 더워서, 너무 추워서, 비가 와서 어쩔 수 없다면서 끝내 운전대를 놓지 못했을 것이다.

차를 몰고 다닐 때는 차를 타고 가며 스치는 모든 것이 나와는 멀리 떨어져 있었다. 사람도 그저 스치는 풍경에 지나지 않았다. 걸어 다니다 보니 사람이 다가왔다. 말소리며 숨소리가 정겹다. 스치는 결에도 온기가 묻어나고 옷깃에 사람 내음이 스민다. 뚜벅이가 되고 나서 인정이나 인심은 사람들을 아무렇지도 않은 남이라고 여기는 데서는 나올 수 없다는 것을 알았다. '거듭 빠름'에서 '한결 느림'으로 바뀌었을 뿐인데 다가오는 결이 사뭇 달랐다.

몇 해 전 어느 방송국 앵커 브리핑에서 스승 말씀을 꺼내 새겼다.

> 빈 마음, 그것을 무심이라고 한다. 무엇인가 채워져 있으면 본마음
> 이 아니다. 텅 비우고 있어야 거기 울림이 있다.

앵커는 이 말씀에 이어 "오늘 낮부터 꽃을 시샘한다는 마지막 추위가 물러났습니다. 겨울이 등을 보이고 있는 것이지요. 그렇다면 이제 산에는 꽃이 피고…… 봄은 시작되는 것일까요?"라 하면서 "낡은 잎 떨어뜨리고 빈 몸이 되었을 때 비로소 새잎은 돋아나고 꽃이 피게 되는 이치. 자연이 가르쳐준 빈손 빈 마음 이치를 어리석은 사람들만 모르고 있는 것 같습니다."라고 마무리한다.

남태평양에 흩어져 있는 80여 개 섬에 20만 명이 채 되지 않는 사람들이 오순도순 살아가는 아주 작은 나라가 있다. 취업률 7%대로 한 사람당 국민총생산은 3,000달러를 밑돌아 세계 233개 나라 가운데 207

위. 그런데도 2006년 영국신경제재단이 펼친 나라 행복지수 1위에 오른 나라가 있다. 바누아투.

이때 한국은 102위였다.

가난하기 그지없는 나라 사람들이 어째서 그리 싱글벙글하느냐는 물음에 조지 보루구 관광청장은 "물질에 매달리지 않고, 단순 소박하고, 늘 서로 나누고 도두보며 우러르는 데 젖은 생활방식 덕분"이라면서 "서로 아끼고 나누면 마음이 넉넉해요."라며 웃는다.

19세기 서구 문명을 받아들인 바누아투, 사람들은 주머니에 돈이 빽빽이 들어서서 넉넉하고 편리해졌다. 그런데 가진 것이 늘어날수록 어려울 때 서로 토닥이며 살갑게 보듬어주던 인정이 사라졌다. 없는 가운데서도 콩 한 쪽도 나누어 먹을 만큼 인심 좋았던 이들이 돈에 눈이 벌게서 언니 아우를 몰라보도록 거칠어졌다.

마을을 다스리는 추장들이 머리를 맞대고 모은 뜻은 "원시로 돌아가자!"였다. 롱렐 톰 아이말길 추장이 말한다.

"우리는 다시 우리가 본디 누리던 삶으로 돌아왔다. 이것이 우리에게 가장 으뜸가는 길이기 때문이다."

모자라는 것이 많아도 더 행복하다며 웃는 사람들. 가지지 못해 안달하는 마음을 내려놓고 가진 것에 기꺼워하며 덜 가진 이와 나눌 수 있는 삶.

바누아투에는 거지도 배고픔도 부와 가난 차이도 없다. 스승이 말씀한 선택한 맑은 가난이 고스란하다.

우리도 그럴 수 있을까? 다른 데 갈 것 없이 이제 여기서 마음만 바꿔

먹으면 바로 이룰 수 있다. 스승이 늘 "버리고 떠나라!"라고 뒤흔드신 까닭이다.

서둘러 무엇을 맞이하려고 더 빨리, 더 높이, 더 멀리 뻗어가려는 마음을 버리고 더 많이 움켜쥐려는 마음을 내려놓고 돌아서야 이제 여기서 한껏 누릴 수 있다.

조금 떨어지면

살면 살수록 '사람 사이'를 어우르는 일이 힘들다고 느낀다. 나를 흔들지 않으면서도, 다른 이와 사이좋아질 수 있다면 이보다 좋을 수는 없다. 그러나 그게 어디 말처럼 쉬운가.

살아가면서 일어나는 어려움은 대부분 '거리 조절'을 잘 하지 못했을 때 벌어진다. 너무 가까워지면 휩쓸리고, 휩쓸리다 보면 정신 차릴 겨를이 없다. 그렇다고 너무 사이를 벌리면 외톨이가 되고 만다. 홀로 떨어지면 쓸쓸하다. 너무 멀지도 너무 가깝지도 않은, 알맞은 거리는 얼마일까?

기업 코치를 하던 스티븐 코비는 이런 말을 한다.

"내게 일어나는 사건과 반응에는 '사이'가 있다. 바로 그 '사이'에 내가 어떻게 반응할지를 고를 힘과 자유가 있다. 고르는 '사이'에 내가 자라며, 마음이 놓인다."

일어나는 일은 내가 어쩔 수 없으나 그에 따른 반응은 내가 고를 수 있다는 이 말씀을 놓치지 말아야 한다.

사람과 사람 사이는 끌림에 따라 이어지기도 하고 멀어지기도 한다. 그러나 때로는 사람과 사회처럼, 먹고 살려다 보니 어쩔 수 없이 맺어지기도 한다. 사이에서 어떤 것이든 일이 벌어진다. 이를 우리는 흔히 '사건' 또는 '문제'라고 부른다.

짚어보자. 일어나는 일을 모두 사건이나 문제라고 받아들이는 것이 바람직할까? 사전에는 사건이 '문제가 되거나 관심을 끌 만한 일'이라고 나와 있다. 문제는 무엇일까? '풀기에 어렵거나 마주하기 곤란한 것'이다.

예전에는 문제란 시험지에나 나오는 것이었는데, 요즘 우리는 우리 둘레에서 일어나는 일을 대부분 문제나 걸림돌로 여겨 풀어내거나 고쳐야 할 것으로 받아들인다. 아무 데나 치료나 치유를 들이대면서 여기서 불쑥 저기서 불쑥 치유 전문가들이 나타난다.

세상살이에서 겪는 어려움을 없애주겠다며 전문가라고 나설 수 있는 이가 얼마나 되려나. 있기나 할까?

스티븐 코비가 한 말을 조금 더 따라 들어가 보자.

"그대 삶 가운데 10%는 그대에게 일어나는 어쩔 수 없는 사건들에 따라 결정된다. 그러나 나머지 90%는 그대가 어떻게 반응하느냐에 따라 결정되는 것이다. 우리는 우리가 살아가면서 일어나는 10%는 전혀 건드릴 수 없다. 이를테면 자동차가 고장 나거나 비행기가 연착하여 모든 일정을 엉망진창으로 만들고, 어떤 운전자가 느닷없이 내 차 앞에 끼어드는 것도 어쩌지 못한다. 그러나 나머지는 다르다. 그 남은 90%를 결정하는 것은 바로 그대이다."

어떤 마음을 가지고 살아야 할 것인가. 마음먹기에 따라서 사물이 달라집니다.

20년 전 일입니다. 당시 그분은 40대 초반 주부였는데 저밖에 모르는 남편에게 시달리다가 이혼을 결심하고 제게 상담을 했답니다.

선풍기를 틀어도 제 쪽으로만 돌리고, 텔레비전 프로도 저 위주로만 보고 꺼 버리는가 하면 대학 출신이지만 책은 전혀 읽지 않고, 몸에 좋다는 것은 어떻게든 구해 이것저것 가리지 않고 혼자서 야금야금 먹어대는 남편이 문제였습니다.

그때 제가 그분에게 이런 말을 했다고 합니다.

'식사준비를 할 때 이 얄미운 녀석한테 밥 준다고 생각하지 말고 부처님께 공양을 올린다는 마음가짐으로 해 보십시오.

아이들 아버지가 저녁때 퇴근해 집에 돌아오면 부처님이 돌아오신다고 반겨 보십시오. 밖에 나갈 때 뒷모습을 보고도 부처님 뒷모습이라고 생각하십시오.'

이혼 결심까지 한 사람에게 이런 말을 했으니 어이가 없었을 겁니다. 그분은 처음에는 제 조언이 잘 와 닿지 않았지만, 마음공부 삼아 하루하루 노력을 했답니다. 그랬더니 점점 남편을 원망하고 미워하는 마음이 사라지더니 아예 없어졌다고 말입니다.

관계란 서로 마음을 주고받는 겁니다. 부부 사이건 또는 친구나 스승과 제자, 동료나 애인 사이도 맞서면 서로에게 상처를 안길 뿐입니다. 그러나 생각을 돌려 마음을 편한 쪽으로 돌이키면 온전히 본래 자신(불성)으로 돌아갑니다. 자아실현이란 바로 이런 것이 아니겠습니까.

그 주부가 마음공부를 착실히 한 결과 위태롭던 가정이 회복되어 자식들도 어디 내놓아도 손색이 없을 만큼 번듯하게 성장했다고 합니다.

왜 하필이면 내가 그런 여자, 이런 남자를 만나서 고생을 하느냐고들 하지만 그건 결코 우연한 일이 아닙니다. 업을 고쳐야 비로소 매듭이 풀립니다.

그러자면 참고 견딜 줄 알아야 합니다. 그런데 자녀를 하나둘만 낳아 기르면서 아이들 뜻을 다 받아주니 참고 기다릴 줄을 모릅니다. 이렇게 자란 사람들이 어른이 되어 한 가정을 이뤘으니 참지 못하고 견디지 못해 이탈하는 겁니다.

……부처와 보살을 밖에서 만나려 말고 제 집안으로 불러들일 수도 있어야 합니다. 그렇게 하면 시들했던 사이도 새로운 활기로 채워집니다.

2005년 4월 길상사 봄 법회에서 스승이 나눠준 말씀을 간추렸다.

나와 너, 나와 사회는 알몸으로 맞닥뜨리는 게 아니라 생각할 겨를 곧 사이가 있다. 나와 너, 나와 사회가 맞닿아 있다고 받아들여 고민하고 있다면, 둘이 맞붙어 있는 것이 아니라 사이가 있다는 걸 또렷이 알아차려야 한다는 말이다.

이 사이에서 일어나는 일에 어떻게 반응할지 깊이 생각하여 제대로 골라야 한다. 스승은 부부든 애인이든 벗이든 한 걸음 물러서라고 말씀한다.

거리 두기, 조금 떨어져서 도두보라는 말씀이다.

내가 놓인 처지를 이처럼 새겨 갈등하는 이웃을 부처님이나 하느님을 모시듯이 참답게 떠받들다 보면 '이이가 바람이라도 핀 거야? 왜 하지 않던 짓을 하고 이래.' 하며 뜨악한 눈길로 바라볼 수도 있다. 이웃이 '뭐야 뭐' 하며 경계를 늦추지 않더라도 꾸준히 하다 보면 내 마음이 먼저 누그러진다. 나중에 참다움을 알아차린 이웃도 마침내 마음이 바뀐다는 말씀이다. 그러나 그렇게 되려면 아주 오래 걸린다. 오래도록 쌓인 업이 쉬이 녹아내리지 않기 때문이다.

그대는 청소하는 까닭을 어디에 두는가?

깨끗한 데 둔다고? 맞는 말이라고 받아들이는 분이 많을 테지만 살짝 엇나간 답이다.

자, 집 안을 깨끗이 하겠다고 마음먹고 창을 열고 먼지를 털며 음식물 쓰레기 봉지를 꺼내놓고 걸레질하며 수선을 떤다. 그런데 아이가 고운 마음을 일으켜 음식물 쓰레기봉투를 버리고 오겠다며 들고 달려 나가다가 그만 소파 다리를 걷어차 넘어졌다. 그 바람에 음식물 쓰레기 봉지가 터져 사달이 났다.

거실은 금세 온통 음식물 쓰레기와 냄새로 뒤덮인다. 급기야 그대는 "왜 시키지 않는 짓을 하니? 누가 너보고 음식물 쓰레기 가져다 버리라고 했어!" 하며 소리를 지르고 만다.

아이 눈엔 금세 그렁그렁 눈물이 어린다. 뜻하지 않게 눈에 넣어도 아프지 않다고 여기던 아이 마음에 깊은 생채기를 남기고 만다. 어째서 그랬을까? 청소하는 까닭을 깨끗하게 하는 데 뒀기 때문이다.

부처님은 청소할 때는 오롯이 청소만 하라고 말씀했다.

청소하기에 굳이 뜻을 담는다면 깨끗이 하려는 까닭부터 살펴 짚어야 한다. 청소하는 까닭을 깊이 파고들어 가면, 잘 살려는 데 삶을 잘 누리려는 데 뜻이 있다는 것을 어렵지 않게 알 수 있다. 이렇게 까닭을 좋아 들어가 주의 깊게 들여다보는 것이 바로 선정이요 명상이다.

어떤 일이 일어났을 때 바로 반응을 쏟아내지 말고 숨부터 내쉬자.

길게 숨을 내쉰 다음 들이마시고 또 내쉬고 들이마시기를 서너 차례 하며 숨을 고르다 보면 저와 같은 반응이 나오지 않는다. 그 사이에, 깨끗하게 하려는 까닭을 떠올릴 수 있다. 거기까지 생각이 미치지 못한다 하더라도 냄새가 진동하는 거실을 다시 치우는 것과 아이가 입을 상처 어느 것이 더 클까 하며 돌아볼 겨를이 생긴다.

아이한테 생각 없이 소리를 지르는 밑바탕에 저 아이를 내가 낳았으니 내 것이라는 생각이 깔려있다.

아이는 내가 낳은 것이 아니라 내 몸을 거쳐 나왔을 뿐이다.

부처님은 내 몸도 내 것이 아니거늘 어찌 재산과 아이를 내 것이라고 할 수 있겠느냐고 말씀하셨다. 그렇기에 우리나라 사람들이 내 아이라고 하지 않고 우리 아이라고 하고 외동이도 제 어머니를 가리켜 우리 엄마라고 하는 것이다.

우리란 나와 어깨를 나란히 어깨동무하며 이웃하는 사이를 가리키는 말이다. 우리 집은 작은 우리 하나치(단위) 가운데 하나다. 우리 마을이나 우리나라도 그저 품이 넓어졌을 뿐 우리를 이룬다는 점에서 우리 집과 다를 바 없는 말이다. 그런데도 우리는 흔히 연인이나 부부 사이에 "너는 내 것"이라는 소리를 서슴없이 해댄다. 내 것이라고 여기다 보면 아무리 주의를 기울이려고 해도 내가 함부로 해도 된다는 생각이 일어날 수밖에 없다.

스승은 꾸준히 "사람 사이가 알맞게 떠야 그사이에 그리움이 따르고 사랑이 고인다고." 하셨다.

만남에는 서로 영혼의 메아리를 주고받을 수 있어야 한다. 너무 자주 만나게 되면 서로 그 무게를 쌓을 시간 여유가 없다. 멀리 떨어져 있으면서도 마음의 그림자처럼 함께 있을 수 있는 그런 사이가 좋은 친구일 것이다.

만남에는 그리움이 따라야 한다. 그리움이 따르지 않는 만남은 이내 시들해지게 마련이다. 우리가 세상을 살아가면서 가장 기쁜 일이 있을 때, 또는 가장 고통스러울 때, 그 기쁨과 고통을 함께 나눌 수 있는 그런 사이가 좋은 관계다.

진정한 친구란 두 몸에 깃든 하나의 영혼이란 말이 있다. 그런 친구 사이는 멀리 떨어져 있을지라도 결코 멀리 있는 것이 아니다. 바로 지척에 살면서도 일체감을 함께 누릴 수 없다면 그건 진정한 벗일 수 없다.

사랑이 맹목적일 때, 곧 사랑이 한 존재 전체를 보지 못하는 동안
에는 관계 근원에 도달하지 못할 것이다.

여기서 친구를 이웃이나 식구라고 바꿔도 말씀하려는 뜻에서 벗어나
지 않는다. 불이 따뜻하다고 너무 가까우면 데이듯이, 사람과 사람 사이
도 마찬가지다. 믿거라 하여 너무 놓아둬도 잃고, 너무 빠져들어 매달려
도 잃고 만다. 나와 너, 나와 세상 사이에 알맞은 거리를 둬야 하는 까닭
이다.

붙어 있으니 끈끈해지고 떨어져 있다고 옅어진다면 사랑이라고 할
수 없다.

가시버시가 너무 스스럼이 없이 굴기보다 서로 손님을 맞이하듯이
하면 어떨까. 어버이와 아이 사이도 서로 손님을 맞이하듯이 예절을 갖
춰 몸을 사리면 실수할 일이 줄어든다.

맺는말

　결 고이 어울려 주셔서 탈 없이 닻 내립니다. 같이 걸어보니 어떠세
요. 법정 스님이 남긴 결이 '사랑'이라 받아들여지시나요. 스승이 드러
낸 결을 제대로 길어 올렸는지 알 수 없어 퍽 조심스럽습니다.

　스승은 고독에는 사이가 따르지만, 고립에는 사이가 따르지 않는다,
살아있는 것은 모두 사이를 이루며 거듭되어간다면서 '만남은 눈뜸'이
라고도 하셨어요. 스승을 만난 덕분에 실눈이나마 떠서 여기까지 왔습
니다.

　사랑을 따라 걸으며 새삼, 사랑 없이는 살 수 없다는 생각이 들어요.
그래서 저는 사랑에는 '곱다'가 따라붙어야 한다고 받아들입니다. 곱다
는 말은 하늘을 가리키는 '고ᄆ'에서 나온 말결인데요. '고맙다'와 같은
뿌리를 가졌어요. 한뿌리에서 나온 '곱다'와 '고맙다'는 쓰임새가 같은
듯 달라요. 닮은 듯 다른 암수가 만나 아이를 배듯이 다름이 서로 드나
들어야 어깨춤이 절로 나고 노랫가락이 터지잖아요. 나답게 살고 싶다
던 스승 말씀 따라 너나들이 나다워져서 가장 나다운 내가 가장 그대다
운 그대를 만나 우리를 이루면 날마다 꽃처럼 새롭게 피어날 수 있으려

나요? 그대와 내가 어울리니 곱고, 동무하여 서로 살리니 고맙습니다.

비척비척 뒤뚱뒤뚱, 서툰 걸음에 끝까지 더불어 주셔서 참 좋아요.
고맙습니다.

법정 스님 **눈길**

초판 1쇄 인쇄 2020년 2월 10일
초판 1쇄 발행 2020년 2월 15일

지은이   변택주
펴낸이   한익수
펴낸곳   도서출판 큰나무
등록   1993년 11월 30일(제5-396호)
주소   (10424)경기도 고양시 일산동구 호수로430길 13-4
전화   031 903 1845
팩스   031 903 1854
이메일   btreepub@naver.com
블로그   blog.naver.com/btreepub

값 15,000원
ISBN 978-89-7891-322-5 (03810)

잘못 만들어진 책은 구입하신 서점에서 교환해 드립니다.

이 도서의 국립중앙도서관 출판예정도서목록(CIP)은 서지정보유통지원시스템 홈페이지
(http://seoji.nl.go.kr)와 국가자료종합목록 구축시스템(http://kolis-net.nl.go.kr)에서
이용하실 수 있습니다. (CIP제어번호 : CIP2020004566)